# ブレイズメス1990

KAIDO TAKERU BLAZE MES 1990

海堂尊

講談社

目次

目次

# ブレイズメス１９９０

# 一章 コート・ダジュール

一九九〇年四月

機内に耳慣れないアクセントの言葉が流れる。エールフランスなので機内放送はフランス語が優先、次が英語だ。その英語もフランス訛《なま》りのせいか、ふだん耳にするのとかけ離れている。気圧の変化のせいか、耳が痛い。機体が乱気流でがたがたと揺れる。

「おい、シートベルトをつけろ、とさ」

隣の垣谷《かきたに》講師に言われ、世良《せら》はリクライニングシートを定位置に戻すと、ベルトを掛けた。

東城《とうじょう》大学医学部総合外科学教室、通称佐伯《さえき》外科の垣谷講師と世良雅志《まさし》の小旅行は終わりを告げようとしている。十五時間以上かけてたどりついたパリ・シャルル・ド・ゴール国際空港から乗り継いでニースまで二時間弱のフライト。移動だけでほぼ丸一日費やしたことになる。

窓の外を見ると、眼下には雪を冠した山脈が連なっている。遠く銀色に光る夕暮れの海原《うなばら》が見え、マッチ箱のような家並みが海岸線にへばりついている。

世良は垣谷講師に声をかける。

「着陸態勢に入ったみたいですね」

垣谷講師は腕組みをして答えない。アクセントに違和感のある英語のアナウンスが流れ、世良にも拾える単語が耳を横切る。アナウンスが終わると、ようやく垣谷講師は答える。

「あと五分でニース空港に着陸するようだ」

世良はふたたび機外を見る。煉瓦《れんが》色の建物の屋根が幾層にも重なり合う様《さま》が徐々に拡大されていく。それは故郷、桜宮《さくらのみや》市とまったく異質の街並みだ。機体がゆっくり下降していくのを感じながら世良は目をつむり、シートベルトをきちんと装着しているか、指先で確認する。

固く小さな衝撃が、緊張した世良の身体を襲い、滑《なめ》らかな平行移動の動線が、ぎざぎざの弾力を伴うバウンドに変わる。同時に機内に安堵の吐息が漏れた。

フランス語のアナウンスが流れる。機体が停止するまでシートベルトを外さないように、という指示に違いない。


ゴールデンウィーク直前の四月下旬。夕闇迫るニース空港に降り立った世良と垣谷は、タクシーでホテルに向かう。行き先はオテル・パラディ。浅黒い肌のタクシー運転手は、バッグをトランクに放り込みながら、行き先を告げる世良の言葉を復唱した。

タクシーは、乱暴な運転で異国を走り抜けていく。車窓の景色は郊外の畑から市街地の街並みへ移っていく。時折雑音を交えながら流れるカーラジオのシャンソンは、長旅に疲れた身体には耳障《みみざわ》りだ。そこへタクシー運転手の陽気な言葉が重なる。聞き取りにくい英語で、どこから来た、日本か、東京にはいつか行ってみたい、ミラクルな街だ、とのべつまくなしに喋《しゃべ》り続ける。極北《きょくほく》シティという、およそ国際的でない町の名前が出てきて、思わず世良は尋ね返す。何度かやり取りし、ようやく運転手の従兄弟《いとこ》が日本女性と結婚し、極北市に住んでいるらしいことを理解する。極北市では今、世界最大の大観覧車の建設が進められているらしい。自国のニュースを異国のタクシードライバーから聞かされるなんて、少々情けない。

世良と運転手のたどたどしい会話に、垣谷が日本語で割り込む。

「タクシーの運ちゃんの家族構成なんかどうでもいいだろう、少し静かにしてくれ」

世良がうなずくと、垣谷は続ける。

「それにしても世良はラッキーボーイだな。一年少々の外部病院研修を終え大学に戻ったとたん、国際学会のシンポジストのお供でニース行きとは。同期には羨《うらや》ましがられただろう」

世良はもう一度うなずくが、心中では、それほどラッキーでもないんですけど、と呟く。ジャケットの内ポケット、パスポートにはさんだ封筒を指先で確認し、ため息をつく。

——これさえなければ、単なるお気楽な海外旅行だったのに。

約一年半の外部研修の日々。外科医一年目の一九八八年は、東城大学医学部総合外科学教室の最下層の医局員として地べたをはいずり回ったが、年明けの二月、外部の関連病院に出向した。出向先はくじ引きで決まる。世良は一番くじを引き当て、桜宮がんセンターを選んだ。そこでは毎日のように手術に入り、胃癌の胃切除術の術者を十数回経験し、外科医としても前途洋々だと感じていた。

八ヵ月後、二ヵ所目の研修先はドラフト形式のため、前回一番クジの世良は自動的にビリクジになり、県境を越えた高原の町、富士見《ふじみ》診療所になった。ここでは手術がまったくなく、ひたすら老人患者の検診や問診にあたった。がんセンターとは正反対、あまりの落差に世良は鬱《うつ》のようになってしまった。毎回同じような不定愁訴を繰り返すお爺さん患者を前にして、こうしている間にも同期の連中は手術に入り、術者として症例経験を積み重ねているかと思うと、いてもたってもいられない気持ちになった。

そんな世良に言い聞かせるように、富士見診療所の山村《やまむら》所長は繰り返し言ったものだ。

――焦ることはないんだよ、世良君。早く着こうが遅く着こうが、誰でもゴールは同じだ。

寒村の診療所をひとりで支えている山村所長の、枯淡の境地の言葉は、血気に逸《はや》る若き外科医の耳には届くことなく、世良はひとり焦燥の日々を過ごした。

あそこは地獄だったな、と世良は呟く。

三年目、一九九〇年。世良の代は一部を残し大学病院に呼び戻され、大学病院の最下層の生活が再開した。五月の連休明け、新入生が入局してくるまでその地位は変わらない。

このため、四月下旬に一週間、国際学会発表のお供ができることを指して曰く、「宝くじに当たったような超ラッキー」だと、垣谷講師は表現したわけだ。

だが世良は一年半の外部研修で悟っていた。ラッキーは必ずアンラッキーを伴ってやってくる、ということを。桜宮がんセンターの研修は幸運だったが、まるでバランスを取るように最悪の富士見診療所の半年があったのが何よりの証拠だった。

では今回、幸運な国際学会のお供に伴ってきた不運とは何だろう。

世良はもう一度、内ポケットの封筒を指先で確認する。

――コイツさえなければなあ……。


タクシーは速度を落とし、入り組んだ裏路地《うらろじ》で停車した。先に垣谷が降車し、世良は準備した現地紙幣で支払いをした。運転手は財布を取り出しごそごそやっていたが、何食わぬ顔で硬貨を数枚投げ返した。世良は硬貨を数えて言う。

「十フラン足りないんだけど」

言葉が通じないふりをして、運転手は聞き直す。世良は辛抱強く同じ言葉を繰り返す。

十フラン、足りない。

運転手は肩をすくめ、胸ポケットから硬貨を取りだし、世良に投げ渡す。

「ジーザス、ユー・アー・ラッキー・ガイ（まったく、お前さんはツイてるぜ）」

運転手は世良を睨《にら》みつけ、顎《あご》で下車を促した。世良が車を降りると、タクシーは排気ガスを撒《ま》き散らしながら走り去った。

タクシーを降り立った世良の身体をむっとした熱気が押し包む。だが大気はからりと乾燥していて、過ごし易《やす》そうな気候だ。

垣谷講師は、手にした雑誌をうちわのようにあおぎながら、二人分のバッグを前に尋ねる。

「何をぐずぐずしてた？　トラブったのか？」

「運ちゃんが小銭をごまかそうとしてたんです」

受け取った十フラン硬貨を見せる。垣谷が世良のてのひらから戦利品をつまみあげる。

「何だ、これは。フランス・フランじゃないぞ」

ツートンカラーの硬貨を垣谷から受け取りながら、世良も確認する。

「そうですか？　十フランと書いてありますけど。……やられたかな、ちくしょう」

世良は小銭をざらりとポケットに流し込む。顔を上げると、裏路地は細長い建物で埋め尽くされている。世良は建物の壁にへばりついた看板を見上げた。ホテル・パラディ。それを見て、同期の北島《きたじま》が得意気に語っていたことを思い出す。

「フランス人はむっつりスケベで、ホテル（hôtel）というスペルをオテルと発音するんだ」

世良が尋ねる。

「何でそれがむっつりスケベなんだよ」

「ホテルはHをするのが目的だから頭文字にHがあるのに、そのHを口にしないんだぜ」

「それって、フランス語はH《アッシュ》を読まないって発音法のせいだろ」

言い返しながら、北島の説明で納得したが、気の利《き》いた返しを思いついて、言い返す。

「だけど今度ニースで泊まる時には、オテルという発音はふさわしいんだ。だって垣谷先生とふたり旅だぜ。当然Hなしでお願いしたいさ」

北島が納得させられたのがありありと表情に浮かび、一瞬悔しそうな顔をした。同期の中で一番上昇志向の強い北島は、こんな些細《ささい》なジョークでさえも負けず嫌いなのだ。

垣谷と「オテル」に入ろうとした時、扉が開きホテルからTシャツ姿の男性が飛び出してきた。垣谷の肩にドアがぶつかり、垣谷はよろめく。

「あ、すんません」

若い男が言った。一瞬、外国語に聞こえたのはイントネーションが耳慣れなかったからだ。九州の方言かもしれないと感じたのは、Tシャツの背に『桜島大噴火《さくらじま》』という文字が躍《おど》っていたせいか。垣谷はドアをぶつけられた肩を撫《な》でながら言う。

「学生だな。いいご身分だよ、まったく」

走り去る若い男を振り返り、世良はうなずく。

「今は円高ですから猫も杓子《しゃくし》も卒業旅行は海外へ、というのは流行《はやり》なんです」

「そう言えば世良も一昨年はどこかへ行ったんだっけ。いい時代になったもんだ。昔は一ドルが三百六十円という固定相場制だったのに、今や半額だからな」

世良はうなずく。そして二年前の卒業旅行直前に、みるみる円高になり、最初に想定したよりもはるかにリッチな卒業旅行になったことを思い出した。

チェックインを終えた世良は鍵を受け取り、ロビーでくつろいでいる垣谷に手渡した。

「俺は三階のスタンダード、先生は五階のスーペリオールです」

垣谷は立ち上がる。「晩飯《ばんめし》はどうする?」

世良は垣谷の表情をうかがいながら、答える。

「腹はすいているような、いないような。まあ、食べても食べなくても」

「気をつかうなんて、らしくないぞ。まあ、長旅の疲れもあるが、せっかくだから軽く一杯やろうか。世良、奢《おご》ってやるぞ」

「ありがとうございます。大学に戻りたてなのに、先輩のお供で国際学会に来れたばかりか、その上奢ってもらえるなんて本当にラッキーです」

垣谷は世良の頭をこづく。

「世辞を言ってもたいしたことはないぞ。明日の発表が終わるまで、気分は梅雨空《つゆぞら》だからな」

「わかってます」

世良はシャドウ・キックでシュートを打つ。垣谷は腕時計を見る。

「今十時だから、十分後にロビーに集合にするか」

垣谷は、鞄を持ってエレベーターに向かう。世良もナップザックを持ち、後を追う。

垣谷は、サッカー部では世良の八学年先輩になる。現役時代一緒にプレーをしたことはないが、OBとしてグラウンドに顔出ししていた垣谷に、世良は細かく観察されていた。ふつう医学部の運動部は五年生で引退するが、世良は六年生の秋季大会まで居残り、挙句の果てに決勝ゴールまで決めた。そんな世良を垣谷は「わがままリベロ」と呼んでいたらしい。

ある日後輩がこっそり教えてくれたが、垣谷に直接確かめたことはない。

国際観光都市・ニースも、すべてのホテルが素晴らしいわけではない。支払うべき物を支払えば最高級の部屋が用意されるというだけで、その点は普通の街と変わらない。

部屋に入った世良は、荷物を棚に放り投げ、ベッドに横になる。腕枕をし、安普請《やすぶしん》の部屋の天井を見つめる。スタンダード・シングル五千円、スーペリオール八千円。バックパッカーの定宿《じょうやど》と言われても違和感はない。入口で衝突し、風のように消えた若い男の後ろ姿に、二年前の卒業旅行でヨーロッパをふらついていた自分を重ね合わせる。

——あの頃は何も知らなかった。その代わり、今よりずっと可能性に満ちていた。

てのひらをライトにかざす。あれから二年。果たして外科医を名乗れるようになったのか。

ぼんやり天井を眺めていた世良は、がば、と身体を起こす。垣谷との待ち合わせ時間を三分過ぎていた。若い男のTシャツ姿を思いだし、羽織ろうとしたジャケットを投げ捨てる。内ポケットからパスポートを抜きズボンの尻ポケットに入れ、立て付けの悪いドアをこじ開け廊下に出た。エレベーターのボタンを押したが反応の鈍さに耐えかねて、エレベーターの柱に巻きつく螺旋《らせん》階段をリズミカルに駆け下りる。

ロビーでは背広姿の垣谷が、大股を広げソファに腰を下ろし、英字新聞を読んでいた。世良の姿を見ると、垣谷は煙草《たばこ》をもみ消し立ち上がった。

フロント係から飲食できる場所を聞き出す。英語がわかりにくかったが、同じ単語をリピートした果てに、ようやくホテル裏手に飲食店が並ぶ通りがあることを理解した。夜十時を回っていたので、店は閉まっているのでは、と尋ねると、フロント係は首を振る。

「そこは夜中過ぎまで賑《にぎ》やかですから、ご心配なく」

通りまで歩いて五分。フロント係の言葉に偽《いつわ》りはなく、夜中とは思えない人混みでごったがえしていた。垣谷と世良はそぞろ歩きをしながら店を冷やかす。どの店にもオープンテラスがあり、満席に近い店もあれば、誰もいない薄暗い店もあった。垣谷と世良は、ほどよい混み方をした店のテラス席に陣取り、ワインのカラフェを注文した。ワインは驚くほど安い。

「それにしても長旅だった。さすがに疲れたな」

世良は垣谷のグラスに赤ワインを注いでから、自分のグラスを満たす。ふたりはグラスを掲げて乾杯した。

「長旅の無事に」「垣谷先生のご発表の成功を祈って」

ふたりの言葉がぶつかった。垣谷は笑顔で言う。

「今夜はもう、明日の発表のことは思い出させないでくれ。酒がまずくなる」

運ばれたパスタを見て、量の多さに途方に暮れる。別の大皿には二枚貝のワイン蒸しが山盛りだ。ボンゴレ・ペペロンチーノを注文したはずなのだが、今、目の前に並んだ品は、世良が知るボンゴレではない。これと比べれば、日本のボンゴレは、むき身アサリがスパゲティにまぶされていると表現すべき程度のものだ。世良の前に並んだ品はキングサイズのアサリのワイン蒸しプラス盛りつけ放題のスパゲティ・バイキングだった。

「注文したのは一人前だけど」

世良がクレームをつけると、ウェイターはウインクをして、注文票を見せながら朗《ほが》らかに答える。

「これで一人前ですよ、ムッシュ」

そこへ別のウェイターが巨大なピザを両手で抱えてきた。側には山盛りのフライドポテト。ポテトだけで一食分だ。垣谷が言う。

「コイツも一人前かどうか、確認しろ」

世良は口を開きかけるが、垣谷は手を上げて制止する。

「……いや、やっぱりいい。どうせ一人前なんだろう」

垣谷は、最近膨らみが目立ち始めた自分の下腹を撫《な》でた。


ピザとパスタを小皿に取り分けながら、ふたりはワインのグラスを重ねた。街角には薄着姿の人々が溢れていた。手を取り合う老夫婦、声高《こわだか》の会話を垂れ流す若者集団、若夫婦は乳母車《うばぐるま》の赤ん坊と小学生の子どもを連れ歩く。どこにでもありそうな繁華街の風景が切り取られていた。ただしこれが夜中の十二時の光景だということは、少々尋常な街角の光景とは異なる。

赤ワインを飲み干した垣谷が尋ねる。

「久しぶりの医局はどうだ？」

「戻って二週間ですから、まだよくわからないです」

「ごまかすな。問題児の世良なら何か感じただろう。前とどこか変わったか？」

世良はスパゲティをもごもご嚙みながら黙り込む。やがてぽつんと答える。

「そういえば何となく、以前よりも指導医《オーベン》の先生たちがてきぱきしてる気がします」

「まるで以前はぐうたらしてた、と言いたげだな」

軽く睨まれ、世良は両手を振る。「とんでもないです」という世良を見て、垣谷は言う。

「あの頃と違うのは、手術を仕切るのが渡海《とかい》さんから高階《たかしな》さんに替わったくらいだが」

渡海という響きに、顔を上げる。赤ら顔の垣谷は、世良の変化に気づかず尋ねる。

「外部出向はどうだった？　楽しかっただろ？」

世良は中空に視線を彷徨《さまよ》わせて、答える。

「天国と地獄っすね」

「ふうん、どこが天国でどこが地獄だったんだ？」

「天国は桜宮がんセンターです。手術天国。大学病院では見たこともない症例が毎日のように来るし、後半になったら週一回は胃癌の術者をやらせてもらいました」

「がんセンターの中瀬《なかせ》部長は、人を見る目が厳しくて、ダメ研修医と判断されたら、手術をさせてもらえない。毎週、術者をさせてもらった研修医なんて聞いたことがないな。ずいぶん気に入られたんだな。で、地獄はどこなんだ？」

「富士見診療所、です」

世良が即答すると、垣谷は笑う。

「富士見が地獄か。なるほどね」

二週間前まで在籍していた、ひなびた診療所の玄関を思い出す。立て付けの悪い扉ははめ込み硝子《ガラス》だったが、十年以上前に入ったヒビをセロハンテープで留めていた。そのテープは茶色く変色していて、もはや接着テープの機能を失っていたが、気にする者はなかった。毎朝、そのみすぼらしい玄関の扉を見る度《たび》に、回れ右をしたくなった。

時の流れが止まった世界。総ベッド数十五。実際に稼働しているのは半分で、入院患者は年寄りばかり。手術は年に数例、観光客のアッペ（虫垂切除）があるかないか、だった。

世良は吐き捨てる。

「あそこは退屈地獄でした」

垣谷はワインを口に含む。

「世良は真面目なんだな。中には富士見を〝最後の楽園〟と呼んだヤツもいるが」

確かにそういう評価もあるかもしれない。診療所の外に一歩踏み出せば風光明媚な観光地、見上げれば富士山が荘厳《そうごん》なたたずまいをみせ、眼下には湖面が広がり、ウインド・サーフィンの帆が揺れている。マリン・スポーツ好きにはたまらないロケーションだ。もっとも湖だから、正確にはレイク・スポーツだな、と思い直す。

「川田《かわだ》先輩は毎日ウインド・サーフィンに明け暮れていたと、看護婦さんがウワサしてましたけど本当ですか」

垣谷は首を振る。

「ウワサは知らないが、まさにその川田だよ、富士見を最後の楽園と言いふらしたヤツは」

川田は世良の二年上だが、医局での評価はあまりぱっとしない。仕事もいい加減だという内部評価が、戻りたての医局最下層の世良の世代にまで広がっている。ということはその評価はほぼ医局の正式な評価と考えていいだろう。

だが世良も、退屈地獄の富士見診療所では外科医としてはやることもなく、アップ・ダウンの激しいコースで毎朝ジョギングをした。そのため、現在の体力はサッカーに明け暮れた学生時代をはるかに凌《しの》いでいるのではないか、とさえ感じていた。

数杯のワインを経て、ようやく医局長と医局員からサッカー部の先輩後輩に戻り、会話が滑らかになる。繁華街の賑わいは続き、終わりのこないカーニバル会場のようだった。

視線を感じて振り向くと、若い男と目があった。小さい目、低い鼻、おちょぼ口。身体の割に顔が大きい。標準的な日本人体型と言われれば納得するが、平凡な顔立ちに見覚えはない。

視線を下げていって思い出す。Tシャツの胸にはデフォルメされた太陽が燦然《さんぜん》と輝き、その下に『桜島大噴火』というゴチック文字が黒々と躍っている。ホテルの入口で垣谷とぶつかった男だ。視線が合うと男は席を立ち、ワイングラスとバゲットを手に歩み寄ってきた。

「こんちは。さっきは大変失礼ば、しました」

九州の方言のイントネーションだ。垣谷もTシャツを見て思い出したようだ。

垣谷と世良は黙り込む。受け容《い》れか、拒絶か、この場の決定権は垣谷にある。その垣谷がちらりと腕時計を見た。つられて時計を見ると時刻は一時十分。ふだんなら本格的に飲み始める時間だが、二十時間近い飛行機の長旅の後の上、明日の午後には国際学会シンポジウムの発表本番を控えている。時計を見た時点で、垣谷の答えが〝やんわり拒絶〟だと推測できた。

そうとわかれば手っ取り早く話のとっかかりをなくすのがよいと、世良がウェイターを呼ぼうと手を挙げた。その機先を制するように若い男は、空いている椅子に腰掛ける。

「先生方、よくこの店ば見つけたとですね。さすがお目が高い。オイはニースば来て一週間ですばってん、四日間食べ歩きしてやっとこの店ば見つけました。じゃっどん不思議なのは、そんなハナのいい先生方がどげんしてあげなホテルば選んだか、ちゅうこつです。ひどかですよね、あそこ。オテル・パラディなんて、名前はゴージャスでっけど、中身は先生方みたいな立派な人が泊まるホテルではなかかと」

九州弁のせいか、敬語が敬語ではないように響く。垣谷はむっとした顔で答える。

「大きなお世話だ。だいたい初対面の君が、どうしてわれわれを『先生』と呼ぶ？　見知らぬ他人に話しかけるなら、まず自己紹介をするのが礼儀だろう」

若い男は頭を掻《か》いて答える。

「すんません。先生方は明日から始まる国際循環器病学会でご発表される、東城大学医学部の先生ではなかですか。盗み聞きするつもりはありもはんが、おふたりのお話は離れた席までびんびん聞こえてきたもんで、つい」

異国の気安さから、大声で喋り散らしていたようだ。咳払いをして、垣谷は言う。

「我々は、君に『先生』と呼ばれる筋合いはない。そもそも君は何者だ？」

若い男は立ち上がると、深々と頭を下げた。

「自己紹介もせず、失礼ばつかまつりました。あんまり奇遇で、つい馴《な》れ馴れしく話しかけてしまったとです。無礼ば、お許しつかあさい。オイは駒井亮一《こまいりよういち》、五月から東城大学医学部総合外科、つまり先生方の教室にお世話になる一年生です。薩摩《さつま》大出身です」

垣谷と世良は顔を見合わせる。雑踏の中、駒井は直立不動で微動だにしない。

やがて垣谷が口を開く。

「お前か、九州の薩摩大からわざわざ入局してくるという変わり者は」

駒井は笑う。

「オイの名前ば、すでに医局では、そげに有名になっとるとですか。光栄ですばい」

これでは〝やんわり拒絶〟カードは切れない。新入医局員と異国で遭遇したら、医局長の垣谷は教室代表として対応しなくてはならないからだ。

垣谷は駒井に、世良の隣を指した。

「医局員なら仕方ない。そこに座れ。奢ってやる」

「ありがとうございます」

言葉では礼を言っているが、当然の扱いだと思っているのが、表情からありありとわかる。

着席した駒井は、さらに図々《ずうずう》しい申し出をしてきた。

「これ、頂戴《ちようだい》してよかですか？　オイは、ひどか貧乏旅行でして」

駒井は大皿にたっぷり残るパスタとピザを指さす。世良がうなずくと、駒井はカラフェから勝手に赤ワインをグラスに注ぎ、ついでに世良と垣谷のグラスも充《み》たす。

「太っ腹の先輩ば持って、オイは本当に幸せな一年生でごたる。では、異国での奇遇を祝し、みなさんご一緒に。乾杯」

異国の夜空に、駒井の朗らかな声が響いた。それに世良と垣谷の小声が追随した。


細身の駒井が、大皿に残るパスタとピザをみるみる平らげていく。垣谷と世良はその様子を呆然と見守る。機内食で胃もたれしていたが、目の前で旺盛な食欲を見せつけられると不思議と胃の腑《ふ》が動きだす。負けじとパスタの残りを皿に盛りつけると、赤ワインを飲み干す。

「せいぜい今のうちに、お気楽生活を堪能《たんのう》しておけ。五月になれば毎日大変だからな。ところでお前は、ニースに何しに来たんだ？　やっぱり卒業旅行か？」

垣谷に質問された駒井は、口一杯にパスタを頬張《ほおば》り、頬にオリーブオイルをつけたまま、二度三度、うなずく。咀嚼《そしやく》しながらポケットを探り、二人にカードを差し出した。

世良と垣谷は顔を見合わせる。明日開幕する国際循環器病学会の参加証だ。世良たちのと同じデザインだが、色が違うのでだいぶ印象が異なる。ふたりの参加証は赤く、駒井のは青い。

駒井はパスタを咀嚼し呑み込むと、自由になった口を開く。

「ニースばきて一週間になるとですが、そもそもこの学会に参加しようと思ってニース旅行を決めたとです。卒業前に学生参加の手続きばしたとです」

「感心だが、何でわざわざこんな専門的な国際学会に参加したんだ？」

垣谷の問いに、駒井は小さな目を見開く。

「何ばおっしゃるとです。プログラムば調べ、どこぞの国際学会で東城大の総合外科の発表がなかなか探しまくった結果ですばい。オイはこのシンポジウムを聴くためにニース滞在を決め、シンポジウムで医局長の垣谷先生に御挨拶をと思ってたとです。ばってん、こげな風にお目にかかれるなんて夢にも思いませんでした。我ながら超ラッキーばい」

駒井は垣谷の肩をぽんぽんと気安く叩く。

「というわけで、明日はひとつ、発表ばバシっと決めてください。そしたらオイは、この先、垣谷先生を師匠と仰《あお》いでついていきますばい」

叩かれた肩をはたき、垣谷は素っ気《そけ》なく言う。

「俺を師匠と仰がずとも、総合外科には見習うべき立派な外科医は大勢いるから心配するな。まあ、高い学会費を払ってまで、入局前から国際学会に参加する心意気は買うが」

「ありがとうございます。じゃっどん誤解はイヤなんで、説明ばします。学会費は納めておらんとです。太っ腹な国際学会は、学生は参加費無料だったとです」

すっかり駒井のペースに巻き込まれ、世良も垣谷も毒気《どくけ》を抜かれて黙り込む。

支払いをしようとした垣谷が、小銭が足りないと世良に告げる。世良はポケットから小銭を取りだしテーブル上にばらまいた。数枚の硬貨がテーブルの上でくるくる回る。

その中から駒井は目敏《めざと》く一枚のコインを取り上げる。金銀二色の硬貨を灯にかざし、目を細める。世良は、駒井から返されたコインを指先でつまみ、同じように灯りにかざす。

「どげんしたとです、このコイン？」

「ああ、これか。タクシーの運ちゃんがお釣りをごまかそうとしたから追及したら、しぶしぶよこしたんだ。ニセコインだろ、それ」

駒井は首を振る。

「どうやら世良先輩は、とてもラッキーな方のようですばい」

タクシー運転手と同じ台詞を聞いた世良は、思わず「なぜ？」と問い返す。

「これはモナコ硬貨ですばい」

「モナコ硬貨？　何だ、それ？」

「ここから車で三十分ほど行くと、モナコ公国という小国があるとです。ご存じですと？」

世良はうなずきながら、内ポケットの封筒を思い出す。まさかここでその国の名を耳にするとは夢にも思わなかった。垣谷が言う。

「モナコ、か。確かグレース・ケリーの国だな」

駒井は手を打って言う。

「さすが垣谷大先生。グレース・ケリーはモナコ公国のプリンセスですと」

「それがどうした？　だいたいモナコ硬貨って何だ？　オモチャの貨幣か？」

駒井は首を振って、言う。

「モナコ公国は皇居の二倍程度の面積しかなか、世界で二番目に小さい独立国ですばい。財源は観光、特にカジノが主ですと。国防や一次、二次産業はフランスにおんぶにだっこ。だからモナコは、フランスの顔色を窺《うかが》いながら生きてきたとです。でも独立国家なので独自の通貨を発行ばしとります。フランスでも使えますばってん、希少価値があって手に入れるとみんなしまいこんでしまうとで、一般にはほとんど流通してないとです」

垣谷がうなずく。

「なるほど、日本でのオリンピック記念硬貨みたいなものなんだな」

駒井は首をひねって、言う。

「それはちょっと違うですばい。でも、そんなコインば偶然手に入れるとですから世良先輩はラッキーボーイなのかな、と思ったとです」

世良は、金銀二色の硬貨を夜空にかざした。現金なもので、そのコインはそれまでと全く違う輝きを放っているように見えた。垣谷が尋ねる。

「時価はどのくらいするんだ？」

駒井は首をひねる。

「オイもあまり詳しくなかですが、アンチーク店で五百フラン以上してた気ばしました」

素早く暗算し、一万円は優に超えていることを確認する。

——二百円があっと言う間に一万円か。

さすがリゾート地にしてギャンブルの街、ニース。スロットのジャックポットみたいだ。

モナコ硬貨を握りしめた世良を横目で見ながら、垣谷が立ち上がる。

「東城大学医学部総合外科学教室は君を歓迎する。というわけで、新入生歓迎のセレモニーも済んだ。夜は遅いし明日は早い。これでお開きだ。ここは奢ってやろう」

「ありがとうございます」

三人は徒歩五分のホテルに肩を並べて帰った。部屋に戻った世良は、ベッドに雪崩《なだ》れ込むと泥のように眠った。


ノックの音で目覚めた。時計の針は七時。世良は、ねぼけまなこで扉を開けると、そこには太陽Tシャツに短パン姿の駒井が立っていた。

「どうしたんだ、こんな朝早く」

世良の不愉快さをにじませた言葉をまったく意に介さず、駒井は答える。

「世良先輩は東医体サッカー部門のスターですばい。サイドバックで八番を背負う変わり者のリベロは西医体でも話題でしたが、同一人物だと気づいてびっくりですばい」

世良は目をこすりながら言う。

「それがどうした。そんなの、もう昔話だろ」

「実はオイもサッカー部で、バックスばしとりました。ニースで毎日、海岸を走っておったとです。よろしかったら一緒にいかがです？」

世良は眩暈《めまい》がした。走る？　わざわざこのニースで？

だが、自分の身体に問いかけてみると、否どころか、それを欲していると感じられた。毎日走りこんでいた富士見診療所勤務の半年間の日々がよみがえる。医局に戻って二週間、走るのを止めていた。そろそろ禁断症状が出始めている。

「三分待ってくれ。ロビーに降りていくから」

駒井はにっと笑い扉を閉めた。世良は伸びをして、薄手のズボンとTシャツに着替えた。


海の色はさまざまな濃淡の色合いを見せていた。海岸線に近い水面には、昇って間もない太陽の破片が群れた魚の銀鱗のように映し出されていた。

世良は駒井の息遣いを感じながら、ラフに走る。風が爽《さわ》やかなので陽射《ひざ》しの強さは苦にならない。汗が額に浮かんだ先から、乾いた大気に蒸発していく。

——ここは本当に楽園なのかもしれない。

世良は淡々と走った。駒井は突然ダッシュしたり、後ろから世良を煽ったりと挑発的な走りをしていたが、世良は相手にしなかった。やがて駒井は諦めて、大人《おとな》しく伴走し始める。

コート・ダジュールを直訳すれば〝紺碧《こんぺき》海岸〟になる。マントンからトゥーロンまでの長い海岸線を指し、その中にモナコ、ニース、カンヌという風光明媚な観光都市を多数含む。

ニースはそれらの都市の中心に位置している。

そんな観光ガイド本の豆知識を、さも自分の知識であるかのように喋る駒井の言葉をBGMに、海岸線の端を折り返す。走り始めはエメラルドグリーンだった海原は、走り終える頃には深い蒼《あお》になり、名前の由来通りの景観を見せていた。

ホテルに戻ると、垣谷が朝食を食べていた。背広にネクタイ姿。世良と駒井が戻ってきたのを見ると、珈琲《コーヒー》を飲み干して立ち上がる。

「早朝からジョギングとは健全なヤツらだな。九時にホテルを出る。開場は十時で、発表は午後二時だからあわてる必要はないが、スライド受付の時間も必要だからな」

息を切らしながら駒井が言う。

「オイが道案内ばします。会場のアクロポリスまで走って五分、歩いて十五分ですばい」

垣谷は駒井に言う。

「それなら安心だ。走って五分は却下《きやっか》する。歩いて十五分で案内してもらおう。そして出発は九時半に変更だ」

駒井と世良はうなずくと、ラウンジでバイキング形式の食事にかかる。食事を終えた垣谷は部屋に戻るためエレベーターに向かった。

一時間後。ロビーに降りてきた駒井の姿を見て、垣谷が呆《あき》れ声を出した。

「お前、本気でその格好で学会に出るつもりか」

「いけんですか？」

「いけんもなにも、Tシャツ姿はさすがにまずかろう」

「ばってん、薩摩大の先輩に話ば聞いたら、国際学会は国内の学会と違ってその辺はフリーだから、しゃちほこばる必要はないと言われたとです」

「確かにそうだが……。まあ、勝手にしろ。考えてみたらお前はまだ正式にはウチの医局員ではないし、国家試験を通らなければ医局員になるのは一年お預けだし、な」

「道案内を買って出た後輩に、縁起でもないことは言わないで欲しいとです。お気に障《さわ》りましたら、着替えてきますすばい」

いじめすぎたと思ったのか、垣谷は言う。

「いや、冗談だ。本当に好きにすればいいいさ」

三人はホテルを出た。背広姿だと汗ばむ陽気に、駒井の涼しげな格好がうらやましくなる。

駒井のナビは正確だった。ゆっくり歩いて十五分、街角の八百屋《やおや》でトマトを買ったりしながらそぞろ歩きをしていると、やがて遠目に硝子張りの巨大な建物が見えてきた。それが学会会場のアクロポリスだった。

正面玄関に噴水とモニュメントが並んでいる。巨大バイオリンが集合し塔になっているモニュメントが人目を惹《ひ》く。台座の標題は「Power of music（音楽の力）」とある。

九時五十分。到着すると、会場前では大勢の背広姿の人々がたむろしていた。

しばらくして一斉に人波が動き出す。開場だ。世良たちは入口で事前登録した参加証を呈示し、スライド受付に向かう。

垣谷の発表は午後二時からのオープニング・シンポジウムだが、スライド受付にはすでに十名ほど行列ができていた。スライドを事前チェックするための映写機は三台しか用意されておらず、おまけに各国語でクレームが飛び交ってなかなか進まない。

「垣谷先生じゃないか、久しぶりだね」

雑音のような外国語の中、突然、親和性の高い母国語が鮮明に響き、世良たちは振り返る。数組後ろに並んでいた二人の日本人の一人が垣谷に声を掛けてきたのだ。一瞬、しまったという顔をした垣谷だが、すぐ取り繕《つくろ》って挨拶を返す。

「鹿間《しかま》先生こそお元気そうですね。昨年の外科学会以来ですか」

「そうだったかな。垣谷先生にはお目にかかれると確信してたよ。なにせ、シンポジウムの発表者だものな」

そう言うと鹿間は意味もなく高らかに笑う。そして急に真顔《まがお》になり、つけ加える。

「もっとも私の方は西崎《にしざき》教授のお供だけどさ。差を付けられちゃったなあ」

「私は、佐伯教授や黒崎《くろさき》助教授のご都合がつかなかったための代打で、ふつつかながら分不相応《ぶんふそう》のシンポジストになりました。汗顔《かんがん》の至り、です」

鹿間はでっぷり肥《こ》えた身体を揺すり、愉快そうに笑う。

「そんなに謙遜《けんそん》しなくてもいいでしょ。すごいじゃない。確かに国際循環器病学会のシンポジストに助手ごときを出して平然としている佐伯先生の肝の太さには感心させられるけど。目立ちたがりの黒崎助教授が演者を受けなかったのは英語下手だからというウワサだし。だとしたら実にもったいないよね」

「ウワサというものは無責任ですから。ところで西崎教授のお姿が見えないようですが？」

「シンポジウムにはお見えになるよ。スライド確認ごときにわざわざいらっしゃらないんだ。今頃はお部屋でくつろいでおられる。アマンド・ホテルのジュニア・スイートでルームサービスの朝食中じゃないかな。ああ、うらやましい」

鹿間は豪快に笑いながら後方の列に戻った。アマンド・ホテルってどこだ、と世良が呟くと、駒井が小声で言う。

「内部にカジノばある、四つ星のデラックスホテルですと」

「何でお前がそんなこと知ってるんだ？」

世良の囁《ささや》き声に、駒井は小声で答える。

「何を言っとるとですか。今朝、そのホテルのまん前ば走ってきたじゃなかですか」

鹿間の列の方が進行が早く、先に並んだ垣谷たちを追い越し一足早くスライド確認の番になる。鹿間が一瞬、勝ち誇った笑みを浮かべる。世良は垣谷に小声で尋ねる。

「今のはどなたです？」

「西崎外科の鹿間助教授だ。帝華《ていか》大でなければとっくに教授になっているはずの大御所さ」

「帝華大のスタッフ、ということは高階先生の天敵だったんですかね」

垣谷講師はあいまいにうなずく。

「それはどうかな。高階先生は食道専門の講師、鹿間先生は助教授で心臓専門だからな」

世良は素直にうなずけない。たとえ食道と心臓という異なる領域でも、同じ胸部外科だからかち合うはずだ。佐伯外科でも高階講師は食道、黒崎助教授は心臓と専門領域で棲《す》み分けしているが、黒崎助教授と高階講師の折り合いは悪い。

そんなやり取りを、Tシャツ姿で浮きまくっている駒井が黙って見つめていた。

午後二時。開会式後のメインホールに人が集まり始めた。世良は駒井を伴い、メインホール前方の座席に陣取った。その二列前の最前列の右端に、垣谷がひとりでぽつんと座っている。うつむき加減で一心不乱に読んでいるのはたぶん発表原稿だろう。

最前列には他にも飛び石のように演者が並んでいた。振り返り会場を見回すと、五百人は入る大会場は、満席とまではいかないが、かなり埋まっていた。垣谷と反対の左端前方に、先ほど声を掛けてきた鹿間助教授とその取り巻き五、六名が一塊《ひとかたま》りになって談笑していた。

突然、彼らの背筋が伸びた。視線の先を眺めると、後方の階段をゆったりとした足取りで下りてくる長身の男性が目に映った。その姿には見覚えがある。

日本外科学会の頂点にして帝華大学外科学教室の長、西崎慎治《しんじ》教授だった。

国際学会の開幕直後に行なわれるシンポジウムは、その学会のメインイベントだ。

ステージ上の横断幕には『冠状動脈バイパス術の夜明け』と表記されている。座長は米国・マサチューセッツ医科大学のセルゲイ教授と英国・オックスフォード医科大学のガブリエル教授。心臓外科の世界では、その名を知らなければモグリと言われる第一人者だ。

学会事情に疎《うと》い世良でさえ、その名を知っていた。駒井が言う。

「世良先輩、発表内容ば、後輩のオイのため解説ばしてほしかとです」

世良はげんなりした顔をする。

だが先輩外科医として、駒井の申し出は断れない。仕方なく、世良は説明を始める。

「最初の演者、オックスフォード医科大学のガブリエル教授は、大伏在《だいふくざい》静脈を用いたバイパス症例五百例の手技《しゆぎ》の変遷の歴史を発表するようだね」

座長のセルゲイ教授は秘蔵っ子のアントニオ講師に新しい吻合《ふんごう》手技を発表させる。この程度のシンポジウムなら部下で充分だと言わんばかりの余裕を見せつけ、ガブリエル教授より格上だと主張しているようにも見える。さすがに世良はそこまでは解説しなかったが。

発表者は他に四名、米国・サザンクロス心臓疾患専門病院のミヒャエル部長と帝華大の西崎教授、東城大の垣谷講師、そしてモンテカルロ・ハートセンターの天城《あまぎ》雪彦《ゆきひこ》部長だ。六名中三名、半数を日本人が占めるのは、国際循環器病学会では前代未聞の快挙だと、出発前に同期で心臓外科医の青木《あおき》が教えてくれた。青木は、当然自分がお供するはずだと思っていたようだ。循環器病学会なのだから、そう考えて当然だし、世良も申し訳なく思っていた。そもそも世良自身、なぜ自分に白羽の矢が立ったのか、さっぱりわからない状態だったのだ。

世良は、シンポジウムの演題の説明を、心臓血管グループの同期、青木と、出世頭の北島からの受け売りで切り抜けようと四苦八苦していた。

「冠状動脈バイパス術は、心臓の栄養動脈である冠状動脈が閉塞して、狭心症や心筋梗塞《こうそく》になった時、詰まった部分に〝バイパス〟を設ける手術手技なんだ。原理は簡単だろう？」

口を尖《とが》らせ駒井が抗議する。

「それくらいは、オイでもわかるとです。バイパス術の基本ばわからなければ、国家試験は通らんですばい」

「頼もしいなあ。俺の一年の時より優秀だよ。でね、バイパスの材料は長年、足の大伏在静脈を用いていたんだけど、静脈のバイパス術の長期成績がよくないと言われ出したんだ。そこで学会全体で、調べてみると本当にそうだとわかったのさ」

「いつ頃から成績が悪いと言われ始めたとですか？」

「ごく最近みたいだね。何しろバイパス術が確立されてまだ十年しか経っていないから、これまでは長期予後なんて、検討できなかったんだよ」

世良は他の発表内容を、簡潔に駒井に説明した。

「トラディショナルな術式である大伏在静脈の長期予後については、垣谷先生と西崎教授が発表する。佐伯外科で行なったバイパス術後五年以上経過した症例五十例の心臓カテーテル検査の結果だけど、帝華大の演題も中身はそっくりで、症例数は二十数例と、うちの半分以下。なのになぜか同じシンポジウムで二題続けて発表になってしまった」

「どうして演題がカブったとです？　結果ば正反対だったとですか」

世良は首を振る。

「ほとんど同じで、バイパス術後五年経つと、閉塞率が五割を超えるという結果さ」

「それっておかしな話ですばい。だったら垣谷先生の発表の方が症例数が多いから、西崎先生の発表を落すのが、道理ではなかですか？」

世良はうなずく。

「そのとおり。でも、覚えておくといいよ。実はこういうことって、帝華大の周りではわりと頻繁に起こることなんだ」

出発前に同期の青木に聞いたのが半分、情報通の北島から半分。それに機内で垣谷から聞かされた耳学問を加えて、これで駒井のオーダーに応えるミックスジュースの一丁上がり、だ。

このシンポジウムには、もっと生臭《なまぐさ》いウワサもあった。垣谷がシンポジストに指名されたという情報を聞きつけて、政治力を駆使して西崎教授が割り込んできた、というのだ。

なぜ西崎教授はこれほどまでに、東城大の佐伯外科を目の敵《かたき》にするのだろうか。

因縁《いんねん》の大本《おおもと》と思《おぼ》しき事件を、世良は直接目撃していた。

* * *

桜宮がんセンターに出向当時、中瀬部長に連れられて、東京で開催された日本外科学会総会に出席したことがある。大会会長の帝華大・西崎教授の宿題シンポジウム『食道癌治療の新世紀』は目玉企画だった。が、その席上、西崎教授はかつての部下で、現在は佐伯教授の懐《ふところ》刀《がたな》と目《もく》されている高階講師に、聴衆の面前でこてんぱんに叩きのめされたのだ。

従来の術式での食道癌の長期予後を発表した西崎教授に対し、高階講師は新しい手術器械『スナイプＡＺ１９８８』を用いた二十例の症例におけるリーク（縫合不全）率を発表し、学会に旋風を巻き起こした。討論の席上での高階講師の発言は、いまだに外科学会での語り草だ。その場面を世良は今でも鮮《あざ》やかに思い浮べることができる。

眩《まばゆ》いスポットライトが当たる東京国際会議場の大ホールで、壇上のシンポジスト席に座った高階講師は、座長席の西崎大会会長に向けて言い放った。

「座長の発表データはバイアスがかかっています。長期予後なのに、リーク率が検討されていない。現在は単なる生命維持による生命予後より、患者の満足度を量《はか》るＱＯＬの方が重視されます。その点に言及せず、従来通り生命予後だけ発表されるその姿勢は、不勉強の一語に尽きます。地方外科集談会での研修医の発表ならいざ知らず、全国の外科医が集う日本外科学会総会の頂点、宿題シンポジウムでの発表とは、とても思えません」

高階講師の指摘した点は、ほとんどの外科医が感じていたことだった。だが、そうした正論を天下の帝華大教授に面と向かって言うこと自体、学会の常識からすればあり得なかった。

高階講師の発言が始まると、壇上の座長席の西崎教授の顔は真っ赤になり、発言が終わる頃には、紙のように白く見えたのは、スポットライトが強すぎたせいばかりではなかっただろう。居合わせた一般外科医は、高階講師の流麗な弁舌に聞き惚れ、心中秘かに快哉《かいさい》を叫んだ。

それは外科学会における世代交代を印象づける、象徴的な場面だった。

守旧派は、高階講師の行動を恩師・西崎教授に対する謀反《むほん》だと誹《そし》った。だが造反の兆《きざ》しは演題抄録を読めば一目瞭然だった。とはいえ高階講師はかつては西崎外科の助手でもあったので、発表内容では衝突しても、シンポジウムではやり過ごすのでは、と思われていた。だが第三者の見込みは甘かった。そもそも高階講師は、西崎教授自身が持て余し、佐伯教授に押しつけた厄介者だ。そんな見込みが成り立つなら、高階講師を手放す必要はなかったはずだ。

発表内容でも討論でも、西崎外科の食道癌治療は完膚《かんぷ》無《な》きまでに叩きのめされ、権威は失墜した。術式が違うから成績は違って当然なのに、生存率で勝負を挑んだのは西崎教授だった。結局、高階講師は大観衆の面前で、かつての恩師であり大会会長の西崎教授の実績と面子《メンツ》を、粉々にしてしまったわけだ。

恩師には正面切って反抗できまいという読みは、跳《は》ね返《かえ》りの小《こ》天狗《てんぐ》と呼ばれた高階には通用しなかった。日本外科学会総会のシンポジウムという晴れ舞台でも理に適《かな》っていなければ公然と反旗を翻《ひるがえ》し、恩師も徹底的に叩きのめす。それが高階講師の真骨頂だ。

——勝利のためなら、母隊にだって平然と弓を引く。それでこそ帝華大の阿《あ》修《しゅ》羅《ら》さ。三千世界の悪鬼を打ち殺し、瓦礫《がれき》の山から四方を睥睨《へいげい》する孤独な戦士。壇上でひとり咆哮《ほうこう》する高階講師には、そんな姿がよく似合った。

シンポジウム以降、東城大・佐伯外科に対する西崎教授の敵愾心《てきがいしん》に一段と拍車がかかった。それは面白可笑《おもしろおか》しくあちこちの医局で語られることになった。当時の外科関連教室でもっとも話題になった人物が高階講師だったことは間違いない。しかしそれは佐伯総合外科学教室にとって、プラスの面ばかりをもたらしたわけではなかった。

マイナスの影響は外科関連学会でじわじわと出始めた。シンポジウム以降、東城大総合外科の外科系関連学会における演題採用率ががくんと低下した。あちこちの学会の学術検討委員会委員もしくは委員長を兼務し、演題採用の可否を牛耳《ぎゅうじ》る帝華大・西崎教授の意趣返しだ、とも囁かれた。的を射た推測だと思う反面、あまりにも幼稚な報復にも思われた。

二週間前、一年半ぶりに医局に戻った世良は、以前と何一つ変わらない様子で、飄々《ひょうひょう》と患者の治療に当っている高階講師の姿を目にして、秘かに胸を熱くした。

この人は何があろうとも、決して変わらないのだろう。

「世良先生、どげんしたとです？　急に黙りこんで。もうじきシンポジウムが始まるとです」

駒井の声に世良は我に返り、プログラムに視線を落とす。

「ごめん、時差ボケが出たみたいだ。残りは手短かに行こうか。大伏在静脈のバイパス成績がよろしくないという結果が出つつある今、静脈でなく動脈をバイパスに用いるグループが世界各地で名乗りを上げたんだ。これが今回の国際循環器病学会での焦点となる発表だよ」

「冠状動脈のバイパスだから、静脈より動脈ば使った方がよか結果が出るのは当然ですばい」

「動脈を用いたバイパス術の名手は、残り二題のシンポジストだね。サザンクロス心臓疾患専門病院・ミヒャエル部長は、内胸《ないきょう》動脈バイパス術という画期的な手技を開発した新進気鋭の心臓外科医で、去年の外科学会の特別講演にも来ていた。モンテカルロ・ハートセンターの天城雪彦部長の名前は、俺も初めて聞くな。プログラムには、術式はダイレクト・アナストモーシス（直接吻合法）とあるけど、論文も学会発表もほとんどないので実態は闇の中だ。今回のシンポジウムの最大の関心の的でもあると書いてある。大絶賛だな」

世良は、ジャケットの内ポケットの中にある封筒を撫でた。

やがて会場の灯りが落ち始める。ライトが壇上を照らし出した。拍手に迎えられ、ふたりの座長が登壇した。観客席最前列に座る垣谷の身体が硬直しているのが後ろからも見て取れた。

「今回、我々はバイパスに大伏在静脈を使った従来方式の総括として、巷間《こうかん》で言われる吻合血管開存率は低いものの、その適用範囲の広さ、静脈の扱いやすさから、まだ充分に意義は認められる、と結論づけました。静脈を使用したバイパス術に問題はありますが、術式を一掃する必要はないと申し上げ、発表を終えます。ご静聴ありがとうございました」

垣谷講師が謝辞で発表を締めくくると、ぱらぱらとまばらな拍手が響いた。

座長のマサチューセッツ医科大学・セルゲイ教授が会場に質問がないか、問いかける。挙手する者はいない。しばらく待って、セルゲイ教授は言う。

「ボン・プレゼンタシオン。メルシ（素晴しいご発表、ありがとうございました）」

社交辞令に、垣谷は頭を下げる。演壇から下りると、世良の隣に着席する。

左端に陣取る帝華大の集団から視線が投げかけられる。垣谷は真っ直ぐステージを見つめ、視線を無視した。鹿間助教授が西崎教授になにごとか囁きかけ、西崎教授は頬を歪《ゆが》めて笑う。

その様を視界の隅《すみ》に捉えながら、垣谷は吐き捨てる。

「似たような演題を直前にやられたら、こっちのインパクトはなくなるに決まってるさ」

「むかつきますね、アイツら」

ステージ上にはサザンクロス心臓疾患専門病院のミヒャエル部長が立っている。垣谷の時と異なる緊張感が会場を覆う。粗い画面がモニタに映し出される。内胸動脈を用いたバイパス術のポイントの瞬間が示され、聴衆は息を呑む。

本物だ、と世良は思った。隣で垣谷がため息をつく。

「症例数の表では外科医は納得させられない。オリジナル術式相手では勝負にならん」

帝華大の一塊りの連中がこぞこそ立ち上がり、会場を後にする。

――自分たち以外の発表には興味がないんだな。

島国根性《しまぐにこんじょう》とはこういうものか。世良の脳裏を高階講師の面影《おもかげ》がよぎった。

日本だって負けていない。ただ、勝てるはずの人が舞台に上がれないだけだ。

世良の呟きはステージには届かなかった。


ミヒャエル部長のプレゼンは大幅に時間超過していた。ひとり十五分が割り当てだが、すでに十分近く超過している。これでは最後の天城の発表時間は五分も残っていない。

ダイレクト・アナストモーシスとはいかなる術式なのか、それはミヒャエル部長の術式とどう違うのか。そうした純粋な学術的興味を置き去りにして、発表者に対する質疑応答がだらだらと続いていた。

時計を見る。残り三分、これでは次演者はもう発表にならない。

セルゲイ教授が会場を見回し、問いかける。

「エニ・クエスチョン？（他にご質問は？）」

会場からの返答がないことを確かめたセルゲイ教授はひとこと、メルシ、と言う。

続いてもうひとりの座長であるオックスフォード医科大学のガブリエル教授が流暢《りゅうちょう》な英語で話し出す。とたんに会場からブーイングが巻き起こる。ガブリエル教授の英語は世良の耳を滑《すべ》り落ちていくばかりだが、繰り返される「ソーリー」という単語は聞き取れた。

ブーイングはひどくなっていくばかりだったが、ふたりの座長は立ち上がると、そそくさと舞台袖に姿を消した。

「天城先生の発表はどうなったんですか？」

世良が尋ねると、垣谷は腕組みをして、答える。

「ドタキャンだ。座長は平謝り。天城は常習犯らしい。会場のブーイングは、またかよ、みたいな言葉ばかりだ。ガブリエル座長は、何とか天城を引っぱり出そうとしたがどうしてもダメだった、と言い訳して」

世良は立ち上がる。ここでガブリエル教授をつかまえなければ、桜宮に帰れなくなる。すり鉢状の客席の階段を駆け下りる。その姿を垣谷と駒井が呆然と見送った。

舞台裏でセルゲイ教授とガブリエル教授が言い争いをしていた。セルゲイ教授の言葉の端々《はしばし》に『アマギ』という音の断片が聞こえたので、ドタキャン常習犯をシンポジストに招聘《しょうへい》したガブリエル教授の責任を追及しているのだろう。世良は、ビッグネームの言い争いに気後《きおく》れしたが、ポケットの中の封筒を指先でなぞると、意を決して重鎮《じゅうちん》の間に割って入る。

「ソーリー、ドクター天城が今、どこにいらっしゃるか教えていただきたいのです」

闖入者《ちんにゅうしゃ》に、ふたりの座長は言い争いを止め、世良を見る。ガブリエル教授が問い返す。

「ホワット？（何だって？）」

世良は三度、同じ台詞を繰り返す。世良の意図をようやく聞き取ったとたん、セルゲイ教授は、シット、と吐き捨て、その場を立ち去った。置き去りにされたガブリエル教授は、ようやく世良の言葉の意味を理解できたのか、唐突に喋り出す。ところどころにアマギという単語が見え隠れするので、世良の問いかけは何とか通じているようだ。

世良はガブリエル教授の言葉を聞き取れず、何度も聞き返す。三度目で世良の英語力が乏《とぼ》しいと察知したガブリエル教授は、噛んで含めるような話し方になる。

「あなたはドクター・アマギの居場所を知りたいのですね？　ならばモンテカルロ・ハートセンターのリド院長を訪ねなさい。ドクター・アマギはその病院に勤務している」

モンテカルロ・ハートセンターと世良は繰り返す。ほっとした世良は、率直にガブリエル教授に疑問をぶつけた。

「ドクター天城はなぜ発表をキャンセルしたんですか。楽しみにしてたのに」

　ガブリエル教授は肩をすくめる。

「気持ちはよくわかります。なぜなら私もまったく同じ気持ちだからです。ドクター・アマギの術式を見たくて、シンポジウムを企画したのに、肝心のアマギがキャンセルでは、何のためにオックスフォードからやってきたのか、わけがわからない。実に残念です」

「事故でもあったんでしょうか？」

　ガブリエル教授は首を振る。

「アマギはわがままサージョン（外科医）です。学会を心底《しんそこ》バカにしている」

「それならなぜ、先生はそんなドクター天城をわざわざ招聘したんです？」

　ガブリエル教授は顔を上げ、世良を見た。

「たとえアマギが我々をどれほどバカにしようとも、我々には彼の偉大な新術式を学ぶ義務があるからです」

「そんなにすごいんですか、ダイレクト・アナストモーシスって？」

　ガブリエル教授は深く青い目で、世良を見つめた。そしてうなずいた。

「みなさんにお目に掛けたかった。ドクター・アマギはジーニアス（天才）、モンテカルロのエトワール（星）という称号にふさわしい外科医です」

　ガブリエル教授は世良の肩を、軽く叩いた。

「アマギに会いたければ、モンテカルロに行きなさい」

　世良はぶしつけついでにガブリエル教授に申し出る。

「できれば天城先生にお目にかかれるように、一筆紹介状《いっぴつ》を書いていただけませんか？」

ガブリエル教授は、世良を見つめた。そして首を振る。

「その必要はありません。なぜなら、あなたの運命がアマギとつながっているのなら、あなたは彼に間違いなく会えるからです」

「どういう意味ですか？」

ガブリエル教授は慈愛に満ちた微笑みを浮かべて言った。

「アマギは、そういう医者なんですよ」

「もし、私の運命が彼とつながっていなかったら？」

世良の問いかけに、ガブリエル教授は首を振る。

「その時は、いくら頑張っても、アマギには会えない。それはいつの世でも同じこと、縁なき人とは巡り合えない。私の紹介状など、何の役にも立ちません」

ガブリエル教授の言葉に納得がいかないまま、世良は頭を下げる。初対面の人間に、ここまで丁寧に対応された後で突き放されては、もはやとりつく島はない。

振り返ると、垣谷と駒井が佇《たたず》んでいた。その目にはありありとさまざまな疑念が渦巻いているのが見て取れた。まずは、彼らの疑念に答えなければ。すべてはそこからだ。

世良はふたりに歩み寄った。

# 二章
# モンテカルロ・エトワール
一九九〇年四月

国際学会でシンポジウムの発表をした垣谷講師のお供を終えた世良は、ニースで偶然一緒になった総合外科学教室の新一年生、駒井と三人で列車に乗っていた。目指すモンテカルロは、ニースからはミラノ行きのユーロシティで一駅、時刻表で約二十分の道のりだ。

列車に乗り込むと、六人掛けのコンパートメントには、金髪の若い男性の先客がいた。ラフな服装は、地元の不良という印象だ。駒井は男性の前をすり抜け、窓際に座る。世良と垣谷もそれに倣《なら》う。

「今日の柄はお星さまか」

垣谷がため息をつく。駒井のTシャツの柄のことだ。駒井はへらへら笑う。

「オイの趣味ですばい。プライベート・バカンスの最中、ということでご勘弁を」

発車前の列車内に、ぼそぼそと車内アナウンスが流れる。世良と垣谷は耳を澄《す》ます。

「何て言ってるかわかるか？」

「さあ。フランス語みたいですが」

世良と垣谷の会話に駒井が割ってはいる。

「列車の出発が五分ほど遅れる、と言っとるようですと」

「お前、フランス語がわかるのか？」

垣谷が驚いて尋ねると、駒井は肩をすくめる。

「こっちに来て長いですから。日常会話の片言《かたこと》くらいは、少々」

「長いといっても、たかだか一週間だろ」

世良は感心して言う。

「日常生活に必要な単語はわずかですばい。工夫して、こっちに来る前に数字だけは徹底的に覚えたとです。あとは単位ですばい。それがわかれば今の放送で五分、という単語がわかりもす。止まっている電車の車内放送が五分、といえば、五分遅れですばい」

「なんだ、半分はあてずっぽうか」

垣谷がやれやれ、という表情で言う。そして今度は世良に質問を投げてきた。

「ゆうべは聞きそびれたが、この小旅行の目的は何か、説明してもらおうか。そもそもお前、ガブリエル教授に何を尋ねていたんだ？」

昨晩三人は、学会主催のディナー・パーティに参加したが、ばらばらに行動したので、垣谷には今日の列車で詳しい事情を説明すると言っておいたのだ。

世良は内ポケットから封筒を取りだし、垣谷に渡す。

「学会出発の前日、佐伯教授からこの封筒を天城先生に渡すようにと言われたんです」

垣谷講師は、受け取った封筒を陽に透かしてみる。

「これを天城先生に？　中身は何だ？」

世良は「さあ？」と首をひねる。演者として招聘されながら、シンポジウムをドタキャンした問題人物天城。そんな所業を重ねながらも、アカデミズムの学会から演題発表を渇望《かつぼう》される〝モンテカルロのエトワール（星）〟。昨日のシンポジウムで聴衆にもっとも強く印象づけられたのは、発表したシンポジストではなく、天城の不在だった。それは座長が発表キャンセルを告げた時の会場のブーイングの大きさで量れたのだった。

世良は言う。

「俺の仕事はこの封筒を天城先生にお渡しすることでした。昨日のシンポジウムの演者にお名前があったから、発表後にお手紙を渡せば任務完了するだろうとタカをくくっていたんです」

「そりゃ、そうだ。ところが天城は発表の場に現れなかった。たまげただろう。何しろ勤務先もわからないし、な。でもよかったじゃないか。天城の勤務先のモナコが、ニースから列車で三十分のところにあって、さ」

世良はうなずく。

「不幸中の幸いでした。もし天城先生の勤務先がマサチューセッツ医科大学だったら、俺には成す術《すべ》がなかったです」

垣谷は笑顔でうなずく。それから真顔で呟く。

「それにしても佐伯教授は、なぜ俺に依頼しなかったんだろう」

「今回の国際学会出席のメインは垣谷先生のシンポジウム発表なので、些末《さまつ》なことで垣谷先生を煩《わずら》わせてはならないと言われました。この仕事は単なるメッセンジャーだから下っ端《ぱ》でいいんだ、とのお言葉でした」

説明は完璧だが、その後に佐伯教授がつけ加えた言葉を世良は垣谷には伝えなかった。

世良は教授室での会話を思いだす。佐伯教授は、封筒を世良に渡しながら言った。

「この依頼における世良君の役割は単なる配達人で、それ以上の意味はない。ただし、わが佐伯外科にとっては重要なメッセージだ。ミッションを達成するまで日本に戻ってはならん」

佐伯教授は、窓の外を見て、呟くように言う。

「この手紙はわが教室にとって、垣谷のシンポジウム出席以上の価値がある」

唾を呑み込んだ世良は、うなずいた。

まさか佐伯教授の言葉が、ここまで重くのしかかってくるとは夢にも思っていなかった。

コンパートメントの中、黙り込んだ世良たち三人、プラス金髪の若い男性に、窓から明るい陽射しが燦々《さんさん》と注ぐ。やがて列車が動き始めた。車内放送もない、唐突な発車だった。

時計を見ると、放送から十分が経過していた。駒井のフランス語の聞き取り能力は、高い。

海沿いの線路を列車はゆっくりと進む。断続的に短いトンネルに入ったが、車内灯は点《つ》かず、コンパートメント内はトンネルに進入する度に真っ暗になった。指先も見えない真の暗闇。こういうのは久しぶりだ、と世良は思う。子どもの頃、祖父の田舎の家の夜中に、こんな暗闇に遭遇したことを思い出す。幾度目かの暗闇の中、ゆっくり進んでいた車両は次第に速度を落とし、ついにトンネルの真中で完全停止してしまった。

垣谷が咳払いをする。

「どうなっているんだ、まったく」

車内にフランス語の放送が流れる。すかさず尋ねる。

「おい、駒井、何て言ってる？」

「さっぱりわからんとです。数字がなかったもんで」

しばらくして、コンパートメントの外側の通路が光の輪で照らし出された。制服姿の警官三名が、室内を懐中電灯で照らし出す。

「パスポール、シル・ヴ・プレ（パスポートを呈示《ていじ》してください）」

この程度のフランス語なら世良にもわかる。薄暗い光の中、世良、垣谷、駒井の三人は背広やウエストポーチを探り、パスポートを警官に手渡す。制服姿の警官は懐中電灯の光をパスポートと各々《おのおの》の顔に交互に当て、綿密に確認している。

「ヴォワ・ラ。メルシ」

三人にパスポートを返すと、通路側に座った若い金髪の男性に同じ言葉を繰り返した。男性はしぶしぶポケットから紙を取りだす。一目見た警官は、身振りで立ち上がるよう指示する。

若い男性は立ち上がり、警官と共にコンパートメントから出ていく。室内に静寂が戻る。

闇の中、駒井がぼそりと言う。

「今のは入国審査だったとです」

すると連れて行かれた若い男性は密入国者だったのか、などと思いながら、目の前でたった今起こった事態の緊張感の希薄さに、違和感を覚える。

モナコ公国は小さいながらも独立国家なのだ、ということを実感させられた出来事だった。

やがて列車はきしみを上げながら、ゆっくりと加速を始めた。暗闇のトンネルを抜けると、そこには明るい海岸線が広がっていた。


モンテカルロはヴィル・ドゥ・ソレイユ、晴天の街だ。

駅に降り立った三人は、空を見上げた。強い陽射しがじりじりと照りつけている。道の向こう側には、地中海の青い海原が煌《きら》めいている。歩きながら、駒井はぺらぺらと喋り続ける。

「残念です。一月《ひとつき》後ならF1のシーズンだったですばい」

駒井が指さす先に、『F1 grand prix in Monaco, 48th, 24～27 May, 1990』という横断幕が公道上にアーチ状に掲《かか》げられていた。道路に沿ったあちこちには、金属パイプを組み合わせたモニュメントが組み上げられている。

「あれもF1関係かな」

世良が指さした鉄パイプの建築物を見て、駒井はうなずく。

「観客席ですばい。F1の観客は三万人を超えるとです。ふだんのモナコの人口と同じ、つまりF1の時期にはモナコの人口は二倍に膨《ふく》れ上がるとです」

「何で、お前はそんなにモナコのことにまで詳しいんだ？」

垣谷が尋ねると、駒井はナップザックから一冊の本を取り出す。手渡された本のタイトルは『モナコを歩き倒す』。最近巷《ちまた》で流行しているといわれるガイドブックのシリーズだ。

垣谷はその本をざっと眺めてから、駒井に返す。

「これを読んだだけで、それだけ口が回るのか。外科医より、観光ガイドの方が向いてるな」

駒井は一瞬むっとしたが、すぐにへらりと言い返す。

「確かにオイは観光ガイド才能はありますばってん、外科医の才能はもっとあるとです」

顔を見合わせた世良と垣谷は、同時に噴《ふ》き出す。

「観光ガイドより外科医の才能の方が大きかったら、お前はすごい外科医だぞ。ところで肝心の質問には半分しか答えてないぞ。お前は、何でモナコのガイドブックを持っているんだ？ニースで学会に参加するのが旅行の目的だろう？」

駒井は悪戯《いたずら》がばれた子どものように頭を掻いて、言う。

「国際学会に参加するためにニースに宿ば取ったとです。じゃっどん、ニース入りは一週間前で、それまでモナコのカジノに入り浸《びた》ってたとです。オテル・ド・パリの部屋を取ったとですが、初めの二日でカジノで大負けして資金が底をついたのであの安宿に移ったとです。だからモナコのことは、実はニースよりもよう知っとるとです」

「まったく、お前ってヤツは……」

呆れ顔で駒井を見た。世良を垣谷が制止する。

「まあいいか。おかげで労せずして有能なモンテカルロのガイド役と知り合えたんだから」

あっけらかんとした駒井の物語を聞きながら、世良は、どこまでも青いモンテカルロの空を見上げた。


モナコ公国は南仏の海岸線、風光明媚なコート・ダジュールのイタリア寄りに位置する立憲君主制の独立国家だ。独立国家といっても総面積は約二平方キロメートル、人口約三万人と、日本でいえば地方の小都市レベル以下のサイズだ。世界で二番目に小さい国家である。ちなみに一番小さな国家はイタリアのローマにあるバチカン市国だ。

三十分もあれば国境線の端から端まで歩けてしまう。フランスとの国境には大きな岩が置かれ、モナコ公国の文字とふたりの修道僧が寄り添う姿が描かれているが、そこに必ず国境警備兵が配備されているわけでもない。だから気がつかないうちに国境を越えていた、などということは日常茶飯事だ。そしてモナコ公国の中心地、モンテカルロには四つ星ホテルと歴史あるカジノがあり、毎夜、社交界の男女が華やかな時を過ごしている。

駅からモンテカルロ・ハートセンターまでの道のりを辿《たど》りながら、駒井はガイドブックで獲得した知識をひけらかす。モナコ公国は国家歳入の半分以上を付加価値税で賄《まかな》い、四分の一を観光収入に頼っていること。ハイシーズンの有名な三大イベントは、F1、ワールド・ミュージック・アワード、テニスのモンテカルロ・オープンであること。これらのイベントのときは世界中からトップスターが集まってきらびやかだが、他の時期は大したことがないこと。国防や第一次産業などは隣の大国、フランスに依存していること。駒井のレクチャーを総合すると、どうやらモナコ公国とは、独立国とはいうものの、実態はフランス領土の中にモナコという租界が存在している、という理解の方が正確らしい。

「モナコには直接税がないんですばい。だから金持ちがモナコの居住者になりたがるとです」

駒井は、とあるホテルの前で立ち止まる。

「ここが有名なオテル・エルミタージュですと。内部に『冬の庭』というアトリウムがあるとです。設計したのは何と有名なエッフェル、あのエッフェル塔の設計者なんですばい」

垣谷は我慢の限界だといわんばかりに、駒井に言う。

「観光案内はもう結構だ。早くモンテカルロ・ハートセンターに連れて行け」

垣谷の厳しい口調に一瞬鼻白《はなじろ》んだ駒井だったが、すぐにへらりと笑う。

「もう着いとるとです」

「何言ってんだ、お前。いったいどこに病院があるというんだ」

世良が聞き返す。駒井は答える。

「モンテカルロ・ハートセンターは、四つ星デラックスのオテル・エルミタージュの中庭に入れ子細工のように作られているとです」

駒井は、あたかも常連客のように入口のドアマンに片手を挙げ、つかつかとホテル内部に足を踏み入れる。世良と垣谷は気《き》後《おく》れしながら、駒井に続いた。

白亜の大理石の玄関を通り抜け、もうひとつの扉を開ける。熱い陽射しから隔絶された、ひんやりとした空気が三人の身体を包む。

そこが四つ星ホテルの内部だと言われても、誰も不思議に思わないだろう。超一流ホテルの受付と見まがう佇《たたず》まい。実際、高級ホテルのロビーから地続きの場所なのだ。

こんな医療施設は日本では考えられない。だが、そこは確かに病院のエントランスなのだ。

玄関に入ってすぐのホールに、白衣姿の肖像画が三枚掲げられている。その下に記載されている文章を駒井が読み上げる。

「月曜はリド院長で専門は大動脈置換術。火曜はガスコス副院長で小児心奇形に対する術式。水曜は心臓カテーテルのスターン博士。で、木曜は冠状動脈バイパス術の天城雪彦部長ですばい。どうやらこの病院は曜日ごとにオペ・ドクターが替わるようですばい」

「お前、本当にわかってるのか？」

垣谷が疑わしそうに尋ねる。駒井はうなずく。

「数字と曜日は必須単語なので、間違いなか。術式は英語と似てますから想像がつきもす。そこに名前があれば、オペ日以外考えられんとです」

「四人の名前が出てたけど、肖像画は三人分しかない。なぜだ？」

駒井はもう一度肖像画と文章を比較して、あっさり答える。

「天城先生の肖像画がなかとです」

国際学会のシンポジウムをドタキャンするような人間が、肖像を掲げることに反発しても、納得はできる。垣谷講師は別の差し迫った質問に切り替える。

「受付はどこだ？」

あたりを見回し、駒井は答える。「六階ですばい」

駒井は、すたすたとエレベーターホールへ向かう。まるで十年近く勤務しているかのような足取りだ。世良と垣谷は駒井を追う。


六階の扉が開く。ゆったりしたソファと、オフィスビルを思わせる受付カウンターが目の前に現れる。受付に金髪の若い女性が座っていた。キーボードをかたかたと打っている。

世良が受付の女性に話しかける。

「ハロウ。ドクター・アマギにお目にかかりたいのですが」

女性は手を止めて顔を上げる。「パルドン？」

世良は繰り返す。ようやく〝アマギ〟という言葉を聞き取った女性は、「オウ、アマーギ」と言い直すと、世良に向かってフランス語交じりの丁寧な英語に切り替えて尋ねる。

「どのようなご用件ですか？」

世良はたどたどしい英語で答える。

「トージョー・ユニバーシティから来ました。ドクター・アマギにお目にかかりたいのです」

「エクスキュゼ・モワ（すみません）、ドクトル・アマーギは今日はバカンスです」

「バカンス？　平日なのに？」

「ウイ。ドクトル・アマーギは月曜日の外来日と木曜日の手術日以外は出勤しません」

「では、明後日《あさって》の手術日に伺えばお目にかかれるのですか？」

「ノン。手術日は訪問客はシャット・アウトし、どなたともお会いしません」

世良は呆然とした。すると天城医師が来訪者と会うのは月曜の外来日のみということか。今日は火曜日で、世良のニース滞在は木曜までだ。世良の脳裏に、佐伯教授の厳命が甦《よみがえ》る。

——このメッセージを天城に届けるまで、帰国してはならない。

世良は受付嬢に食い下がる。

「ドクター・アマギに手紙をお渡ししたいだけなのです。何とかお目にかかれないでしょうか。我々がモナコにいられるのは木曜まで。月曜まで待てません」

世良は内ポケットから封筒を取り出し、身振り手振りを交えて懸命に伝える。その熱意が伝わったのか、拒絶の雰囲気のあった受付嬢の態度が軟化した。しばらく考えて、言う。

「でしたら今夜、グラン・カジノに行ってみてください。ドクトルが現れるかもしれません」

「夜のカジノですか？　もう少し確実にお目にかかれる場所はないんですか」

世良は食い下がるが、受付嬢は気の毒そうに首を振る。

「ムッシュ、それはとても難しいです。なにしろ私たち病院スタッフでさえも、出勤日以外にドクトルをつかまえることは至難の業《わざ》なのですから」

隣で会話を聞いていた垣谷が割り込んできた。

「天城医師は優秀な心臓外科医だと伺っています。手術患者が病棟にいるのでしょう？　なのに、勤務日以外の日に連絡がつかないということはあり得ないと思うのですが」

垣谷の英語は世良よりもきちんとしていた。受付嬢はその言葉に、背筋を伸ばし、答える。

「ドクトルの不在時はリド院長がすべての患者トラブルを診《み》るという契約です。それに、個人的に私はドクトルを優秀な心臓外科医だとは思っておりません。ドクトルは病院のスタッフではなく、単なる手術のスペシャリストです」

世良は入口に天城の肖像画だけがなかった本当の理由をようやく理解する。

「そんな無責任な外科医を、この病院では許容しているのですか？」

垣谷の追及に、受付嬢は複雑な笑顔を浮かべて、答える。

「ビアン・シュール（もちろん）。なぜなら初めからその契約ですから。ただ、その契約条項によって、これまでリド院長が具体的な不利益を蒙《こうむ》ったケースは一度もありません」

「それはどういう意味でごわすか？」

駒井の質問に答えるように、受付嬢は続けた。

「ドクトルの患者は術後トラブルを起こしたことがないのです。これまで一例も。だからドクトルはモンテカルロのエトワールという称号を、王室から頂戴したのです」

受付嬢は世良と、隣で腕組みをしている垣谷講師を交互に見つめて言う。

「ムッシュ、ドクトル・アマーギに会いたければ、グラン・カジノへ行きなさい」

世良は食い下がる。

「ドクター・アマギの写真はありますか？　顔がわからなくてはわかりません」

受付嬢は意味ありげに笑う。

「写真はありませんが、ドクトル・アマーギがグラン・カジノに現れたら、すぐわかります」

世良と垣谷は顔を見合わせる。いったい、どういう意味だろう。

「みなさまに神のご加護を」

受付嬢には、これ以上会話を続ける意志がないことは明白だった。垣谷講師が言う。

「もういい。これ以上は時間の無駄だ。行くぞ」

腕時計を見ると、午前十一時。天城と会うには十二時間以上待たなければならない。おまけに仮に言われた通りに待ってみたとしても、天城に会える保証はない。

内ポケットの封筒がずしりと重味を増した。


カジノ広場の噴水の側《そば》にカフェ・ド・パリという、オープンテラス式のカフェテリアがあり、すぐ側にグラン・カジノがある。パリのオペラ座を設計した名匠シャルル・ガルニエが設計した建築物だ。オテル・ド・パリの裏手にはひっそりと、モンテカルロ・ハートセンターをその胎内に抱いた〝隠れ家《が》〟、オテル・エルミタージュがある。

ここはモンテカルロの心臓部だ。

オープンテラスの最前席で、三人はだらだらとワインを飲んでいた。世良の杯はすすまない。駒井のガイドブックを取り上げた世良は、中身を飛ばし読みした。

その国の歴史、というコーナーを拾い読みしただけで、モナコ公国がいかにフランスの機嫌を損なわないよう気を遣《つか》ってきたか、理解できる。人口三万人、面積は皇居の二倍程度では、ヨーロッパの大国・フランスに対抗などできるはずもない。だからフランスに徹底的に恭順の意を示すことが、極小国・モナコ公国が独立を維持するための必須条件だったわけだ。モナコは自国の中心街・モンテカルロをパリのミニチュアにすることで、忠誠心を擬態したのだ。

そんな歴史的考察など、今の世良には何の役にも立たない。内ポケットの封筒を手渡すという お使いが果たせなければ、帰国さえままならないのだ。

ワインを飲んでいる垣谷と駒井は気楽なものだ。垣谷は国際学会シンポジウム発表という大《たい》役《やく》を終えていたし、駒井は卒業旅行ついでの国際学会参加だ。ふたりとも世良が佐伯教授からメッセージを天城医師に届けるように託されたことは聞いているが、まさか任務が遂行できなければ帰国するな、と言われているなどとは思ってもいない。

同行の二人が気楽に時間を潰《つぶ》している現状は、苛立《いらだ》たしいが同時に救いでもあった。

やがて夕闇の帷《とばり》が降りてきた。カフェ・ド・パリの前の広場では噴水がライトアップされ、正装の紳士淑女が三々五々参集し、華やかな賑わいを見せ始めていた。

時計を見ると、いつの間にか夜八時を過ぎていた。まるで時間泥棒に遭《あ》ったような感じだ。

「ここでは日暮れが遅いんですね」

立ち上がった世良につられて、垣谷も立ち上がり、大きく伸びをした。

「それじゃあモンテカルロのスロットマシンから飲み代を頂戴しに行くか」

「ちょっと待ってほしかとです」

駒井は椅子の背もたれに掛けたナップザックを開き、カッターシャツとジャケットを取り出し、手早く着込む。

「どうしたんだ、いきなり盛装して?」

「グラン・カジノにはドレス・コードがあるとです」

学会はTシャツで、カジノはジャケット着用かよ、と世良は突っ込もうとしたがやめた。今はそれどころではない。


入口でパスポート呈示を求められたあげく五十フランを払わされ、世良と垣谷は驚く。

「賭ける前からこれだけハンデを負わされちゃとても勝てないぞ、このカジノでは」

垣谷が言うと、駒井はへらへら笑う。

「せっかくだからリベンジするとです。ここにはかなり金を預けてあるもんで」

「ほどほどにしておけよ。帰りの航空券は取っておけ」

返事もそこそこに、駒井は扉の向こうに姿を消した。その早業に世良は感心する。

赤絨毯《じゆうたん》のエントランスを抜けると重厚な扉がある。タキシード姿のドアマンが丁寧に会釈《えしやく》をし、入場券をチェックした。そしておもむろに扉を開く。

扉の向こう側には煌びやかな世界が広がっていた。葉巻の煙、光量を落としたシャンデリア、異国語のささやきのようなざわめき。からん、という音は、ルーレットの白い球が番号の枠に落ち込んだ音か。
見渡すと、駒井はすでにブラックジャックのテーブルに就《つ》き、チップをベットしていた。垣谷はスロットマシンのコーナーへと消えた。

世良は数台並んでいるルーレットのうちの一台の側のソファに腰を下ろす。

時計の針は午後九時を回ったところ。待ち人の登場は深夜になるだろう、と金髪の受付嬢に言われていた。ご丁寧にも、ひょっとしたら現れないかもしれない、という忠告まで添えて。

世良は、長丁場《ながちょうば》を覚悟し、ソファに沈み込む。

からからとルーレットの盤上を球が回る音。その音が消えると、代わりにさざめくような声が溢れる。オフシーズンのカジノは閑散《かんさん》としている。確かにこれなら天城が現れればすぐにわかりそうだ、と世良は受付嬢の言葉に納得する。

しかし世良の考えは間違っていたということがすぐにわかった。たとえオフシーズンでなくても、世良が天城の出現を見逃すことはまずなかったからだ。

カジノ内に、一瞬、ひややかな空気が流れた。

人々のさざめきと共に蠢《うごめ》くカジノという夜行動物が、一瞬、その生命体に関わるすべての動作を止めた。ルーレットの回転盤、ブラックジャックのディーラー、そしてスロットマシンの回転窓……。まるで、危険な天敵の出現を察知した草食動物のような気配を漂わせている。

ソファに沈み込み、まどろんでいた世良は、その雰囲気の変化を肌で感じて目を覚ます。

それはほんの一瞬のことだった。波紋のように湖面を揺らすとすぐにカジノは元のように、かすかな喧噪《けんそう》に包まれた。だが以前と比べ変化した部分を世良は見つけていた。

端にあるルーレットの一画から、殺気に似た緊張感が漂ってきている。

世良は目を凝《こ》らす。

一番高額なレートのルーレットで、もともと人影は少なく、活気に乏《とぼ》しい台だった。先ほどまで二名の客が緑の羅紗《ラシャ》の上にチップを派手にばらまいていた。ひとりは欧米人、もうひとりは浅黒い肌をしたアジア系だ。ふたりはルーレットが回るたびに奇声を上げ、カジノ内の調和を乱していた。どこでも寝られることが特技の世良は、その雑音も子守歌代わりにしていた。

そのルーレット台が沈黙していた。見ると、騒々《そうぞう》しいふたりは席に就いたままだ。変わったのは、彼らの隣に長身の紳士が着席していたことだ。男はシャンパングラスを片手に、葉巻をくわえている。濃い眉の下の眼光は鋭いが、身体の姿勢は崩れ、その輪郭は椅子に溶けて、真夏のアイスクリームが崩れていく瞬間のような印象だ。

新たなゲストの出現に応じて、テーブルの雰囲気が一変していた。世良はテーブルに歩み寄る。男の前には見たこともないような鮮やかな金色のチップが重ねられていた。

男はテーブルに肘をつき、ぼんやりとルーレット盤を眺めていた。

クルーピエ（ディーラー）も、そわそわと視線をあちこちに投げかけて、落ち着きがない。

世良は男の隣に座る。男は闖入者《ちんにゅうしゃ》に視線をちらりと投げるが、すぐ興味を失ってルーレットの盤上で躍る白球に視線を注ぐ。世良の直感がささやいた。

間違いない。ドクター天城だ。

男はチップを賭けずにいた。幾度目かに回転盤が停止し、電光掲示板に表示される出目《でめ》の記録が半分入れ替わった瞬間に、世良は思い切って男に声を掛ける。

「天城先生、ですね」

眠そうな目でルーレット盤を追っていた男は、目を見開く。

「誰だ、君は？」

世良は立ち上がると、内ポケットから封筒を取り出し、差し出した。

「東城大学医学部付属病院総合外科学教室の世良と申します。突然の無礼《ぶれい》、お許しください。ニースでの国際循環器病学会出席に伴い、天城先生にメッセージを渡すよう、当教室の佐伯より申しつかりました。なにとぞこの手紙をお受け取りいただきたく……」

「しっ、静かに」

男は人差し指を世良に突きつけた。ルーレット盤に白球が投げ込まれた直後、ためらいなく手元のゴールドのチップの山をすべて緑の羅紗の上に押し出した。

「シャンス・サンプル、エ・ノワール（二者択一、黒）」

テーブルに緊張が走る。白い球は枠にからからとぶつかり、小さな枠に収まる。

「トランティアン、ノワール（三十一、黒）」

黒を示す枠に置かれた男のチップが二倍になる。クルーピエが男の表情を窺《うかが》う。男はテーブルを人差し指でタッピングする。ステイだ。

ふたたび白球が投げ込まれる。盤面で躍った後、球は自分の居るべき場所に落ち着いた。

「ヴァン、ノワール（二十、黒）」

男の前のチップが二倍に膨れ上がる。隣の男たちは目を瞠《みは》り、天城を見つめている。

男は退屈そうな目で、チップの山を見遣《みや》り、クルーピエにひと言、告げる。

「ステイ」

一段高いところでゲームを見下ろす判定係のクルーピエが肩をすくめる。ブールール（球の投げ入れ係）の指先にかすかなためらいが見て取れた。ふたたび球が投げ込まれる。

「ディセット、ノワール（十七、黒）」

ギャラリーが男と世良のテーブルを取り囲み始めた。クルーピエが黒のシャンス・サンプル（二択枠）に置かれたチップを高額なものに両替し、チップの山の高さを減じる。

クルーピエの視線の問いかけに、男はうなずきテーブルを人差し指で二度、叩く。

またしてもステイ。四連続、黒《ノワール》だ。

世良が振り向くと、ギャラリーの中に垣谷と駒井の顔も見えた。ブールールが球を投げ込んだ。からん、と音がして球がまっしぐらに枠に落ち込む。

「ドゥ、ノワール（二、黒）」

どよめきがギャラリーから湧《わ》いた。枠からチップがざらざらと溢れ、こぼれた。男は陽気な笑い声を上げると、両手でチップの山を押し出した。

「ステイ」

ギャラリーの熱狂。ブールールの顔が青ざめる。震える指先から白い球が運命の回転盤に投げ込まれる。からら、という音は、いつにも増して、白い球が居場所を決めかね、ためらいを告げている。やがて、ギャラリーの歓声がルーレットを包む。ブールールの声が力無く響く。

「アゲイン、ヴァン、ノワール（二十、黒）」

ルーレット台は男の黄金のチップで埋め尽くされた。男は溢れんばかりのチップを両腕で抱え込み、手元に引き寄せる。

「セ・フィニ（これでおしまい）」

歌うように宣言すると、小さな拍手とブーイングが溢れる中、山盛りのチップがクルーピエによって引き取られる。男は手元に数枚のチップを残しあとはブールールに返す。ギャラリーは口々に何かを言い立てながら、テーブルを離れていく。

誰もいなくなったルーレット台には、世良と、背後に立ちすくむ垣谷と駒井が残された。

チップを二、三枚、クルーピエに投げると、男は振り返りウェイターを呼びつける。

「シャンパン・ロゼをカジノの客全員に」

チップを数枚、渡す。それから改めて世良に向き合う。

「失礼しました。ハイ・ウインドの気配《けはい》がしたもので。遠路はるばる、ようこそモンテカルロへ。私が天城です」

ウェイターがシャンパングラスを運んできた。天城は桃色の透明な泡を一口すすった。

興奮が醒《さ》めたルーレットのテーブルで、白球がからからと硬質の音を立てているのをＢＧＭに、天城はシャンパンを舐《な》めていた。

緑の羅紗の上にはしわくちゃになった、佐伯教授に託された封筒が置かれている。

「手紙の主は、私にどうしてほしいんですかね」

世良は正直に申告する。

「私も中身については聞かされていません。読んで下さい」

天城は丁寧な口調《くちょう》をがらりと変えて、呟く。

「……何だ、交渉人ではなくて、単なるメッセンジャーか」

天城は封筒を人差し指と親指でつまみあげ、シャンデリアの灯りにかざす。

「ムッシュ佐伯からの手紙なら、私にとっては不幸の手紙でしょうね」

天城はふっと笑い、封筒を世良に投げ返す。

「私にはこの手紙を読む義理はありませんよ」

「佐伯教授をご存じなんですか？」

後ろに佇んだ垣谷が尋ねる。天城の視線に応じて、垣谷は自己紹介する。

「世良と同じ、東城大学医学部総合外科学教室の講師、垣谷です。昨日は光栄にも天城先生と同じシンポジウムで発表できると楽しみにしていたのですが、残念ながらご発表をキャンセルされたのでご一緒できませんでした。会場のみなさんも、がっかりしていました」

天城はテーブルに肘《ひじ》をつき、垣谷を見上げる。

「真面目ですねえ。あんな学芸会で踊ることが、何の役に立つんですか？」

敬意を足蹴《あしげ》にされ、垣谷はむっとする。天城は手を打って笑う。

「そうやって挨拶をエスプリで返されるとすぐ膨れっ面《つら》になるのが、日本人のいけないところです。それではフランス人に相手にされません。彼らは鼻持ちならない連中ですが、ひとつだけ尊敬すべき点があります。それは権威は笑い飛ばすくらいがちょうどいい、と考えている点です。そこは日本人とは正反対ですね」

世良は言い返す。

「それとこれとは話が違います。聴衆は、先生の発表を楽しみにしていたんです。理由もなくキャンセルするのは、権威への反抗ではなく、単なる礼儀知らずでしょう」

天城は、ほう、という表情で世良を見た。

「そのとおりかもしれないね。まっすぐな若者は眩しいなあ。初対面の相手に正論を言えるなんて、ね。これから君のことをジュノ（青二才）と呼ばせてもらおうか」

世良はかっとする。

「ふざけないでください。シンポジウムもそうですけど、この手紙もそうです。佐伯教授と何があったのか知りませんが、手紙をわざわざ日本から運んできた人間がいるんです。読んでくれるくらい、いいじゃないですか」

天城は世良を見つめた。それから深々とため息をつく。

「それは甘えだね。手紙を開封すれば、そこには新しい選択肢が現れる。その時、私は何かを選び取らなければならなくなる。ものごとには、リスクのない選択などないから読まずに返そうと思ったんだが……」

からから音を立てて回るルーレット盤を眺めた天城は、一枚のチップを親指で弾《はじ》き、世良に投げる。世良は片手でキャッチした。

「そこまで言うなら、茶番につきあおう。チップを一枚進呈するから、次の勝負で賭けてみてくれ。もしも当たったら、その時は手紙を読むよ」

世良は驚いて尋ねる。

「赤・黒でも、数字でもいいんですか？」

「何でもいい。とにかく当てればいいんだ」

「それなら二択がいいですね。赤か黒か。確率は五十パーセントですし」

天城はうなずく。

「構わないが、ちょっと考えてみてほしい。この賭けをすることで、ジュノは何一つリスクを冒《おか》していない。私には手紙を読む義理はないが、読んだら、自分の意に染まない決断をすることになるかもしれない。おまけにジュノの賭けの原資のチップは私からのもらい物。だから考えてほしい。どうして私がこんなメリットのない賭けを持ちかけたか、ということを」

世良は天城を見る。待ちくたびれたブールルが、白球をルーレット盤に投げ入れる。勝負は次に持ち越された。

世良は首を振る。「すみません。おっしゃっている意味がわかりません」

天城は笑う。

「素直なことは美徳だね。ならば教えてあげよう。私はジュノの生き様《ざま》を見てみたい。賭け方で私を感動させれば、私の手紙の読み方もおのずと変わる。ありきたりの勝ち方で権利を手にしても、約束だから開封するだけ。ジュノのボスは、この手紙が読まれただけで満足するのかい？　あの貪欲な妖怪は、手紙の指示通りになることを望むんじゃないか？　そのミッションを果たすためには、シャンス・サンプルなんて生ぬるいレベルで済むと思っているとしたら、相当な甘ったれだ」

世良はやっと天城の真の意図を理解した。

天城は世良が勝てば手紙を読むと約束したし、どんな勝ち方でもいいとも言った。だが自分に本気で手紙の内容を検討させるには、ただ勝てばいいというわけではない。

世良は深呼吸した。てのひらの中のチップが汗ばんでいる。

からん、と球が枠に落ちる。クルーピエが数字を告げる。

「ドゥーズ、ルージュ（十二、赤）」

世良は天城を見た。

「わかりました。次、賭けます」

世良は目をつむると、緑のフェルトの海に向けて、チップを投げた。チップは転がり、独楽《こま》のように回転し、あるラインの上に止まる。

「どういうつもりだい？」

「天に聞いてみました」

天城は世良を見つめた。それからシャンパンを一息で飲み干すと、大笑いを始めた。

「なかなか潔《いさぎよ》い選択だ。少しは楽しませてもらえそうかな。それにしてもジュノはツイている。チップは十三、十四、十六、十七の四点賭けに落ちたからね」

天城はブールールに目配《めくば》せをする。ブールールはうなずき、白球をルーレット盤に放り込む。世良は唾を呑み込んだ。軽やかな音と共に、クルーピエが確定した数字を告げた。

天城は顔を上げ、世良に笑いかける。

「トレ・ビアン。ジュノは賭けに勝った。約束通り、手紙を読もう」

世良から受け取った手紙を、天城は高々と掲げ、開封した。


ピンク・シャンパンを飲みながら、天城はさらりと手紙を読み、テーブルに投げ出す。そして大きく伸びをした。

「ばかばかしい」

呟きを耳にして、世良の背後に佇んでいた垣谷が尋ねる。

「うちの佐伯は、どういう申し出をしたのでしょうか？」

天城は顎をしゃくり、読んでみるように、と無言で指示をした。垣谷は手紙を取り上げて黙読する。みるみるうちにその顔は蒼白になっていった。

「そんなバカな……」

垣谷の手から、手紙がこぼれ落ちる。拾い上げた世良が書面に視線を走らせる。一枚の便箋には、青いインクでシンプルな文章がしたためられていた。

「モンテカルロ・ハートセンター　天城雪彦部長
　貴殿を東城大学付属病院付帯施設、桜宮心臓外科センターのセンター長に推挙する。

　　　　　　　　東城大学医学部付属病院病院長　佐伯清剛《せいごう》」

カジノにどよめきが湧いた。中東の王族一族と思しき、頭にターバンを巻いた砂漠の民《たみ》が、華やかな美女たちを従えて入場してきた。世良たちは美女軍団に目を奪われた。

天城は立ち上がると低い声で言う。

「さて、と。余興《よきよう》は終わりだ」

クルーピエに、ひとこと告げる。「セ・ラ・セレモニ」

その声に弾かれたようにクルーピエは立ち上がると、奥の間に消えた。天城は中東の貴人に歩み寄り、右手を差し出す。

「ボンソワ・ムッシュ」

世良と垣谷を振り返り、小声で言う。

「あなたたちのボスが投げたオファーはとんでもないものだ。だがオファーに対し答える前に、私がその申し出にふさわしい医師かどうか、あなたたち自身で判断するといい。たぶんあなたたちは、私の招聘は諦めた方がいいと、ボスに報告することだろうさ」

垣谷と世良は顔を見合わせる。天城の言葉が理解できない。

天城はにやりと笑って言う。

「つまり、やっぱりジュノはツイていたんだ」


中東の貴人と天城が談笑しながら奥の間に進む。後に続こうとして、世良たちは係員に制止される。駒井が世良に囁きかける。

「一度、受付に戻らないとダメですばい。ここから先は別に入場料が必要になるとです」

駒井の言葉を聞きつけ、天城は片手を挙げ係員に声を掛ける。係員は、世良たちの制止を解除した。世良たち三人は天城に追いついた。天城が駒井に言う。

「坊やはくだらないしきたりをよくご存じだな。その通りだが、ここは私がご招待しよう。遠慮はいらない。私は、グラン・カジノではちょっとした顔だからね」

天城の言葉ははったりではなく、従業員の態度からも裏付けられていた。


サル・プリヴェ（特別ルーム）と呼ばれる奥の間は、荘厳な装飾に溢れていた。天井のフレスコ画は天地創造だ。さすがにかの名高いパリ・オペラ座の設計者が手掛けただけあり、まるでオペラを鑑賞してもおかしくない部屋の造作《ぞうさく》に思えた。

ルーレットの数列が創造する世界のざわめきに振り返ると、大勢のギャラリーが世良たちの後をぞろぞろついてきていた。シャンデリアが煌々と灯る部屋の一番奥。ルーレットのテーブルに、三人のクルーピエが恭《うやうや》しく控えていた。天城が声を掛ける。

「セ・ラ・セレモニー」

「ウイ・ムッシュ（かしこまりました）」

美女をはべらせた中東の貴人が、天城の正面に着席する。天城の手元にピンク・シャンパンが運ばれる。

「コンビアン？（いくら賭けますか？）」

オイルダラーの貴人は星形をしたチップを十枚積み上げる。天城はうっすら笑う。

「トレ・ビアン」

いくらだ、と垣谷が小声で尋ねるが、万能ガイドの駒井が首を振る。

「星形のチップなんて、見たことなかです」

世良がおそるおそる、天城の背後から尋ねる。

「今から何が始まるんですか？」

天城は振り返らずに答える。

「ただのルーレットだよ。ただしこの方の運命がかかっているけど、ね」

「天城先生はどうして賭けないんですか？」

世良の質問に、不思議そうな顔で天城が振り返る。

「なぜ私が賭ける必要がある？　この方の人生だろう」

「それならなぜ、天城先生がその賭けに立ち会うんですか？」

天城はいよいよ不思議そうな表情で答える。

「この方にとって、私は〝神〟だからさ」

貴人がひとこと、ふたこと言う。天城は顔を上げる。

「ビアン。シャンス・サンプル、ルージュ・ウ・ノワール？（二者択一、赤か黒か）」

天城の相手は星形のチップを押し出しながら言う。

「ルージュ（赤）」

天城がクルーピエに声を掛ける。クルーピエはうなずき、それまで回転盤の上を回っていた白い球を取り上げると、手元の箱を開けた。

箱の中には、緑の羅紗に埋め込まれた球がふたつあった。赤と黒。

クルーピエは赤い球を取り出すと、天城と貴人に見せる。ブールールは赤い球をルーレット盤に投げ入れた。からからと音を立て、赤い球は回転盤の中を躍る。最後にすとんと数字の枠の中に落ちる。

ギャラリーのどよめきと共に、クルーピエが告げる。

「オーンズ、ノワール（十一の黒）」

赤い玉は囚《とら》われの身（プリズナー）となり、熊手《ラトウー》が星形のチップをさらっていく。

貴人は立ち上がると、早口でまくしたてる。クレームをつけているのかと思ったが、どうも様子が違う。天城にすがりつき、哀願しているように見えた。

推測は正しかった。ターバン姿の貴人は、床に跪《ひざまず》き、土下座を始めた。アラーへの祈りにも似ていた。天城は貴人を傲然《ごうぜん》と見下ろし、ピンク・シャンパンを飲み干すと、告げた。

「シャンス・サンプル。セ・ラ・ヴィ」

土下座を続ける貴人を背に、天城は颯爽とサル・プリヴェを後にした。

部屋を出てしばらくすると、後に続いた世良たちを振り返り、言う。

「バーに行こうか。一杯奢るよ」


カジノに併設されたバーで世良、垣谷、そして駒井は天城と共にシャンパンを飲んでいた。

四人とも無口だった。背中の方角から、ルーレットのテーブルの歓声が聞こえてくる。

ようやく、世良が口火を切る。

「さっきのルーレットは何だったんです？」

天城はシャンパンを舐め、うっすら笑みを浮かべた。

「あの方は私の患者です。いや、正確に言えば、私の患者になる可能性があった病人、か」

「あんたは患者に博打《ばくち》を打たせるのか？」

酔った垣谷が声を荒《あら》らげる。天城は肩をすくめる。

「いや、私はそんなことはしない。患者が神さまと博打をするんだ」

「何を言ってるんだ？　現にあんたの目の前で患者は大金をスッていたじゃないか。あの患者、さっきの勝負でいくら負けたんだ？」

駒井はさっきからずっとガイドブックをめくっていたが、諦めたような声を出す。

「やっぱりいくら調べてみても、星形のチップなんて、どこにも載ってもはん」

天城は笑う。

「そりゃそうさ。一枚百万フランのチップなんて、庶民には一生無縁だからな」

垣谷が小声で駒井に尋ねる。

「百万フラン、ということはさっきの賭けの総額はいくらだ？」

「百万フランは約二千万円だから、チップ十枚で一千万フラン、つまり約二億円でごわす」

「二億円だって？」

驚きの声が同期する。周りで談笑していた人々が世良たちを振り返る。

「二億もの賭けを患者にさせて、このあとどうするつもりだ？」

天城はシャンパンを飲み干すと、おもむろに答える。

「さっきの患者は、冠状動脈の高度な硬化で狭心症を頻発している。冠状動脈がぼろぼろで、いつ心筋梗塞を併発しても不思議はない。だから私にバイパス術をやってもらいたいとやってきた。私は手術を引き受ける条件として、全財産の半分を治療費として頂戴することにしている。ただし相手も相当強《したた》かで、全財産の半分がたった二億円のはずはないがね。もっともそこらへんは自己申告だし、そもそもそんな心がけだから賭けに負けたんだ」

世良は、天城の話を聞いているうちに、すっかり混乱してしまった。そして頭に浮かんだ疑問をそのまま口にする。

「わけがわからないんです。治療費が全財産の半分というのも、それがさっきのルーレット勝負になるわけも。あれじゃあ患者さんは取られ損じゃないですか」

天城は、ああ、という小声を上げる。

「では言い方を変えよう。私のオペを受けるには二つの条件がある。まず、全財産の半分を差し出す覚悟があるか。そして、手術を乗り切る運があるか。そのふたつだ。ツイていない患者だと、手術が上手《うま》くいっても、トラブルでコケる。このシステムの素晴らしい点は、ギャンブルに勝てば、タダで私の手術を受けられる点だ」

垣谷は真っ赤な顔で、反論する。

「カジノで遊んで、治療費がタダになるわけないだろう」

天城は首を振って笑顔で答える。

「そういう魔法が成立するシステムなのさ。考えれば、すぐわかるさ。全財産の半分をサル・プリヴェで賭けてシャンス・サンプル、二択に勝てば賭け金は二倍。その半分を治療費として納めれば、患者から見れば差し引きゼロ。つまり無料で私の手術を受けられる。そして私は、自分の手術費用と同額を天から報酬として頂戴できる」

「もし、患者が賭けに負けたら？」

「その時は治療を諦めてもらう。まあ、財産の半分を失うが、所詮《しょせん》はシャンス・サンプル、五分五分の賭けに勝てない患者では、その先の運命も覚束ない。生き残りたければ運の強さを見せてほしい。これは私自身の安全保障システムなんだ」

垣谷が立ち上がる。身体が震えている。

「あんたは医師の風上《かざかみ》にも置けない。優れた技術があっても、金の亡者《もうじゃ》は医者と呼べない」

天城は笑顔で言う。

「それでいい。さっさと居心地のいい古巣に帰るがいいさ。あなた方のボスの依頼を受けたら、教室はとんでもないことになってしまうさ。佐伯教授に伝えればいい。天城は腐った医師で、我々の教室にはふさわしくありません、とね」

天城は挑発するように垣谷を見つめた。そして続ける。

「あんな萎《しな》びたオファーなんか、こちらから願い下げだ。君たちの論理が正しいなんて誰が決めた？　私から見れば、君たちの方が自分本位であやういシステムの中で惰眠《だみん》をむさぼっているように見えるがね」

天城の言葉を耳にして、垣谷は立ち上がる。

「行くぞ、世良。こんなヤツ、佐伯外科には不要だ。教授には俺が報告してやる」

垣谷に続いて立ち去ろうとする世良の背中に、口調をがらりと変え、天城が声を掛ける。

「ヘイ、ジュノ。頭の固い上役《うわやく》とは違って、君は若くて柔軟だ。ホテルに帰ったら、もう一度考えてみろ。私は患者から金をむしり取ったか？　患者が運命に勝てば、患者の懐は痛まず、高額な治療費は天から降ってくる。このシステムのどこが問題なんだ？」

天城の声に、動揺する世良に向かい、垣谷は吐き捨てる。

「世良、とっとと来い。医療とギャンブルを同じテーブルで語る医師は佐伯外科には不要だ」

垣谷の声に呼び戻された世良は、歓声が溢れるグラン・カジノを後にした。

ベッドに身体を投げ出し、白《しら》っちゃけた部屋の天井を眺める。モンテカルロへの小旅行、グラン・カジノへのオプショナル・ツアーで天城と一回遭遇しただけで、世良の周囲の色彩は変わってしまった。

ニースに戻ると、垣谷はホテルのバーで怒りの言葉を吐き捨てた。

「医師という神聖な仕事を何だと思っている。医は仁術《じんじゅつ》、医者がカネのことを考えるなんて、もってのほか。まして患者の運命を賭博のテーブルに載せさせるなんて絶対に許されない。だが天城の実態を事前に目《ま》の当たりにできたのはラッキーだった。たぶん佐伯教授は天城の技術のウワサだけ聞いて、オファーしたんだろう。今回、世良に直接メッセンジャーをさせたのは、人物鑑定もしてこいというお気持ちだったに違いない」

怨念《おんねん》を直接ぶつけられた世良は、夜明け前にぐったりして自室に戻った。

天井を見上げ、世良は思う。垣谷の判断は正しい。だが、垣谷の理解は間違っている。人物鑑定が目的なら、垣谷を指名したはずだ。目をつむり、天城の存在を記憶から消去しようとする世良の脳裏には、意図とは逆に天城の輪郭がくっきりと刻み込まれてしまった。

眠りに就こうとした世良に天城の言葉がまとわりついて離れない。

——私が患者から何をむしり取った？　高額な治療費は天からの授《さず》かりもの。私はただ、患者に自分の運の強さを見せてくれ、と頼んだだけだ。

身体は疲労していないが、こころはくたくただった。何が正しく、何が間違っているのか。

自問自答を繰り返すうちに、世良の意識の中で白い天井が溶けていった。

翌朝。ホテルの朝食を取りながら、三人は無口だった。

「ニース出発は明日の午後一時だから、明朝十時ロビー集合にしよう。それまで自由行動だ。世良もご苦労だった。一日だけだが羽を伸ばしてこい」

垣谷の言葉に世良はうなずく。駒井が言う。

「オイは今日の夕方便なんで、これで失礼ばします。これから土産《みやげ》を買いにいくつもりですと。垣谷先生、ご馳走さまでした。世良先輩、連休明けからはよろしくお願いしますばい」

言いたいことを言って駒井は姿を消し、垣谷も立ち上がる。ひとり残された世良は、テーブルのオレンジをぼんやり見つめた。部屋に戻ると、世良はふたたび深い眠りに落ちた。

目覚めて身体を起こし、時計を見る。

午後三時。朝食から六時間近く眠っていたことになる。

世良は上半身を起こすと、大きく伸びをした。その時、心の片隅で、空回《からまわ》りしていた歯車がかちりと合わさった。

立ち上がり洗面台で顔を洗う。タオルで顔を拭き、白いジャケットに腕を通す。

——天城先生の言うとおりだ。俺はまだ、何も賭けていない。

カジノに入る前に世良は財布を見て、十万円相当のフランが残っていることを確認する。カジノからみれば十万円など、米櫃《こめびつ》の一粒の米にもあたらないが、今回の海外旅行に際し、貯金を全額下ろしてきた世良にとっては、それは同時に自分の全財産でもあった。

カジノに入る。時刻は午後八時を回っていた。この世界ではまだ宵《よい》の口だ。

世良は待ち続ける。約束はないので空《むな》しい努力になるかも、とも思ったが、なぜか世良はもう一度、天城に会えることを確信していた。

ソファが身体に馴染み、自分の身体と区別がつかなくなってくる。その感覚が溶け始めた頃、世良は自分の直感が正しかったことを知る。ざわめきを引き連れて、グラン・カジノの王、天城が姿を現したのだ。

世良は立ち上がる。悠然《ゆうぜん》と歩む天城は、世良に目を留めると、両手を広げて言った。

「ジュノ。再会できて嬉しいよ。今夜は帰国前のご挨拶かな?」

足が震えてくるのを押さえつけ、世良は首を振る。

「佐伯の指令を遂行するために、改めてやって来ました」

天城は陽気に手を叩く。

「今時《いまどき》珍しい忠犬だな。その勇気を讃《たた》えてシャンパンをご馳走しよう。だが、ジュノのボスのオファーは私には何の魅力もない。何しろ日本にはカジノがないからね」

世良は天城の開けっぴろげの笑顔に、魅《ひ》きこまれそうになる。天城はさらりと続けた。

「いくらジュノが忠義立てしても、答えは変わらない。オファーに対する回答は、ノン、だ」

世良はシャンパンを一気に飲み干すと、グラスを床に投げ捨てる。華やかな音と共に、グラスが砕け散った。カジノが一瞬、静まり返った。

天城は驚いた表情で、砕けたグラスを見遣《みや》る。世良は言う。

「俺は天城先生に勝負を挑《いど》みに来たんです。天城先生は、患者が全財産の半分を賭け、勝てば手術する。俺は先生を、日本に連れて帰りたい。それに見合う対価として全財産を差し出します。この賭け、受けてくれますか?」

天城が目を見開いて世良を見た。そして、にい、と笑う。

「面白い。セレモニーを挑むのか。よかろう。ではサル・プリヴェへ」

天城は、くいと顎を上げて、世良に背を向けた。


昨晩訪れたばかりのサル・プリヴェだったが、当事者としてギャラリーの注目の的《まと》になると、まったくの別世界に思えた。世良は奥のルーレット席に天城と対峙《たいじ》して座る。天城の隣には、クルーピエが例の箱を用意して恭しく座る。

天城がシャンパンを一口舐めて言う。

「さて、ジュノ、セレモニーを始める前に君の全財産の査定といこう」

世良はポケットから財布を取りだし、紙幣を手渡した。

「俺は研修医で貯金もほとんどありません。今回の旅行のため、その貯金を全部フランに両替したからこれが全財産です」

世良から紙幣を受け取ったクルーピエは、手早く数えると、天城に向かって肩をすくめる。天城が言う。

「このテーブルのミーズ・ミニモム（最低賭け金）は一万フラン（約二十万円）だ。ジュノ、残念だが君の全財産を差し出してもらっても、あと十万円ほど不足している」

世良は呆然とした。一回の賭けの最低額が二十万円だって？

胸ポケットを探る。そして一枚の紙を差し出した。

「帰りの航空券です。キャンセル代を差し引いても十万円以上にはなるはずです」

天城がクルーピエに通訳する。クルーピエは首を振る。天城は航空券を世良に投げ返す。

「現金でないとダメだそうだ。このカジノは百年を超える歴史があるから、さすがの私も、そのルールは変えられない」

「そんな。全財産を投げ出したのに」

天城は世良を見て、歌うように言い放つ。

「セ・ラ・ヴィ、それが人生だ。人生は平等ではなく、不公平なもの。だからこそ人生は残酷で、だからこそベル・ヴィ、人生はかくも美しいのさ」

世良は財布の中身を緑のタブリエの上にぶちまける。

「何が百年の歴史だ。こっちは全財産を賭けてるんだ。ふざけるな」

投げ出された硬貨が転がり、放物線や双曲線といった二次曲線の軌跡を緑のタブリエの上に描いて停止する。そのうちの一枚がクルーピエの手元まで転がって、表を向ける。

クルーピエはその硬貨をつまみ上げた。シャンデリアの光に硬貨を掲げていたが、やがて天城に小声で言う。天城は目を見開く。それから顔を上げ、世良を見た。

「驚いたな、ジュノはラッキーボーイだ」

世良は、天城の陽気な声に怪訝《けげん》な顔になる。

「スペシャル・ルールの恩恵《おんけい》で、セレモニーに参加できるぞ。自分の幸運に感謝しな」

クルーピエから硬貨を受け取った天城は、親指で弾いて世良に返す。

「そいつのおかげだ。滅多に市場に流通しないモナコ硬貨。グラン・カジノはモナコ公国のプリンスに忠誠を誓う。だからモナコ硬貨は額の多寡を問わず、どのテーブルでも使える。ジュノはそいつを賭けるがいい。十フランのモナコ硬貨を、ね」

さらに冷たく言い放つ。

「モナコ硬貨以外の小銭は片づけろ。エレガントなハイエンドのテーブルにそぐわない」

テーブルに散乱する紙幣や硬貨や航空券をかき集める。頬が赤らみ、心臓が動悸する。

世良はテーブル上のシャンパンを一気に飲み干す。

——いざ、勝負。

学生時代、真夏の決勝戦の緑色のゴールネットが目の前に広がった。

セレモニーのルーレットは、賭け人《びと》がいなくても常に回っている。天城が言う。

「私はグラン・カジノではネージュ・ノワールと呼ばれている。フランス語はわかるか？」

世良は答える。

「ほんの少し。カジノでノワールが黒、ルージュが赤、という言葉を覚えたくらいです」

「トレ・ビアン。そいつがわかれば充分だ。ネージュは雪。つまり私は黒い雪、と呼ばれている。これが何を意味するか、わかるか？」

世良は首を振る。天城は続ける。

「私が賭ける時は、圧倒的に黒が強い。相手は知ってか知らずか、なぜか赤に賭けてしまう」

昨晩の光景を思い出す。五回連続のノワール。同時に世良は不思議に思う。

「なぜそんなことを教えてくれるんです？　俺を勝たせたいんですか？」

天城は笑う。

「この賭けはジュノと天の賭けだ。私は傍観者で、ジュノはボスの命令で私を連れ帰ることに執着している。ならば私について少しは知っておいて欲しい、と思っただけさ」

世良は、赤面する。無意識のうちに天城の厚意にすがろうとしていたのか。

——これでは、勝てない。

世良は目を閉じる。タイムアップ寸前、目の前に転がってきたラッキーボール。逡巡《しゅんじゅん》していたら、ゴールネットは揺らせない。

思い出せ。汗と陽射しの下で身体に刻み込んだ栄光の瞬間の記憶を。それが俺の全財産だ。

目を開け、天城に告げた。「セレモニーを」

世良は手の内の金銀二色のモナコ硬貨を静かに置いた。

「赤の七、だと？」

天城が不思議そうな顔になる。

「セレモニーはシャンス・サンプル、赤か黒かの五分五分でいいんだが」

世良は首を振る。

「昨日、天城先生は言いました。先生を動かしたければ、心を震わせなければ無理だ、と。このセレモニー、先生は傍観者ではなく、俺か天城先生かの勝負です。俺が勝てば天城先生はモンテカルロを離れることになる、かもしれない。ならば偶然の幸運でセレモニー・テーブルに就いた俺が、先生を動かせるとしたら、一点賭けで当てた時だけ。だからこれでいいんです」

天城は世良を見つめた。やがて笑顔になる。

「ジュノの覚悟はわかった。確かにシャンス・サンプルでは日本には行かなかっただろう。面白い。これでジュノが勝てばオファーを受けよう。心意気は買うが、ローカル・ルールには従ってもらう。あくまでセレモニーはシャンス・サンプル、そのルールは変えられない」

天城はクルーピエに命じ、七番のモナコ硬貨を赤の枠に移動させた。世良は唾を呑む。

果たして勝てるのか。確率は五分五分のはずなのに、圧倒的な天城の存在感を前に、心では勝利の可能性は限りなくゼロに近い気分になっていた。

世良は自らを奮《ふる》い立たせるため、自分に言い聞かせる。確率は五分五分、そう、決してゼロではない。

クルーピエが箱を開け、赤い球をとりだし、ブールールが無造作に回転盤に投げ込んだ。

赤球は、ルーレットの木枠にぶつかり、幾度か弾み、やがて、からりと音を立てて数字の枠内に落ちた。その瞬間、取り巻きのギャラリーからため息にも似た歓声があがった。

天城の右眉がぴくりと上がる。

電光掲示板の数字はゼロを示していた。

「勝ったのは白、か」

呟いた天城はクルーピエにフランス語で何事か言った。そして世良に言う。

「アン・プリゾンだ。赤でも黒でもない。ゼロは白を意味する。ルールではゼロが出れば胴元の総取りだが、シャンス・サンプルは例外で、チップは保留される。この時は次に勝負を持ち越すか、賭け金の半額返しで終わりにするかを選択できるが……」

天城は世良に言う。

「これはきわめて特殊な事態だ。セレモニーは一発勝負だし、半分返却して終わりにするのはベットがモナコ硬貨一枚だから不可能。これでは決着がつかない。そこで……」

天城はクルーピエにチップを渡し、タブリエの上のモナコ硬貨を受け取る。

「勝負は賭け金の半額返しで終わり。ただしモナコ硬貨をふたつにするのは不敬だから、保証金を積み、プリズナー（囚人）を私がレスキューする」

「ということはどうなるんです？」

モナコ硬貨を指で弾き、空中で受け止めた天城は、冷たく言い放つ。

「これでジュノは私のプリズナー、ということだ」

「そんなのフェアじゃない。もう一度セレモニーを……」

世良の抗議を天城はあっさり却下する。

「甘えるな。これは天意だ。ジュノは幸運でこの席に辿りついた。だが勝ち切れなかった。今のジュノに囚われのモナコ硬貨を救い出す力はない。プリズナーの保証金はミーズ・ミニモムの二倍、つまり四十万円相当だ。ミーズ・ミニモムに届かず、偶然手に入れたモナコ硬貨という幸運で席に就けたジュノだが、アン・プリゾンの瞬間、勝者の資格を失ったのさ」

天城の宣告に言い返せずに、世良はうなだれる。

世良は勝てなかった。それは厳然たる事実だった。そんな世良を見て、天城は呟いた。

「ジュノ、確かに君は勝てなかった。だが負けてもいない」

敗北感に打ちのめされている世良の耳に、天城の呟きは届くことはなかった。


世良は天城に従ってグラン・カジノを出る。広場の噴水が光の洪水となって溢れている。

天城は早足でオテル・ド・パリを通り抜け、オテル・エルミタージュに足を踏み入れる。フロント係がボンソワ、という挨拶と共に、天城にキーを差し出す。

天城は世良を振り返る。

「さて、ジュノの身柄《みがら》は天意として私に受け渡されたが、私はジュノに固執していない。後《あと》は部屋まできて私を説得するもよし、尻尾《しっぽ》を巻いて逃げ帰るもよし。日本に帰れば四角四面の上司が一緒に言い訳をしてくれるだろう。どうする、ジュノ。私の部屋に来るか？」

「俺が部屋に伺《うかが》えば、天城先生が桜宮に来るように説得するチャンスがあるんですか？」

「そんなことは知らないさ。ただ、今帰れば可能性はゼロだが、部屋に来れば可能性は残る」

天城の言葉は理に適っている。あとは自分の気持ちだ。

世良はアトリウムの天井を仰ぐ。向日葵《ひまわり》が夜空に絢爛《けんらん》と咲き誇っている。

ここが地獄の縁《ふち》ならば、引き返すのは当然だ。そこまで足を踏み入れる義理はない。だが地獄の淵《ふち》を覗かなければ一人前になれない、という気もする。

ここで引き返せば、これから先、ずっと後悔し続けるだろう。そんな予感がした。

ならば、進むまで。世良は天城を見つめた。「部屋に伺います」

天城はにっと笑う。

「それでこそラッキーボーイ、ジュノだ」

天城は大股でアトリウム脇の階段を登っていく。世良も早足で階段を登る。

シャンデリアに照らされたテーブルの上に、活《い》けられた花が咲き誇る。百合と薔薇の二重奏の花瓶の隣には、ワインクーラーの氷にシャンパンが二本、突き刺してある。そこに色とりどりのフルーツの盛り合わせが添えられている。

天城はシャンパンを一本引き抜くと、グラスをふたつ持ち、窓を開け放つ。

「ジュノ、こっちにきたまえ」

テラスに出ると、世良の頬を海風が撫でていった。

ホテルの窓からはモナコ港の夜景が見えた。灯りは大きなオレンジ色で、宝石箱から転げ落ちたトパーズのようだ。暗い空に銀色に光る鳥が飛んでいる。世良は尋ねる。

「カモメですか？」

「さあな。海燕《うみつばめ》かもしれないね」

シャンパンを開けた天城は、ふたつのグラスに注ぐ。そしてひとつを世良に差し出した。

「乾杯だ」

「何に、ですか？」

「ここまで到達した、ジュノの幸運と勇気に」

世良はおずおずとグラスを受け取った。


テラスのソファに腰を下ろし、世良と天城はシャンパンのグラスを重ねていた。

「天城先生は、毎晩こんな立派な部屋に泊まっていらっしゃるんですか？」

長い脚を投げ出して座る天城は、うなずく。

「ここが定宿でね。モンテカルロに移った時に借りた部屋にはほとんど帰っていない。言われてみればほとんど毎日、ここに泊まっているな」

「そんなに儲かるんですか、モンテカルロの心臓外科医は？」

「儲かっているが、それだけ散財しているのさ」

「おっしゃる意味がわかりません」

「ハイ・ローラーという言葉を知っているか？」

世良は首を振る。天城は続ける。

「カジノで巨額の賭け金を払う上得意客のことさ。グラン・カジノにとって私はハイ・ローラーで貢献度が高いから、宿泊代はカジノからの埋め合わせとして支払われる」

「でも、ゆうべ、天城先生は勝っていましたが」

天城は笑う。

「あれはガキの遊びさ。私が言うのはセレモニーのことだ。セレモニー・テーブルは青天井、巨額の賭けが成立する。客が負ければカジノの丸儲け。客が勝てばカジノは負けるが、勝ち分は私に入り、私はそれをカジノに預ける。だからカジノには私の勝ち分が積もっている。額が多すぎて自分でも把握していない。私はカネを引き出さないからセレモニーでカジノが負けても、結局負けにはならない。だからカジノにとって私は上得意客で、オーナーが気を利かせてエルミタージュのスイートをキープしてくれ、たいがいのことには対応してくれる」

世良はシャンパンを飲み干す。夜空を飛ぶ、銀の鳥の軌跡を目で追う。

世良は意を決して言う。

「どうして天城先生は、そんな特別なやり方で手術の適否を決めているんですか？」

天城は世良を見つめ、シャンパンをあおる。グラスをテーブルに置き、呟く。

「質問に答える前に尋ねよう。どうしてそういうやり方をしてはいけないのかな?」

「それは……」

世良は絶句した。目の前に病人がいたら助けるのは当たり前だ。当然すぎて、こうやって改めて突きつけられてみると、適切な答えを返せない。

世良は思いついて、言い返す。

「医師が患者を助けるのは、人が人を殺してはいけないのと同じくらい当たり前です」

天城の目が暗闇で光った。足をたたみ、身を乗り出して、低い声で世良に言う。

「そんなこと、誰が決めた?」

目の前に口を開けた暗闇の深淵《しんえん》から逃れようとして安易に開けた扉の先に、ミノタウロスが身を潜《ひそ》めていた。世良は懸命になってアリアドネの赤い糸を辿る。

「そんなことは、近代社会の基本ルールで常識です」

「必ずしもそうではないぞ。戦争はどうだ? 殺人が正当化されてる」

「戦争はもともとよくないことだから、仕方がないんです」

「では、そのよくない戦争がこの世からなくならないのは、いったいなぜだ?」

「それはたぶん、社会が成熟していないから……」

「ノン。その考えこそ大いなる間違いだ。社会が成熟しても戦争は絶対になくならないし、人殺しも存在し続ける。なぜなら……」

天城は言葉を切った。海風がふたりの頬を撫でていく。

手にしたシャンパングラスが震えるのを抑えながら、世良は鸚鵡《おうむ》返しに尋ねた。

「なぜなら？」

天城は世良の目の奥を覗き込み、刃のような言葉を放つ。

「なぜなら、ヒトはヒトを殺すようにプログラムされているからだ。これはヒトに限らない。すべての生き物は自分以外の存在を殺すよう設計されている。地球上の生物に課せられた、忌《い》まわしい宿命さ」

耳を傾けている世良に、天城は望みを断ちきるような冷たい響きの言葉を発する。

「それはたぶん、自分が生き残るため、なんだろう」

闇の中で天城の目が光る。

「殺人はなくならない。ヒトには他人を殺すプログラムが内蔵されているからだ。もしそれを根底から排除したら、その時はヒトがヒトでなくなる時だろう」

世良は呆然と天城を見た。暗闇の中、銀色の鳥が一声、鋭く鳴いた。

ようやく、世良は反撃の糸口を見つける。

「ヒトが他人を殺すようプログラムされている生き物だと信じている天城先生が、なぜ患者を助ける医療に関わるんですか？」

天城は肩をすくめる。

「自分の地平線が破壊されそうだから、ジュノも死に物狂いだな。だがその答えを聞いたら、地獄に叩き込まれるぞ。それでもいいのか？」

呟くように続ける。

「ちょっと違うか。ジュノが今いる場所が地獄だと気づき、淡《あわ》い夢から醒めるだけか……」

世良は天城を睨んで、言う。

「そんなことなら俺は構いません。教えてください」

再び脱力した天城は、背もたれに身体を預け、夜空を見上げる。そしてシャンパンの泡のような言葉を、夜空に向かって撒《ま》き散らす。

「私が患者を助ける理由は、カネを戴《いただ》けるからだ。命と同じくらい大切なカネを、ね」

カネのために医療を行なうと断言する優秀な外科医。悠然と嘯《うそぶ》く怪物を前に、呆然と呟く。

――どうしてこんな人が、モンテカルロのエトワールという称号を得て、国際学会でもてはやされる技術を持ち得るのか。

世良を支えていた背骨が、音を立てて崩れ落ちていく。

――果たして俺の未来は、この人の言葉の先にあるのだろうか？

闇の中、天城が低い声で尋ねる。

「ここまで露《あら》わになってしまった今、それでもまだジュノはボスの言いつけを忠実に守り、私を桜宮に連れ帰りたいと思っているかな」

世良は虚《うつ》ろな視線で天城を見る。そして力なく、答える。

「俺の本能は、今、この部屋からすぐ出ていけと叫んでいます。でもそれを引き留める何かがある。それが何かはわかりません。でも今、この部屋を出ていってはいけない、ということだけはわかるんです」

「なかなかしぶといな。なぜ、そんなにがんばるんだ？」

何のために？　そして誰のために？　世良は自問する。

答えはない。黙り込んだ世良を、天城はふん、と鼻先で嗤《わら》う。

「シャンス・サンプルで一点賭けしながら、アン・プリゾンを引き当てるという強運のジュノだけのことはある。その直感は正しい。今、ジュノが部屋から尻尾を巻いて出ていくのは最悪だ。なぜならジュノはまだ誰にも負けていないからだ。この私にさえも、ね」

天城は続ける。

「天真爛漫《てんしんらんまん》というのは大いなる武器だな。私はジュノの重力場に捉《とら》えられてしまった。ジュノの意志に従い、モンテカルロを離れる前に、ジュノが地獄の重さに耐えられるか、確認したい。明日、私が行なうバイパス手術をジュノの目で見て決めろ。いいな」

「明日、俺は帰国予定なんですけど」

「ジュノの好きにするがいい。私はどちらでも構わないさ」

その言葉を聞きながら、世良の意識は次第に遠ざかっていく。ここ数日の国際学会をめぐる怒濤《どとう》の日々、それからセレモニーから始まった怒濤の一夜の疲れが一気に噴き出たようだ。

かろうじてグラスをテーブルに置くと、世良はソファに沈み込んで、がくりと首を折った。

眩しさに目を開けると、じりじりと熱い陽射しが照りつけていた。ひっきりなしの車の騒音。腕を伸ばそうとして、身体に毛布が掛けられていることに気づいた。

ゆうべはあのまま、テラスのソファで眠りこけてしまったようだ。

身体を起こすと部屋に戻る。ベッドの上にメモ書きがあった。

「手術は午前九時開始。見学するもよし、帰国するもよし。シャンス・サンプル」

手帳を確認する。ニース―パリ便は十三時発。手術見学をしていては間に合わない。

世良はテーブルのオレンジを取り上げ、口に放り込む。豊かな果肉を噛みしめ、ベッドに横たわる。しばらく、天井をぼんやり見つめていた。朝の光の中では、煌びやかなシャンデリアもただのガラス玉の集合体だった。

突然上半身を起こすと世良は、枕元の電話のダイヤルを回し始める。

「ハロウ、オテル・パラディ？　ルーム37、プリーズ」

葡萄《ぶどう》の房を取り上げ、下から食べ始める。

「垣谷先生、世良です。俺、飛行機に間に合いそうもないので、先に帰国してください。今はモンテカルロです。これから天城先生の手術を見学します」

受話器の向こうで垣谷が大声で怒鳴《どな》るのをやり過ごし、世良はつけ加える。

「部屋のチェックアウトをお願いします。荷物は小さい鞄ひとつで着替えしか入っていませんので。捨ててください。あとミネラルウォーター一本の精算をお願いします」

垣谷の返事を待たず、世良は電話を切った。

オテル・エルミタージュの六階回廊とモンテカルロ・ハートセンターの受付は直結しているので、少し歩いただけで、一昨日、親切に対応してくれた受付嬢の許《もと》にたどりつけた。

金髪の受付嬢は、世良のことを覚えていた。会議室のような別室に通されると、受付嬢がボードを操作する。自動カーテンが引かれ、窓いっぱいに大海原が現れた。同時に目の前のモニターが点《つ》いた。画面に拍動する心臓。メスが煌めく。

天井から天城の声が響いた。

「ボンジュール、ジュノ。お目覚めの気分はどうかな」

世良は小声で、最悪です、と答える。天城は陽気な声で続ける。

「そこは特等席だ。たっぷりと私の手技を堪能するといい」

世良は画面に向かって、尋ねる。

「こちらの声は手術室には聞こえるんですか？」

「手術室とは直接対話ができる。質問があればなんなりと」

「患者さんはどういう方なんですか？」

画面の向こうに沈黙が流れた。やがて天城は、銀色のペアンで剝《む》き出しの心臓を指し示しながら答えた。

「ジュノの顔見知りだよ」

世良は一瞬、混乱する。モナコに知人はいない。まして患者など……

その時、世良の脳裏をある光景がよぎった。

「まさかあの、中東の偉い人ですか？」

「さすがジュノ。ご名答だ」

「でも、どうして？　あの人は賭けに負けたんでしょう？」

一瞬、天城は沈黙する。そしてすぐに、モニターの向こうから陽気な声が響いてきた。

「ジュノ、人生で一番大切なものは何だと思う？」

首をひねり、沈黙する世良に天城は軽やかに答える。「それは、執念だよ」

モニターの中で一瞬、天城が視線を世良に投げてきた。天城は続ける。

「命がかかったヤツは必死だ。あの晩、ジュノたちがバーの席を蹴って退出した後、私を捕まえて懇願してきた。自分は嘘をついていた。さっきの賭けは全財産の半分ではない。だから賭けは不成立で、全財産の半分を賭け、もう一度セレモニーに挑みたい、とね。もちろん拒否する理由はない。私はその申し出を受け、そしてヤツは勝った」

世良は呆然とした。天城の饒舌《じょうぜつ》は続いた。

「諦めたら終わりだ。ジュノは大した男だよ。無一文《むいちもん》でここまで辿りついたんだから」

言葉の流暢《りゅうちょう》さと比例するように、メスの速度が上がっていく。世良の目の前では、これまでの世良の外科医人生では見たこともないような手術手技が行なわれていた。

いつしか世良は刮目《かつもく》し、モニター画面を食い入るように凝視していた。

手術が終わり、モニタールームに手術着姿のままで天城が上がってきた。

世良は放心していた。初めて目にした天城の手技に酔っていたのだ。

「どうだった、私の手術は？」

世良は正直に答えた。「すごかった、です」

「こんな手術、見たことないだろう？」

「ええ、生まれて初めて見ました」

「トレ・ビアン」

素直な世良の言葉に満足したように、天城はうなずく。受付嬢がオレンジジュースをふたつ、運んできた。天城は一気に飲み干すと、空のグラスを返し、世良に尋ねる。

「これでもまだ私を日本に連れ帰りたいか？」

予想もしなかった質問に、世良は動揺する。

「俺が天城先生を連れ帰りたいと言えば、先生は日本に来てくださるんですか？」

「ビアン・シュール（もちろん）」

「なぜですか？　モンテカルロの方が待遇だっていいし、多くの人から評価されるし、居心地もよさそうだし、カジノでは顔役だし、四つ星ホテルのスイートが定宿だし、それに……」

天城は人差し指を立て、世良に黙れ、と無言の指示をする。

「私はシンプルに、ジュノの答えを聞きたい。ウイ・ウ・ノン（はい、か、いいえ、か）？」

世良の目の前にこぼれ落ちたボール。そのボールがゴールネットを揺らした、現役最終試合の眩《まばゆ》い瞬間を思い出す。次の瞬間世良は迷わず、ボールを蹴り込んでいた。

「ウイ」

「ビアン」

天城は椅子に腰を下ろす。その時、部屋にオルゴールのメロディが流れた。シャンソン〝ラ・メール〟のひとふし。正午か、と天城は呟く。そして世良に尋ねる。

「ところで帰国便は何時発なんだ、ジュノ？」

「実は今日の十三時にニース発でして。もう間に合いません」

「何だって？　それを早く言え」

世良は笑顔になる。

「天城先生の手術見学と引き替えなら、飛行機を一便逃しても仕方ありません」

「さっきも言っただろ。諦めたらそこで終わりだってね」

天城は手術着を脱《ぬ》ぎ捨てながら、金髪の受付嬢に指示を出す。受付嬢は矢継ぎ早の指示を書きとめながら、復唱する。指示を受け終わると姿を消した。

天城は世良を振り返る。

「パスポートと荷物はどうした？」

世良はジャケットの内ポケットを叩いて答える。

「パスポートと財布は持っていきます。荷物は捨てました」

「思い切りがいいな。それじゃあ行こうか」

「行くって、どこへ？」

「空港に決まってるだろ。他にどこがあるんだ？」

大股で部屋を出ていく天城の言葉を理解できずに、世良はその背中を追う。

病院玄関を通り抜け、オテル・エルミタージュのスイートルームに戻ると、部屋の扉の前には、金髪の受付嬢からの指示に制服姿のコンシェルジュが耳を傾けていた。

「ムッシュ・アマギ、お出かけですか」

天城は部屋にはいるとシャツとネクタイ、ズボンと手早く着がえていく。影のように付き添うコンシェルジュに手短に礼を言う。

「長いこと世話になったな、セバスチャン。日本に戻る。総支配人によろしく」

「かしこまりました」

「部屋の荷物は適当に処分してくれ。欲しい物があれば、みんなで分けろ」

トランクにクローゼットの衣服を詰め込みながら、言う。

「とんでもない。ムッシュ・アマギからはスイートを三十五年分の前払い金をグラン・カジノから頂戴しております。お戻りになるまで、部屋はこのままにしておきます」

天城はトランクを閉じて立ち上がる。

「そんな義理立ては必要ないんだが。ま、それで気が済むなら好きにすればいいさ」

ラフな普段着から、りゅうとした背広姿に着替える。細いネクタイをラフに絞め、ボルサリーノの帽子を斜にかぶると、世良に言う。

「よし、行くぞ」

「もう間に合いませんよ。天城先生はチケットもないんでしょう？」

「心配するな。ここ、モンテカルロはすべての願いごとが叶う街だ」

コンシェルジュに握手を求め、ひとこと、加えた。

「後でマリツィア号を日本に廻漕《かいそう》してもらえないか。それとヴェルデ・モトも、な」

「かしこまりました」

コンシェルジュはうなずき、ホテルの車寄せに止まったリムジンに天城のトランクを運び入れる。天城と世良が乗りこむとリムジンは走り始める。

「搭乗締め切りまで三十分。絶対に間に合いませんよ」

後部座席で膝を抱えた天城はシャンソンを口ずさみ、窓の外の知り合いのマドモワゼルに手を振る。リムジンは海岸通りを疾駆《しっく》し、港に辿りついた。

「メルシ」

運転手がチケットを手渡すと天城は受付に向かう。金網越しにヘリコプターが数機、並んでいる。

「いつでもテイクオフできます、ムッシュ」

天城と世良が金属探知機を通り抜けるのを待ち構えていたかのように、埠頭《ふとう》の赤いヘリの回転翼がゆっくり回転し始めた。機内に乗り込んだ世良は、背中で扉が閉まった音を聞く。

回転音が大きくなり、ふわり、と機体が宙に浮く。そのまま大海原に向かって離陸した。ヘリコプターは沖合で大きく旋回する。左手にはコート・ダジュールの紺碧の海原、右手にモンテカルロのシックな街並みを見下ろしながら、境界線上を一直線にニース空港へ向かった。


「ル・デルニエ・アペル、プール・パリ、ル・ヴォル４４９」

暗号のような場内アナウンスを聞きながら、世良と天城は搭乗口に急ぐ。

エコノミークラスの乗客が行列している。天城は、世良に言う。

「な、間に合っただろ。諦めたらそこで終わりなんだ」

天城の言葉が世良の胸に染み込んだ。天城は笑顔で片手を挙げる。

「じゃあな、ジュノ。また日本で会おう」

天城はファーストクラスの優先受付口を悠々と通過し、世良の目の前から姿を消した。行列の最後尾に並んでいると、世良は後ろから肩を叩かれた。

振り返ると、垣谷が世良をにらみつけていた。世良の鞄と垣谷のトランクのふたつを抱え、土産の紙袋を提《さ》げ、ずんぐりした体型が、重さでいっそう縮んで見えた。

「勝手なことをしやがって。どうなっているんだ？」

世良は笑顔で、垣谷から鞄と土産袋を受け取ると言った。

「何とか間に合いました。土産話があるんです。長い帰国の機内でゆっくり説明しますから」

搭乗案内が何度も繰り返される。ファイナルコールが近い。搭乗口に並んだ人波がスムーズに流れ出した。世良と垣谷ものろのろと最後尾について歩いていく。

ジュラルミンの機体は、ニース空港からシャルル・ド・ゴール国際空港に向かい飛行を続けている。ご機嫌斜めの垣谷に、どうやって話を切り出すか。世良はひとり思案していた。眼下に広がる白銀のアルプス山脈が、午後の陽射しに輝いている。

果たして自分の選択が、東城大学医学部・佐伯教室にもたらすのは福音《ふくいん》か、はたまた災厄《さいやく》なのか。その時の世良には知る由《よし》もなかった。

世良の脳裏には真夏のゴールネットが揺れている映像がよぎっていた。

# 三章　ネージュ・ノワール

一九九〇年四月

「世良、帰国の挨拶はないのかよ」

同期の北島の声。世良は肩をすくめる。

「なんだ、北島、まだいたのか」

朝八時なら、病棟採血たけなわの時刻だから、医局には誰もいないだろうと踏んで、医局のテーブルにチョコレートの箱をこっそり置いたところを、死角のソファに寝ころんでいた北島に見とがめられた。

「北島、病棟採血はサボるなよな」

「ニース帰りの世良に言われたくないな」

「ま、それもそうだ」

素直に同意する。

世良が帰国したのは金曜の夕方。週末は時差ボケと疲労を癒すため、下宿で過ごした。考え事をすると眠くなる。眠ろうとすると目が冴える。意志と正反対の身体の反応に、世良は調整を諦めて、身体が欲するままに過ごした。その流れで今朝は見事に寝坊した。今朝の採血当番はサボり。だが四月下旬、ゴールデンウィークが始まる直前の時期の採血当番は外部研修帰りの三年目の同期、経験豊富な外科医が行なうので朝飯前の業務と化していた。ひとりふたりがサボっても、一年生の頃のように相手を咎《とが》める空気はない。

実力があれば、諍《いさか》いは少なくなるものだ。

「せっかく一年半、外の病院でバリバリ手術をやらせてもらって腕を磨いてきたのに、大学に戻ったとたん一年坊に逆戻りじゃ、ばかばかしくてやってられねえよ」

北島の言葉に世良はうなずく。

「連休明けまでの辛抱さ。もうじき何も知らない一年生が入局してくるからな」

「だけど、暗いニュースもあってな。今年は総合外科の入局者は少ないらしいぜ。いつもは二十人弱入るんだけど、今年は十人そこそこなんだそうだ」

「総合外科《ウチ》は人気がないのかなあ」

北島は声をひそめる。

「ここ数年、総合外科から脳外科や肺外科、小児外科が次々に分派しただろ。外科医志望の新人の受け皿として佐伯外科の求心力が低下しているらしい」

世良はチョコレートの包装を破りながら、言う。

「ということは俺たちの雑用は軽減されないかもしれない、と」

「そんなこと、この俺が絶対にさせないさ」

北島は立ち上がると、チョコをひとつ取り上げ口に放り込む。

「ところでお前、本当にニースに行ったのか？　マカデミアナッツはハワイの土産だぞ」

「しょうがないだろ。空港の売店ではこれしか売ってなかったんだから」

「ふうん、変なの」

チョコをぼりぼり噛み砕きながら北島は続ける。

「それより世良、こんなところでのんびりしてて大丈夫かよ。午後一番のカンファでプレゼンじゃなかったっけ？」

世良は一瞬、視線を窓の外に投げる。そしてはっとした顔になる。

「田坂《たさか》さんのプレゼン、今日だっけ？」

「海外学会明けだからってボケるな。それにしても世良はツイてるよな。専門外の心臓血管グループの海外学会のお供に指名されたかと思ったら、帰国してすぐに専門の腹部外科グループで、高階先生のスナイプの食道癌手術だもんな」

北島の言葉を背に受け、部屋を飛び出す。プレゼン前にデューティをとっとと片づけておかないと、すべてが間に合わなくなる。

エレベーターホールは朝のラッシュ時で、三階に停まるエレベーターは皆無だ。表示ボタンが一階にたどりつくと、しばらくして満員のランプがつき上昇を始め、結局三階は素通りする。三台のエレベーターが通過したのを見届けると、世良は踵《きびす》を返し、階段ホールに向かう。

薄暗い螺旋階段を見上げ、ため息をつく。そそり立つ階段は円弧を描き、その頂点は暗闇の中に溶けている。ゴールは彼方だ。

次の瞬間、目の前の階段を一気に駆け登り始める。目指すは最上階の十三階、東城大学医学部新病院の病院長室だ。

階段を駆け登りながら、帰国の機中での垣谷との会話を断片的に思い出す。

「なぜあんなヤツを引っ張ってきた？　そもそもどうやって帰国を決意させたんだ？」

もっともな疑問だが、ひと言では説明できない。螺旋階段をひと回り、一階分を駆け登る。

シャルル・ド・ゴール空港で土産を買い漁《あさ》りながらも、垣谷は「天城の野郎はどこだ？」と苛立《いらだ》った口調で尋ねる。世良も探すが見当たらない。搭乗時刻を告げるアナウンスが流れると、垣谷は肩をすくめる。

螺旋階段をひと回り。スカイライナーの車中で垣谷と会話する。

「今回の件は月曜朝一で佐伯教授に報告しろ。俺はこの件は聞かされていないことにする」

螺旋階段を登る。息は切れない。

天城はいったい、東城大学医学部佐伯外科をどうするつもりなのか。

佐伯教授は天城の人となりを知りながらオファーしたのか、それとも……。

螺旋階段をひと回りごとに頂上が近づくにつれて、世良の思考は断片的になっていく。

階段の頂点を駆け抜ける。最上階のホールに駆け込んだ世良の脳裏に、鮮やかな絵画が浮かぶ。グラン・カジノの天井のフレスコ画、天使たちが祝福する天地創造、天城が親指で弾いたモナコ硬貨の煌めき。ルーレットの緑の羅紗、そして回転盤で弾《はず》んだ運命の赤い球。コート・ダジュールの紺碧の海原と、天辺で輝くリゾート地の太陽。さまざまな光景の断片が走馬灯《そうまとう》のように脳裏を去来した。

最上階、音のない病院長室のフロアを、世良は息を整えながら歩く。

息は切れていないにもかかわらず動悸が激しくなる。大股で病院長室に歩み寄る。

深呼吸し、扉をノックする。

静かな声が応じる。世良の鼓動が極限まで高まる。

扉を開くと、扉の正面、白眉《はくび》の佐伯病院長は窓を背にした机に座っていた。

「戻ったか。ご苦労だった。入りなさい」

世良は会釈《えしやく》をして部屋に入り、後ろ手で扉を閉める。

病院長室を見回す。正面に黒光りしている黒檀《こくたん》の両袖机。左の壁一面には本棚があり、専門書がびっしり並んでいる。半分は分厚い洋書だ。右の壁には硝子戸棚と、隣の部屋に続く扉。その扉が開け放たれているため、病院長室という空間の威圧感は軽減されている。

窓からは遠く桜宮湾が見えた。

新病院が建築されて一年。新病院は、世良が外部病院に出向中に完成したので、今回医局に戻った世良の代にとってはいろいろと目新しい。

世良は旧病院の赤煉瓦《れんが》棟を思い出す。手術室に巣喰《く》っていたオペ室の悪魔の姿と共に。

だが今は古い手術室もなくなり、居ついた悪魔も姿を消した。

背伸びをすると、大きな窓の右下方に旧病院・赤煉瓦棟の屋上《おくじょう》が見えた。

指し示されたソファに、腰を下ろす。佐伯病院長は立ち上がり、世良の正面に座る。

「首尾はどうだった？」

「無事、ご命令を果たして参りました」

佐伯病院長は目を細める。白眉の下、眼光が鋭い。世良は続けた。

「天城先生にお目にかかり、お手紙をお渡ししたところ、教授からの申し出に添って対応する、とのお返事を頂戴しました」

「垣谷は何と言っていた？」

世良は一瞬、躊躇《ちゅうちょ》する。だが意を決し、言う。

「垣谷先生は、天城先生の招聘《しょうへい》に反対のようです」

「理由は？」

世良は佐伯病院長を見る。鋭い眼光の前では、虚飾がはぎ取られてしまう。

「それは垣谷先生御本人からお聞きになっていただければ、と思います」

佐伯病院長は、口元に微《かす》かな笑みを浮かべた。

「では質問を変えよう。世良君は、佐伯外科に天城を招聘したことをどう感じたかな？」

思いもかけない質問だった。世良は天井を仰《あお》ぐ。

浅く腰掛けたソファに深々と沈み込むが、やがて身体を起こし、佐伯病院長に正対した。

「病院長でもある佐伯教授が、私のような下っ端《ぱ》になぜそのような質問をされるのか理解できませんが、御質問ですのでお答えさせていただきます」

世良を見つめる佐伯病院長の目を見ないようにして、続ける。

「天城先生は立派な外科医です。手術を見学させていただきましたが、すごいテクニックで、何よりあのような発想は、思いもよりませんでした。ですが日本の医療と相容《あいい》れない部分があるようにも感じました。ですから招聘の是非《ぜひ》は、私には判断できません」

「なんだ、逃げるのか」

佐伯病院長は立ち上がると世良に背を向け、窓の外を見る。

「私は覚えているぞ。かつて小天狗《こてんぐ》が日和《ひよ》りそうになった時、テーブルを蹴り上げ、ヤツを目覚めさせた小生意気な研修医のことを。だがそんな跳ね返りも、今や外部出向ですっかり丸くなってしまったか」

世良は奥歯を噛みしめる。やがて、佐伯病院長の背中に向かって答える。

「この場で私見を述べていいか迷っただけです。ご所望《しょもう》ならば、私見を述べます」

世良は一息ついた。佐伯病院長から無言の肯定を受け取ると、続けた。

「天城先生の技術が日本に根付けば、日本の医療は素晴らしい進歩を遂《と》げます。でもその技術を支える天城先生の医師としてのお心は、日本ではとうてい受け容れられません」

世良はそこで言葉を切った。佐伯病院長は窓の外を見て、世良に背を向けたままだ。

沈黙が部屋に流れた。やがて佐伯病院長が言う。

「終わりか？　それでは逃げたままだ」

世良は佐伯の背中にうなずく。

「私見を述べました」

佐伯病院長は含み笑いをする。

「それでは単なる評論だ。事ここに至っては、誰かが天城を当教室に迎え入れの可否を決めなくてはならない。世良君は天城がわれわれのスタッフになることに賛成か、反対か、明言を避けている。その点、垣谷は立派だ。受け容れ反対、と明確に意見を表明している。もっとも、私の前でも同じことが言えるかどうかはまた別の話だが」

佐伯病院長はうっすら笑う。自分の盲点と欺瞞《ぎまん》を指摘され、世良は顔を赤らめる。

「聞きたいのは、世良君が病院長だったら天城を受け容れるかどうか、という意見だ」

世良は立ち上がる。座った位置からだと空しか見えないが、立ち上がると大海原の水平線がせり上がってくる。世良は佐伯病院長の背中に向かって言う。

「では、私の気持ちを正直に申し上げます。私も垣谷先生と同意見で、天城先生をスタッフとして教室に受け容れることには反対です」

佐伯病院長の肩がぴくり、と揺れた。世良は言葉を継いだ。「でも……」

「でも？」

鸚鵡《おうむ》返しの問いかけに、世良は息を呑む。そして思い切るように言う。

佐伯病院長がゆっくり振り返る。

「でも、ひとりの外科医としては、天城先生の手術をこの教室で見たい、です」

佐伯病院長は世良を見つめた。やがて、くくっと笑う。

「何とまあ、わがままな小僧《こぞう》よ」

開けっぱなしの隣の部屋の扉に向かって、佐伯病院長は声を掛ける。

「聞いたか？　これが小僧の本音だぞ」

その言葉に導かれ、右の扉を見た世良は愕然《がくぜん》とした。

そこに姿を現したのは、黒服を着た細身の長身、グラン・カジノの王にして、モンテカルロのエトワール、天城雪彦その人だった。天城は世良を見ながら、佐伯病院長に言う。

「ビアン・シュトルル（もちろん）。まあ、予想通り、それで一向に構いません」

天城はソファに座り込んでしまった世良を見つめる。

「それにしてもジュノは、稀《まれ》に見る忠犬だな」

佐伯病院長が世良の正面に座る。直交するソファに腰を下ろした天城が言う。

「それにしても相当無茶なオファーですね、ムッシュ佐伯。これでは私は四面楚歌《しめんそか》です」

佐伯病院長はにやりと笑う。

「それは自業自得《じごうじとく》だ。国際循環器病学会のシンポジストをドタキャンなどすれば、真面目一途《まじめいちず》の垣谷には反感を抱かれて当たり前だ」

天城は言い返す。

「もしも真実を知ったら、ムッシュ垣谷は自己嫌悪のあまり、逃げ出したくなるでしょうね」

「どういう意味です？」

世良の問いに、天城は肩をすくめて、答えない。代わりに佐伯病院長が答える。

「シンポジストは当初、天城にオファーが来た。ところがコイツはそれを私に丸投げした。私は黒崎にオファーを渡し、黒崎は垣谷に発表するよう命じた。するとガブリエルが垣谷の発表の最低条件として、天城の参加が必須と言い出した。そこでしかたなく天城も表面上は依頼を受けた、というわけだ」

つまり垣谷は天城のおかげでシンポジストになれた、というわけか。確かに潔癖性《けっぺきしょう》の垣谷の心情を思えば、あまりにも無惨《むざん》だ。佐伯病院長は続けた。

「天城のドタキャンは事前の決定事項だった。だから私は別の医局員にメッセージを託した。で、世良君に白羽の矢を立てたわけだ。他の医局員なら、天城がシンポジウムをキャンセルした時点で任務遂行を諦めただろう。だが世良君なら何とかするかもしれないと思ってね」

「確かに。何しろ稀に見る忠犬、ですからね」

天城のチャチャに、世良は赤面する。

「結果的に世良君は何とかするどころか、天城を連れ帰ってきてしまった。おかげで昨日は、モンテカルロのリドから国際電話で延々と抗議を受けることになってしまったが……」

世良は身を縮める。そんな世良に天城はにこやかに声をかける。

「気に病むなよ、ジュノ。どうせモンテカルロは俺にとって一時の雨露しのぎだったし、このオファーだって長続きしそうもないし、な」

その言葉をうけ、佐伯病院長が改まった調子で言う。

「病院長として、私は大学病院改革を断行するつもりだ。それは日本の医療を根底から揺るがす大改革になり、成し得た者は青史《せいし》に名を刻む。そのため私には心臓外科医・天城雪彦の辣腕《らつわん》が必要なのだ」

天城の目が暗く光った。間近でふたりを見つめる世良は固唾《かたず》を呑む。

天城の体から力がふっと抜けた。

「さすが天下の国手《こくしゅ》、佐伯教授ですね。私のツボをよくご存じだ」

佐伯病院長は世良に言った。

「世良君の私見は正しい。今、天城をウチの教室に放り込んだら大混乱になるだろう。だから天城には番犬が必要だ。その役を天城に帰国を決意させた世良君にお願いしたい」

天城は笑顔で佐伯病院長に言う。

「ジュノが番犬、ねえ。どちらかというとチワワみたいな愛玩《あいがん》犬に思えますが」

佐伯病院長は天城を見て、微かに笑う。

「ひとつ忠告しておこう。そんな風に考えていると、どうしてどうして、手を嚙まれるぞ」

天城は意外だ、という表情で肩をすくめた。そして世良をまっすぐ見つめて言った。

「というわけだ、ジュノ。これから私のお守《も》りを頼むよ」

世良は、天城と佐伯病院長のふたりの巨魁《きょかい》を交互に見つめた。そしてようやく口を開く。

「自分は初期研修を終えたばかり、おまけに先日、専門領域を腹部外科に定めたばかりです。そして心臓血管外科は私の進路ではありません。これから先、どうすればよろしいでしょうか」

「天城の護衛は二年間の期間限定だ。君たちの代は初期研修の最中で半分は出向中だ。君たちを呼び戻したのは、教室の非常事態のせいだ。この二年は初期研修の一環と思えばいい。心臓血管外科の研修は腹部外科にも役立つこともある。それは私が保証する」

世良は懸命に食い下がる。「でも、腹部外科グループのデューティもあります」

「天城の下にいる間は、免除する」

「自分には心臓血管外科のセンスはないように思えますが」

「ジュノ、そんなに私と仕事をするのがイヤなのか？」

無邪気《むじゃき》な天城の質問に世良は動揺し反射的に答える。

「いえ、そんなことはありませんが……」

天城はその言葉を捉え、にこやかに言う。

「なら決まりだ。私の仕事を手伝ってくれよ。二年経ったら解放するからさ」

世良には、ノーと答える余地はなかった。

朝の光あふれる病院長室に一瞬、虚脱した沈黙が流れた。やがて世良は言う。

「わかりました。早速《さっそく》ですが、天城先生の仕事の内容と、私の業務について教えてください」

天城は佐伯病院長と顔を見合わせる。佐伯病院長は天城にうなずいて言う。

「もう言っても構わないだろう。今日の午後には明らかになるからな」

天城は顔を上げる。

「ジュノ、私に対する佐伯教授のファースト・オファーは知ってるよな」

世良はうなずく。

「確か、東城大に心臓外科センターを作るのでセンター長に就任せよ、だったと」

「先ほど佐伯教授と話し合ったが、最終的に新施設を創設することで合意した。設計からすべてを任せてもらう。新施設は東城大学医学部付属病院の分院という位置づけだが、まったく新しいコンセプトの病院だ。名称はスリジエ・ハートセンター」

「スリジエって、何ですか？」

世良の問いに、天城は答える。

「フランス語で〝さくら〟のことだ。せっかく日本に帰ってきたのに今年は桜が終わってしまい、残念だった」

世良は耳を疑う。スリジエ・ハートセンター創設。そこに東城大という言葉は影も形もない。佐伯病院長が言う。

「天城の構想は、当教室の心臓血管グループといずれ衝突する。だからこそ、垣谷も反発したのだし、反対派の急先鋒《せんぽう》は黒崎だろう。だが世良君にだけは伝えておこう。最後に天城の前に立ちふさがるのは、黒崎や垣谷ではない。それは小天狗だ」

世良は息を呑む。東城大学医学部・佐伯教授の懐刀と呼ばれ、陰《かげ》で小天狗だの、阿修羅だのと呼ばれる食道癌手術の名手、高階講師の穏やかな表情が脳裏に浮かぶ。

世良は尋ねる。

「なぜ、高階先生が天城先生の前に立ちはだかるんですか？」

佐伯病院長は、うっすら笑う。

「高階は天城の存在を許容できないからだ」

佐伯病院長は世良の表情を見極めるように、鋭い視線を注ぐ。そしてはっきりと告げる。

「もしもふたりが衝突した時には、世良君は天城のサポートに徹してほしい」

唾を呑み込むと、世良は掠《かす》れ声で尋ねる。

「私は高階先生の腹部外科グループに属しています。それでも天城先生サイドに立て、と？」

佐伯病院長はうなずく。

「そうだ。さっきは言い間違えた。これはお願いではない。教授命令だ」

世良の中で、今すぐ席を立ちノーと言え、という声が聞こえた。だがその声を抑え込むように、天城の陽気な声が響く。

「そんな深刻になるなよ、ジュノ。佐伯教授は命令だと脅《おど》すけど、人のこころは力なんかでは縛れない。安心しな、迷った時はジュノの好きにすればいい。まあ、忠実な番犬のジュノの前では私も、少しはいい子にしてるから、せいぜいお守りをよろしく」

佐伯病院長は苦い表情で咳払いをし、しわがれ声で言う。

「そういうことだ、世良君。ただし、しばらくは天城の面倒を頼む」

世良はうなずく。「了解しました」

天城は笑顔で右手を差し出してきた。

「よろしくな、ジュノ。君だけが頼りさ。私は日本では、ひとりぼっちのみなしごだから」

その手を取るかどうか、一瞬躊躇したが、天城が強引に握手してきた。

一瞬手を握ってから、その手を振りほどいて世良は立ち上がる。

「病棟業務がありますので、これで失礼します」

「今日の午後カンファレンスで、天城を教室員に紹介するからそのつもりで」

世良はうなずいて、扉を閉めた。


病棟に下りると、世良は若い看護婦に捕まった。

「世良先生、抗生剤のオーダーが落ちてます」

「ああ、悪い」

ナースステーションの隅に座っていた看護婦が世良に言う。

「大学病院は研修病院とは違うんです。殿様気分は忘れていただかないと」

「すみません、藤原《ふじわら》婦長」

藤原婦長は二年前は手術室の婦長だったが、今は総合外科病棟の婦長だ。次期総婦長候補ナンバーワンというウワサを最近、北島から仕入れたばかりだ。

世良は指示板を取り上げ、抗生剤の名称を書き込む。そのまま立ち去ろうとした世良の背中に、藤原婦長の声が飛ぶ。「処方箋」

「あ、いけね」

頭を掻いて、棚から処方箋を取り出す。オーダーを書き込む世良に、藤原婦長は言う。

「口頭オーダーを看護婦が書きとめて投薬までしてくれるのは外部病院だけ。どの先生も外部研修からお戻りになると、必ず大学病院に不満いっぱいになるんです。困ったものだわ」

世良は処方箋を投げ、藤原婦長のお小言《こごと》から逃れるようにナースステーションを後にした。


午後一時。病棟カンファレンスルームには白衣姿の医師が集まっていた。症例呈示は五例。明後日の手術患者のプレゼンテーションだった。

「というわけで胃噴門《ふんもん》部リンパ節の腫脹《しゅちょう》が認められるため、同部リンパ節の徹底郭清《かくせい》も必要です。吻合には食道自動吻合器〝スナイプ〟を用いる予定です」

世良はシャウカステンのフィルムを入れ替えながら、流暢に説明を続ける。

カンファレンスルームの医師たちは、世良のプレゼンに耳を傾けるフリをしながら、ちらちらと佐伯病院長の隣に座る黒服の男性の姿を盗み見ている。

「質問は?」

黒崎助教授の問いに、答えはなかった。黒崎助教授は続ける。

「なければ術前カンファレンスを終了する」

いつもなら場が崩れ、皆立ち上がり談笑しながらカンファレンスルームから姿を消すところだが、今日は様子が違った。佐伯病院長の隣の男性、天城の姿に視線が注がれて、場が動かない。好奇心に満ちた視線の中、垣谷だけが強い反感の色を滲《にじ》ませていた。

佐伯病院長が立ち上がる。

「新しく教室員になる先生をご紹介する。天城雪彦先生だ。心臓冠状動脈バイパス術の大家《たいか》で、あのモンテカルロ・ハートセンターの部長を務められていた」

黒崎助教授が目を見開く。ざわめきが部屋に流れた。佐伯病院長は続けた。

「連休明けから教室の一員として加わっていただく。天城君、自己紹介を」

細身の黒服姿の天城が、しなやかに立ち上がる。会釈をして、朗々とした声で話し始める。

「天城です。モンテカルロ・ハートセンターに勤務していましたが、この度《たび》桜宮に心臓手術専門病院を創設しろとのオファーを頂戴し、来日しました」

「心臓手術専門病院の創設、だと？」

黒崎助教授が声を荒《あら》らげた。当然の反応だろう。佐伯総合外科で心臓外科部門の責任者は黒崎なので、この招聘は黒崎が教室にとって不要な存在だと宣告されたに等しい。

天城は黒崎助教授の表情を見遣りながら、軽やかな口調で答える。

「佐伯外科心臓外科部門のトップ、ムッシュ黒崎ですね」

「ウチの心臓外科は私が仕切る。指揮系統が混乱するのでこの件は再考してほしい」

天城はにっと笑う。

「黒崎先生、ご心配なさらずに。私はこんなちっぽけな教室の、そのまた小さなセクションの中で権力闘争に励もうなどという気持ちはさらさらありませんので」

「そのちっぽけなセクションの一員であるわれわれの協力なしには、心臓手術専門病院を立ち上げることも不可能だということくらい、わからないのか」

垣谷が厳しい口調で言い放つ。天城は涼しい口調で答える。

「ビアン・シュール。どうやら垣谷先生まで誤解されているようです。桜宮心臓外科病院、通称スリジエ・ハートセンターの創設には、佐伯外科の心臓外科部門に協力要請などしません。いずれ心臓外科セクションのメンバーの方《ほう》から参加させてほしいという要望が続出するかもしれませんがね」

「でかいことを言うが、中身を伴っているんだろうな」

黒崎助教授の冷たい口調に、天城は答える。

「まずは私の業績をお示ししましょうか。昨年の国際学会シンポジウムに五件招聘されましたが、オファーは断っています。逆にお尋ねしますが、佐伯教室の国際学会発表件数はこの一年で何件でしたか？」

黒崎助教授は黙り込む。垣谷が先日行なった発表が、唯一の国際学会発表だという事実をこの場で表明できるような、気概のある人間はいなかった。

「佐伯教授の御紹介には重大な誤りがあります。私はまだ、心臓バイパス術の世界的大家ではありません」

天城の言葉に、佐伯病院長が白眉を上げる。しかし無言。

場に沈黙が流れた。その重さに耐えきれなくなったか、垣谷講師が尋ねる。

「ではそこの黒服の大先生は、何の大家なんですか」

天城は即答する。

「冠状動脈バイパス術の進化型、ダイレクト・アナストモーシスを、世界中でただひとり実施できる心臓外科医です」

「ダイレクト・アナストモーシス……直接吻合法だって？」

黒崎の呟きを拾い上げ、天城は言う。

「ウイ、セ・サ（そのとおり）。これは究極の心臓血管バイパス術なのです」

モンテカルロ・ハートセンターでの天城のメス捌《さば》きが、オテル・エルミタージュのテラスを吹き抜けた一陣の風と共に、世良の脳裏に鮮やかに甦った。


それまで沈黙を守っていた小柄な男性が立ち上がり、発言する。

「天城先生のお話はわかりましたが、我々は外科医の専門集団です。世界でただひとつの技術の達成者だと説明されても、イメージできません。実際に術式を見せていただきたいですね」

天城は目を細め、男を見た。そして尋ねる。

「あなたは？」

「講師の高階です」

天城は目を見開き、両手を広げる。

「あなたが高階先生ですか。先生には是非、スリジエ・ハートセンターの将来構想にご参画《さんかく》いただきたいと思っています」

高階は首を捻り、答える。

「私は心臓血管グループでなく、専門は消化器ですが」

「存じております。でも、先生の専門は食道癌手術でしょう？　スリジエ・ハートセンターは心臓手術専門病院として立ち上げますが、なにぶん心臓外科未開の地、日本ではさまざまな制度上の関係から、立ち上げの際に困難が予想される。一度立ち上がれば、運営を継続することには自信はあるんですが」

言葉を切り、天城は高階を見つめた。眼光が鋭く高階を射貫《いぬ》く。

天城は続けた。

「立ち上げに不安があれば、まずは地固めをするのが一般的な対応でしょうが、別の選択肢もある。範囲を一気に拡大して立ち上げる道です。その施設は胸部手術センターと呼ばれる。だから胸部消化器外科、食道癌手術の名手・高階先生の協力が必要になるんです」

高階講師は黙り込んでいたが、ようやくぽつりと答える。

「当方にも都合があります。私がどれほど対応できるかわかりませんし、何よりまず、天城先生の技術をこの目で確認したい。すべてはそこからです」

天城は高階講師を見た。それから佐伯病院長をちらりと見、薄ら笑いを浮かべて呟く。

「ふうむ、なかなか手強《てごわ》いな」

その声は天城の側《そば》に座っている世良にだけ聞き取れた。天城は咳払いをし、にっと笑う。

「では直《ただ》ちに私の手術をお見せしましょう。適当な症例をください」

言葉をきって場をぐるりと見回す。そして続ける。

「……と、普通の外科医なら言うでしょうが、残念ながら私の手術は、舞台が整わなければお見せできません。しかるべき症例とふさわしい環境が整うまで、今しばらくお待ちください」

黒崎助教授が吐き捨てる。

「単なる大口叩き野郎か。失敗せずに済む簡単な症例を選べば、ホラは吹き放題だ」

天城は黒崎助教授を見下ろし、言う。

「普通のバイパス術なら今日でも対応できます。でもそんな義理も義務も、この教室に対して持ち合わせておりませんので」

「それが佐伯外科の一員のセリフですか」

垣谷が声を上げる。天城は肩をすくめる。

「ウイ。みなさん誤解していますが、私は佐伯外科の一員であると同時に一員ではない。私のポジションは佐伯外科の中にはないのです」

「どういうことですか？」

高階講師が尋ねる。天城は答える。

「佐伯教授から要請されたのは、スリジエ・ハートセンターを立ち上げよ、というミッションです。その間、東城大から支払われる報酬はゼロ、つまりタダ働きです。ハートセンターの立ち上げ後も、サラリーは出来高払いなんです」

「そんな滅茶苦茶な条件で高名な先生を雇うなんて、常識が疑われます」

高階講師が佐伯病院長に抗議する。佐伯病院長は白眉を上げ、答える。

「たしかに非常識な雇用だ。もしも、私がそれを強制したのなら、な」

佐伯病院長の代わりに天城が答える。

「その通りですが、問題はありません。何しろその条件は、私から佐伯教授に申し出たものですから」

「なぜ、そんなエキセントリックな雇用形態を提案したんですか？」

高階講師の問いに対する天城の答えに全員が集中する。注視の中、天城が口を開く。

「そうでもしないと、日本ではオリジナリティのある斬新《ざんしん》なシステム構築ができないからです」

黒崎助教授が会話に割り込む。

「ご託《たく》は腹いっぱいだ。端的に尋ねる。天城先生が我々に天才的な手技を御供覧くださるのは、いつになるのかな」

「遅くとも、くちなしの花が咲く頃には」

くちなし。小雨の薄暗がりに仄白《ほのじろ》く薫《かお》る。花は梅雨時に盛りを迎える。今から二ヵ月後か、と世良が考えていると、その世良の名前が、唐突に天城の口からこぼれた。

「教室とはスタンド・アローンで動きますが、ひとりだけ助力をお願いしています。世良先生が私の下についてくれたおかげで、私は雑事からは解放されています」

教室員が一斉に世良を見た。うつむく世良に高階講師が言う。

「世良君はそれでいいのか？」

一瞬心が揺らいだ世良だったが、次の瞬間きっぱりうなずく。佐伯病院長が立ち上がる。

「天城先生が話したことが実現するよう期待している。他に質問は？」

佐伯病院長は場を見回す。

「ないな。それでは、術前カンファレンスを解散する」

白衣が一斉に立ち上がる。佐伯病院長が退場し、後から三々五々、部屋を出ていく。

医師たちの視線が世良に突き刺さる。四年上のヒラの医局員、関川《せきかわ》が吐き捨てる。

「出向帰り早々、また抜け駆けか。相変わらずやってくれるな、世良ちゃん」

世良の背中に、黒崎助教授の野太い声がかかる。

「高階、垣谷、世良、ここに残れ」

黒服の貴族、天城は立ち上がり、世良に二本指で敬礼を投げると、軽やかな足取りで部屋を出ていった。

振り返るとそこには、白衣を無造作に羽織った高階講師、リクライニング椅子にもたれた垣谷講師、そして腕組みをして貧乏揺すりをしている黒崎助教授の姿が残されていた。

パイプ椅子が散乱する部屋の四隅に残った人間が布陣している。下っ端の世良は、入口に近い隅だ。咳払いをし、黒崎助教授が言う。

「これはいったいどういうことだ、垣谷」

「佐伯教授が、国際学会のついでに、世良に天城先生へ招聘状を届けるように命じたんです」

「佐伯病院長が、このヒヨッコに？」

「それは本当かい、世良君？」

退屈そうにカルテをめくっていた高階講師が顔を上げ、尋ねた。世良はうなずく。

「佐伯病院長は何でまた、そんな突拍子もないことをなさったのか……」

黒崎助教授の疑問に世良は無言で首を振る。黒崎助教授は椅子をきしませる。

「まあ、ここまで来たら、理由などどうでもいい。要はそれで出現する状況の捌き方、だ」

黒崎助教授は垣谷講師を見つめる。

「なぜあんな劇薬を持ち帰った？　それが医局に何をもたらすか、想像すればわかるだろうに」

「軽率でした。でも、まさかヤツが帰国を決意するなんて……」

そう言うと、垣谷は世良を非難するような目つきで眺める。

実直な垣谷らしい言葉が黒崎助教授の癇癪玉《かんしゃくだま》を爆発させる。

「鈍いヤツだ。天城が心臓手術専門病院を設立したら、我が心臓血管グループは即座にお払い箱になるだろうよ」

垣谷はうつむいてしまう。

「あるいは垣谷だったら、ヤツの下で飼い殺しにしてもらえるかもしれない。だが、そんな危険分子をおめおめと持ち帰った判断ミスは許し難《がた》い。ヤツが頭角を現すまで、大過なく医局に留《とど》まれると思っているのか、お前は？」

垣谷は身を縮め、横目で世良をにらむ。黒崎助教授は、高階講師に視線を転じる。

「世良は天城のお小姓《こしょう》らしいが、高階のグループに入ったのではなかったのか。どうして天城の手下になることを認めたんだ？」

高階講師は、手にしたカルテをテーブルの上に置き、答える。

「私は今回の人事については、相談を受けてませんし、容認もしてません」

「ならば、認めないつもりか」

黒崎助教授の厳しい口調に高階講師は肩をすくめる。

「教室人事の決定権は佐伯教授にある。ですから指示には従います。もっともそれは、世良君本人の意思を確認してから、のことになりますが」

高階講師は世良を見つめた。

「世良君は腹部外科グループに属すると決めて戻ってきた。佐伯教授の指示に従うと、以後心臓血管グループの一員としてシニア研修を行なうことになるが、それでいいのかい？」

高階の言葉は、佐伯外科という海原《うなばら》で難破しかけている世良に投げかけられた、一条の命綱に見えた。手を伸ばせば、それで済む。

世良は口を開きかけた。その時、脳裏を強い視線がよぎった。

——シャンス・サンプル、ルージュ・ウ・ノワール？　二者択一、赤か黒か。

そうじゃない。

俺は問いかけに答えず、自分が安全かという観点だけで、未来を選択しようとしている。

周りを見回し、気がついた。今、ここに残っているのは佐伯外科の未来を支える人たちばかり。そしてその誰もが天城の存在を容認していない。

この不寛容さはどういうことだろう。

医師としての天城の生き方は、教室ではとうてい容認できないだろう。だから世良が今、投げかけられた命綱を摑めば即座に、天城の失脚につながる。

世良は、高階講師を見た。

その生き様に憧れ、腹部外科グループを選んだ。その気持ちは今も変わらない。だが世良はすでに他人の人生に深く関わってしまった。世良のひとことがモンテカルロのエトワール、天城雪彦をはるかなる異国の地である、ここ桜宮へと連れ出したのだ。

——俺には自分の選択、そして天城先生の行く末を見届ける義務がある。

真一文字に結んだ口を開き、世良はきっぱり告げた。

「先ほど佐伯教授から直接、二年間は研修の一環として、天城先生をサポートせよという指示を受けました。自分は佐伯教授のご指示に従います」

高階講師は眼を見開く。黒崎助教授が閉じていた眼を開ける。

「殊勝な心がけだ。我々心臓血管グループは世良君を歓迎する。ただし、そこまであからさまな越権的な指示を受けているなら、ワシもはっきり伝えておく。我々グループにとって天城は歓迎されざる賓客《ひんきゃく》だ。天城の接待は一切合財《いっさいがっさい》、世良君に引き受けてもらう。我々グループは今後、一切のサポートをお断りする」

黒崎助教授は、高階講師をちらりと見て言う。

「この判断は心臓血管グループを預かるトップとしては当然だ。ワシは、天城の受け容れについては佐伯病院長から何一つ直接伺《うかが》っていない。文句があるなら言ってみろ、高階」

うつむいて黒崎の言葉に耳を傾けていた高階講師は、腕組みを解《と》き、顔を上げる。

「黒崎助教授が決定されたことに対して、異存なんてありませんよ」

「では決定だ。以後教室内及び心臓血管グループ内での天城の処遇や対応は世良君に一任する。手始めとして、天城に伝えろ。残念ながら天城先生をサポートするゆとりは、ウチにはありませんと黒崎が申していた、とな」

世良はうなずく。かすかに膝が震える。いつのまにか、世良は自分が佐伯教室のナンバー2の巨魁ににらまれていることを悟った。

部屋を出ていこうとした高階講師が、世良の肩をふたつ、ぽんぽんと叩いた。

「将来、腹部外科を専門にするにしても、血管を扱う技術は身につけておいた方がいい。心臓血管グループに属しても、その気になればいつでも腹部外科グループへ戻っておいで。ただし心臓血管グループにいる間は、うちでは学べない特殊技術をしっかり学ぶといい」

世良はうつむく。不覚にも涙がこぼれそうになった。

世良が部屋を出ていくと、廊下に北島が立っていた。

「どうした?」

世良が尋ねると、北島は硬い表情で告げた。

「天城先生がお呼びだぜ。部屋に来るように、だそうだ」

「部屋に? ところで天城先生の部屋ってどこか知ってるか?」

北島が硬い表情のまま、世良に告げる。

「聞いて驚くなよ。天城先生の居室は、赤煉瓦棟の佐伯教授の元教授室だそうだ」

「元教授室だって?」

世良は思わず大声を上げた。

北島と世良は連れ立って、旧病院、赤煉瓦棟の元教授室へと向かう。

新病院が出来て、旧病院は各臨床教室の医学研究教室に割り当てられた。結果、旧病院にも新病院にも教授室がダブって作られてしまった。講師以上も旧病院と新病院にそれぞれ居室が与えられたが、佐伯病院長は旧病院の教授室をそのまま天城の居室として充てたらしい。

新病院十三階の頂点に病院長室があるからできた大盤振る舞いだ、とも言えなくはない。だが、その決定が教室員に及ぼす影響力は、出向帰りのシニア一年生でさえ痛いほどわかる。

旧病院に足を踏み入れると、一瞬、懐かしい気分に囚《とら》われた。自分たちが一年生の研修をしていた頃はこの床をはいずり回っていたんだ、としみじみと思い出す。建物に満ちていた活気と殺気は、すっかり抜け落ち、今では基礎研究実験の穏やかな空気が建物全体を包んでいる。

「教授室」という標示の前で立ち止まる。北島は世良の肩を叩いて、言う。

「俺の仕事はここまでだ。世良を部屋まで連れてこい、というのが天城先生の命令だからな。世良と一緒に腹部外科グループで研究したかったけど、残念だよ」

自分と違った人生を選択した人間を見るかのように、北島の視線はよそよそしい。

「そうだ、さっき世良がプレゼンしてくれたクランケ、俺が手洗いすることになったから」

自分と高階講師をつなげていた糸がひとつ、ぷつん、と切れた気がした。気を取り直し、案内をしてくれた北島に礼を言おうとして振り向いたが、彼の姿はもうそこにはなかった。世良は、無昔の世界に取り残されて立ちすくんだが、意を決し、旧教授室の扉をノックする。

「開いてるぞ」

低い声。世良は扉を開けた。


トランクがふたつ、机上に置かれていた。開いた鞄から、洋服が乱雑に広げられている。眼を惹くのは机の上のチェスボードで、黒曜石《こくようせき》の盤上には、紫水晶《アメジスト》の駒が並んでいる。

主の替わった教授室は重厚さを失い、様変わりしていた。格が落ちた、という感じではなく、オテル・エルミタージュの雰囲気をそのまま移し替えたかのようだった。エルミタージュという言葉の意味が「隠れ家」だということを、世良はカジノで天城から教えられていた。

黒服姿の貴族、天城が棲めば、どこでもエルミタージュと呼ばれる部屋になるのだろうか。

長い脚を投げ出しソファに寝そべる男性の姿に、世良は視線のフォーカスを合わせた。黙って佇む世良に、天城が尋ねる。

「次の一手はどうする？」

世良はアメジストの駒がかちりと音を立てて置かれたのを見ながら答える。

「あいにく、俺はチェスは知りません」

「ま、いわゆる西洋将棋だ。ちなみに正解はこの一手」

天城は、馬の形の駒を跳躍させた。チインと共鳴する音がして、丸い頭の歩兵が倒れる。

「こうしてみると佐伯教室はチェス盤そっくりだな」

「どういう意味ですか？」

「駒にぴったりの配役が勢揃いしているってことさ」

天城は王冠を頭に戴いた駒を指先で弾く。カチリと乾いた音を立て、一瞬駒が揺れた。

「キング・佐伯教授。王者の風格。盤上ではまさに王様《キング》だ」

続いて隣の駒を、盤上から取り上げる。

「最強の戦士、女王《クイーン》はさしずめ高階講師だな」

クイーンの底で対面の駒を弾き、倒れた駒の升目にクイーンを置く。倒された頭の丸い駒をつまみ上げ、右手で弄《もてあそ》ぶ。

「正論好きなのに、その行動は斜めにこそこそ移動する僧正《ビショップ》、黒崎助教授は高階講師によって、いずれは盤面から粛清《しゅくせい》される運命にある」

盤面の片隅に屹立している駒を指先でつついて、言う。

「城壁は頑固者の城《ルーク》が守り続ける。たとえボスが盤面から弾き出されても、その忠誠心は岩よりも固い」

名前こそ言わないが、垣谷のことを指しているのだと確信する。

「この、馬の形をした駒は何ですか？」

天城は駒を高く掲げた。

「騎士《ナイト》さ。四方八方へ飛び回る変則の動きをする曲者《くせもの》で、他の駒と棲息する世界やモラルが違う。他の駒は、動線上に障害物があると足止めされてしまう。最強の戦士・クイーンですら重力場からは逃れられない。だがナイトは違う。目前の障壁を軽々と飛び越え、壁の向こうの敵を撃破し、そしてその跳躍は、星にさえ届く」

その瞬間、世良の耳にモンテカルロのエトワール、という言葉が甦った。

世良は尋ねた。

「俺はどの駒なんですか」

天城はにやりと笑い、一番前の小駒を取り上げた。

「さしずめ歩兵《ポーン》だな。前に一歩しか進めない、地べたをはいずり回る哀れな存在さ」

「このチェスの、倒すべき敵は誰なんです？」

天城は眼をつむり、吐息を吐く。「ふむ」

投げ出した脚を組み替え、腕を頭の後ろで組んでソファに深々と沈みこむ。

「本質を衝《つ》いた、いい質問だ。敵は誰か。まあ、当面の敵は佐伯総合外科の体面かな」

「佐伯総合外科に招聘され、新施設を立ち上げる天城先生が、どうして俺たちの教室を敵呼ばわりするんですか？」

天城はうっすら笑って言う。

「そんなことは、さっきのミーティングの場で明らかになっただろ？　そうでないと、か弱き彼らは自分の身を守れなくなる。だが、そんな境遇に私を追い込んだのは、他ならぬ佐伯教授だ。キングは、コロシアムで後継者争いを勝ち抜け、と要求している。ならばキングの首を取るしか、生き残る道は残されていない」

「おっしゃっていることが、理解できません」

世良は懸命に食い下がる。ここで呑み込まれたら自分は天城と運命共同体になってしまう。

天城は世良を眺めた。その表情は、世良が賭けの盤上に小銭を投げ出した時、見せた無感動な顔つきに似ていた。天城のあの時の表情は、世良の心の印画紙にくっきりと焼き付けられていた。その顔貌は、世良の中で虚無という言葉と結びつく。

天城は、吐息をつく。

「相変わらず甘ったれだな。本来ならとっくに見放しているが、ジュノは私のお守り役だし、主君の考えを徹底的に理解してもらわないと困る。仕方がない、乳児食並みに噛み砕いて説明してあげよう。なぜ私の招聘をジュノに委任したことが興味深いか。まずそこから説明しないと、乳歯も生えそろっていないジュノには、とても呑み込むことはできないだろうね」

世良は天城をにらむ。天城は意に介さず、続けた。

「申し出を一兵卒に届けさせれば、依頼が断られても教室の体面は傷つかず、誠意を尽くしたと言い訳できる。オファーを呑めばミッション達成。効率のいいオファーの掛け方さ」

危険なオファーだから失敗してもトカゲの尻尾みたいに切り捨てられる伝令に持たせたのか。世良は納得する。天城は組んだ脚をほどき、上半身をソファから起こす。

「ここからが本題だ。盤面の法則に縛られないナイトが、東城大に赴任したら何が起こるか。戦国時代の幕開けだ。キング・佐伯は後継者を指名せず、戦乱を勝ち抜いた勝者に領土を明け渡すつもりなのだろう」

「どうして天城先生は、そんなバカげたことばかり考えつくんですか」

世良はかろうじて言葉を吐く。胸の動悸が激しくなる。天城は答える。

「飾りがたくさんついているからわかりにくいが、この申し出の本質は、佐伯教授が直々《じきじき》に次期の心臓血管グループのトップ着任を私に要請した、という点に集約される。そのミッションを果たせば、手始めに垣谷講師の降格から始まり、最終的には領域トップ、黒崎助教授の追い落としで終わるだろう」

世良は顔を上げる。

「まさか天城先生は垣谷先生を、教室から追い出すつもりですか？」

天城は肩をすくめて笑う。

「何もしなくても、実力をみせつければ、垣谷君は勝手に沈んでいく。いいか、ジュノ。佐伯教授は私に新心臓手術専門施設の立ち上げを全権委任した。垣谷君にそんなオファーが来たらどうなる？　それより、そもそも彼にそんなオファーが来るのか？」

考えるまでもない。垣谷はそんなオファーは受けないだろうし、今の垣谷に新施設設立などという壮大なオファーが来るはずもない。世良は、佐伯病院長が天城に与えようとしているポジションの正確な意味合いを正当に理解した。教室の権力原理に従ってきた世良の脳裏には、荒涼とした真冬の原野の光景が浮かんで、消えた。

世良を観察していた天城は、自分の言葉が世良に届いたことを確認した。

「だが、問題はそんなに単純ではない。キング・佐伯は私が垣谷君と黒崎助教授を追い落とした時、果たして素直に後継者として私を指名するかな？」

天城は試すような疑問を投げる。世良は首を振る。天城はうなずき、自答する。

「その通り。もちろん、答えはノン、だ」

天城は自分で築き上げた論理の城を、あっさり崩してみせる。世良は天城の思考の流れの速さについていけない。天城は続ける。

「キングは私にハートセンターという新施設のトップ就任をちらつかせた。だが佐伯外科を見回せば、心臓血管グループは傍流だ。キングの直系の後継者はクイーンだ」

論理の階段を一段一段登るように、ひとつひとつステップを組み上げていく。その過程に違和感はない。だが天城の論理の階段を五段登って振り返ると、見慣れた景色は失われている。世良は眩暈《めまい》を覚える。天城の言葉は続く。

「そもそも存在しない新組織を立ち上げ、そのトップに据えるという申し出自体、実績ゼロのオファーで、フェイクと見なすのがギャンブルの基本だ。さて、ここでキングが私をどう捉えているか、考えてみよう。ジュノにはわかるか？」

世良は首を振る。天城は答える。

「キングは、私を嚙ませ犬に仕立て上げようとしている。心中ではひそかに後継者を決めているはずだ。だが、これまでのしがらみと愛着から、自分の口からは言えない。だから外部から嚙ませ犬を乱入させ、愛弟子《まなでし》の敵を粛清しようという腹なのさ」

すべてのピースがぴたりとはまっていくような気がして、世良は唸《うな》った。天城は続ける。

「ここにひとつ、面白い可能性がある。佐伯教授は私の心臓外科医としての実力を熟知している。忠誠心のかけらもないという性質も含めて、だ。自陣に招聘した危険なナイトが、果たして嚙ませ犬として唯々諾々《いいだくだく》としたままでいるだろうか」

「危険すぎる……」

世良がぼそりと答えると、天城は笑う。

「その通り、キングは飼い犬に手を嚙まれる。だが洞察力溢れるキング・佐伯がそんなことを推測できないだろうか。佐伯教授が、そんな危険人物を自分の王国に招いたのはなぜか」

天城は暗い笑顔で、続ける。

「結論はこうだ。キングは私が謀反《むほん》を起こしてもいい、と考えている。その上彼は、自らの王国を破壊しようとしている。その理由はわからないが、ね」

チェスボード上に、想像もしなかった局面が描き出される。その突飛な結論に抗《あらが》おうとしても、着実な論理展開を前に、一切の隙が見当たらない。

天城の推測は終わりではなかった。ボード上のルークを取り上げる。

「モンテカルロで垣谷が怒ったのは、医師としての私のモラルハザードに対してに見えるが、それだけではなく、自分の地位が危うくなることを瞬間的に理解したからだ。私が招聘され、佐伯教授の願いが叶った未来図に、垣谷の居場所はない。愚直なルーク・垣谷は、そうした推測を無意識に行なった。その深層心理を他人から指摘されたら、教室での存在意義《レゾン・デートル》は失われ、プライドは粉々に砕かれてしまう。気の毒なことだ」

悪意の地雷だ、と思う。地雷が埋まっていると教えられたら、それ以後は、恐怖に打ち震えて生きていかなくてはならない。教えられなければ、草原を自由に走り回れるのに。

知識はジャックナイフと同じだ。ナイフは、料理の肉を捌くこともできれば、人だって殺せる。人に勇気を与えるが、同時に勇気を奪い去る。

世良の脚が震えた。天城は続ける。

「ジュノ、私の勝利はもはや盤石《ばんじやく》だろう?」

天城は盤面を指さし早口で言う。

「キングの牙城《がじよう》を前門で支えるビショップ・黒崎は防衛線を愚直なルーク・垣谷に託している。だがルークは、その気になればいつでもご退場願える質駒《しちごま》だ。ルークを取ればビショップは自滅する。あとはクイーンとの一騎打ちだが、クイーンに黒いナイトが敵だという認識はない。だからヤツの懐に飛び込めば、一気にケリがつく」

盤面からは駒が次々に姿を消していく。最後にふたつの駒が残った。

「チェックメイト（詰み）」

天城は、王冠を戴く駒の前に、ナイトをかちりと置く。

世良はいななきを上げ躍動する駒を見つめ、金縛《かなしば》りにあったように動けなくなった。

天城はふう、とため息を吐く。

「だがここにひとつ、どうしても解けない謎がある」

天城は世良の顔を覗き込む。

「謎は最初に戻る。盤面の未来を大きく変える、重大なオファーを託されたのが歩兵《ポーン》だ、という点だ。キングはなぜ、かくも危険な賭けの始まりを青二才のジュノに託したのか？」

そんなの、俺の知ったことか。無声の世良に、天城は畳《たた》みかける。

「歩兵《ポーン》の存在意義とは、いったい何か？」

世良の表情を吟味しながら、もう一度低い声で、形を変えた質問を繰り返す。

「ジュノ、君は一体、何者なんだ？」

黙り込んだ世良を見て、天城は呟く。

「快晴の街《ヴィル・ドウ・ソレイユ》、モンテカルロから私を引き剥がした挙げ句の果てに、キング・佐伯は私にひとつの謎を仕掛けてきた。どうやらキングは私の性格をよく研究されているようだ」

このまま天城の論理の城壁に囚われてしまったら、世良は教室の裏切り者になる。だが天城が蜘蛛《くも》の糸のように張り巡らした伏線を前に、世良に選択の余地はない。天城は、世良を見た。それは、子どもが手の中の蟬《せみ》の羽を毟《むし》る時のような、無心で残酷な視線だった。天城は、世良を見

天城は身体を起こした。

「ジュノ、ナイトの本質を理解したか？　味方も敵も飛び越え、真の敵へ跳躍する。当面の敵は佐伯外科だが、その闘いは終わったも同然だ。だから今度は私の前に、本当の敵が現れるはずだ。そこからが勝負になる。その時は総力戦、すべての駒に私の意思を乗せて闘わなければ、勝利は覚束《おぼつか》ない。その時には、必ず歩兵《ポーン》にも出番がくる」

世良には、天城の語る世界がどうしても理解できない。

それでもひとつだけわかったことがある。

天城は、黒崎や垣谷が危惧するような、佐伯外科制覇などという極小の局地戦を闘おうとはしていない。天城の闘いのフィールドの次元は、彼らと違いすぎる。

その時、世良の目には、黒崎や垣谷が天城の軍門に降《くだ》った光景が映った。

世良の耳に、モンテカルロのカジノの喧噪が甦る。「シャンス・サンプル？」というクルーピエの問いかけに、世良は小声で「ノワール、トゥー（黒に全部）」と呟いていた。

# 四章
# アメジスト・ナイト

一九九〇年五月

人工心肺の単調な音が部屋に響いている。手術室の片隅に腰を下ろし、頭を膝の上に載せていると、部屋の隅のひそひそ話が耳に流れ込んでくる。中堅の外回りの看護婦と、ベテランで手術経過を巡回する看護婦の会話だ。

「……にしても、ねえ」

「そうそう、この間もいきなりオペ室に入ってきたかと思ったら、腕組みをして二時間、身じろぎひとつせずに人工骨頭《こっとう》置換術を見学して」

「人工骨頭ってオルト（整形外科）じゃない」

「だけど整形の先生たちがびびっちゃって、何も言えないの。気の毒なのは井上《いのうえ》助教授よ。佐伯先生が一目《いちもく》置いてるから文句も言えず、かといって共通の話題もなく、途方に暮れてたわ。おかげでオペが延びる延びる」

「ただでさえ井上先生はグズなのに、ねえ」

「いい迷惑よ。藤原婦長だったら、ばしっと言って、特別扱いなんか許さなかったのに」

「ほんと、松井《まつい》婦長は偉い先生方にばっかりウケがよくて、ソツがないだけだわ」

その時、ひそひそ話を叩き潰すように、大声が響いた。

「そこ、うるさい。黙れ」

黒崎助教授が術野《じゅつや》から顔を上げずに言う。お喋りをしていた看護婦たちは首をすくめ、視線をやり取りした後で、片割れがオペ室から出ていった。

「世良先輩、氷砕きはこんなもんでよかですと？」

世良は顔を上げ、細い目で世良を見下ろしている新人の駒井を見た。そしてプラスチック製の洗面器に視線を落とす。

「ま、いいんじゃない」

「ダメだ。もっと細かく砕かないと」

背後から声が響いた。世良の同期の青木だ。その声は心なしか、冷たく尖っていた。

シニア研修で大学に帰還してすぐ、心臓血管グループを選んだ青木は、腹部外科グループに入りながら教授命令でグループ入りした世良に反感を抱いているようだ。

世良は駒井の肩を叩いた。

「これからは青木先生に指導を仰げ。俺はこのグループでは、お前と同じ一年坊さ」

駒井は即座に対応して、朗らかな声で言った。

「世良先輩、青木先輩、了解しましたばい。もう少し細かく砕くとです」

駒井は、ちらりと世良を見てうなずいたが、同時に戸惑《とまど》った表情を浮かべていた。

一年生が総合外科学教室に入局したのは五月の連休明けだ。一週間後に医師国家試験の合格発表があり、今年はさいわい入局者は全員合格した。その結果に上層部は胸を撫で下ろした。

駒井の代は不作だった。例年入局者は二十人近いが、今年は九人と半分以下だ。学内からの新入医局員が少なかった。その結果、医局運営や病棟業務という一年生の単純労働力に頼る部分が、出向から戻ったシニア一年目にも割り当てられることになった。

駒井は学外からの入局だったが、一年の中では当初から頭角を現していた。入局前から海外の国際学会に参加してました、などとしゃあしゃあと自己紹介で言えば、先輩のウケはいいに決まっている。だが残念なことに、駒井は限度を超えて先走りし過ぎた。

「垣谷先生のシンポジウム発表には感銘を受けたばってん、当日ドタキャンされましたけど、シンポジウム会場でも発表を熱望された天城先生もおる教室の一員になれて幸せですばい」

場がしん、とした。天城はその酒席にいなかった。駒井のスピーチは前半盛り上がったが、後半、見事に失速した。

当の駒井は自分が地雷を踏んだと気付かず、堂々と挨拶を続けた。

「佐伯総合外科の栄《は》えある未来に、万歳」

駒井は大物だった。空気の変化など微塵も感じず、華々しく花火を打ち上げた。冷えかけた場は、お調子者の音頭取りで活気を取り戻す。医局長の垣谷が言う。

「よく言った。今年の一年生は有望だ。ただ今から無礼講《ぶれいこう》」

次の瞬間、佐伯病院長の正面に、杯を持ってちょこんと座った駒井を見て、世良は呆れるのを通り越し、つくづく感心していた。


手術が終わり、青木と駒井が患者に付き添って姿を消す。世良がひとり手術室の廊下を散策していると涼しげな声がした。

「……あの」

振り返ると、小柄な看護婦が世良を見つめている。世良はどぎまぎする。

「何か？」

「天城先生がお呼びです。手術室六番です」

六番？　世良は手術予定表を思い出す。六番は確か火傷《やけど》の皮膚形成術のはずだが……。

世良は会釈し、伝言してくれた看護婦の傍《かたわ》らを通り過ぎようとして、立ち止まる。マスクと帽子で顔が覆われ、一ヵ所だけ露出した大きな瞳が伏し目がちに、世良を見つめていた。一瞬の沈黙がふたりを包む。

通りかかったベテラン看護婦がぽん、とその若い看護婦の肩を叩いて声を掛ける。

「花房《はなぶさ》さん、婦長さんが呼んでたよ。明日の器械出し、担当変更するみたい」

「わかりました。すぐいきます」

花房は世良の隣を小走りで通り過ぎた。ふわりと花の香りが漂う。

世良は小柄な後ろ姿を、眼で追っていた。

手術室六番は静まり返っていた。扉が開くと、手術を行なっているメンバーの視線が、救いを求めるかのように世良に集まった。形成外科の多田《ただ》教授は皮膚科医で、麻酔医やメンバー、果ては外回りの看護婦まで名前で呼ぶような、多弁で陽気な教授だ。世良が学生時代にベッドサイド・ラーニングで手術見学した時は、冗談をまき散らしながら和気《わき》藹々《あいあい》と手術を進めていたものだ。ところが今日の手術室は異様な緊張感に包まれていた。

術者も助手も麻酔医も、外回りの看護婦も、妙にぎくしゃくしていた。ふだんと変わらないのは、手術台に横たわる全身麻酔の患者と、もう一人、器械出しの看護婦だけだった。

「猫田《ねこた》さん、ツッペルください」

猫田がツッペルを差し出したのはオーダーの最初の言葉、ツッペルの「ツ」が発声されるのと同時だった。最速で術者の意思に寄り添うようにツッペルが滑《なめ》らかに手渡される。視線を巡《めぐ》らせると、手術室の片隅にへばりついた影が、腕組みをして壁にもたれかかっていた。

世良の姿を認めると、天城は片手を挙げる。

「ご苦労だね、ジュノ。それじゃあ行こうか」

どこへ？　という世良の疑問が出る前に、天城は大股で手術室を出ていった。後ろに従う世良の背中で、手術室全体が安堵のため息をついたのが感じられた。

天城は肩に羽織った白衣を脱ぎ捨て、私服姿に戻る。世良は術衣を脱ぎTシャツを着て、その上に白衣を羽織ろうとすると、天城が言う。

「白衣はロッカーにでもつっこんでおけ」

「でも病院内では白衣を着ないと」

「今から外に行くんだ。ツーリングだよ」

「あの、まだ勤務時間内なんですけど」

世良は壁の時計を見上げる。午後二時を少し回ったばかり。

「大丈夫。王様《キング》の許可は取ってある」

世良は白衣を着替え室のロッカーに入れ、天城の背中を追って部屋を飛び出した。


駐車場の傍《かたわ》らに佇《たたず》む天城は、垢抜けている。その姿は、桜宮の街角には似合わない。やはりモンテカルロというお洒落な街がお似合いだ、と世良は思う。

シックな服装以上に世良の目を惹いたのは、天城の隣に佇むマシンだ。

「ハーレー、ですか？」

天城は、ほう、という表情で世良に尋ねる。

「バイクは好きか？」

「いえ、昔ゲンチャリに乗ってたくらいで興味はないです」

天城は目を細めて笑う。

「じゃあマシンのスペックについて蘊蓄《うんちく》を語るのは我慢しよう。ただ、コイツの由来だけは聞いてもらおう。私は手術の報酬は天に預けているが、たまには原則を破ることもある。ハーレーの創業者一族の手術の時は、フルスペックの特注に対応してもらうことを条件にしたんだ。その報酬がコイツさ」

「手術はうまく行ったんですか？」

天城は答える。

「愚問だな、ジュノ。今ここにマリツィア号があるんだから、聞かなくてもわかるだろ」

世良は頭を掻いて、さりげなく話題を変える。

「マリツィア号っていうんですか、コイツ」

世良は、サッカーで耳にする「マリーシア（悪意）」と関係するのかな、と思う。天城の姿とその言葉の響きがぴたりと重なる。マシンの名前の由来を聞きたげな世良に背を向け、天城は鉄の馬にまたがる。キック・スターターを踏み込むと、マリツィア号は虚空《こくう》に吠《ほ》えた。

「乗れ」

投げ渡されたヘルメットをかぶりながら、世良は天城のタンデムシートにまたがった。

「どこに行くんですか？」

風の中、疾走するバイクの運転席からの返事はない。漆黒のマリツィア号は、街ゆく人々の視線を集めながら桜宮市街を走り抜け、海沿いのバイパスに出るとゆるやかに速度を落とす。

「でんでん虫に行くつもりですか」

「でんでん虫？　何だ、それは？」

速度がさらに落ちる中、世良が答える。

「碧翠院《へきすいいん》桜宮病院のことです。桜宮で一番古い病院の渾名《あだな》なんです」

「ふうん、あのおんぼろ病院ね。まあ、何となくわかるような、わからないような……」

潮騒がバイクの爆音に混じり始める頃、マリツィア号は桜宮病院を通り過ぎて、岬の突端の展望所にたどりついた。

エンジンを切らずに、天城はハーレーから降りる。世良も続いて、ヘルメットを脱ぐ。

平日の午後、岬の展望所に人影はない。初夏の陽射しが穏やかな波間に落ちて砕ける。とき
おり海原の草原を、白うさぎのような波頭が走りぬける。

「エンジンを止めないいんですか？」

マリツィア号は、潮騒をかき消すように、エグゾースト・ノイズを響かせ続ける。

「この音が好きなんだ。どんな音楽より心に響く」

世良を振り返る。

「ジュノ、私がここに来た理由がわかるか？」

世良は首をひねる。そして言う。

「気分転換、ですか？」

「まさか」

天城は一笑に付した。世良は答えを待ったが、天城の言葉はない。

潮騒が、世良の周りに溢れた。

「すみません、あの……」

背後で、澄んだ声がした。バイクの騒音と潮騒が響いている中、その声は張りつめたピアノ線のように、すい、と空間をよぎった。

世良と天城は振り返る。

ジーンズ姿の女性は、豊かな黒髪をざっくりと三つ編みにし、後ろで束ねている。その腰に、五歳くらいの男の子がしがみついている。女性はよく通る声を上げた。

「申し訳《わけ》ありませんが、エンジンを切ってください。この子が怖《こわ》がっていますので」

天城は両手を広げ、頭を下げた。

「申し訳ない。私はこの音が大好きなもので、つい」

ハーレーのエンジンを切ると、女性と子どもに歩み寄る。しゃがみこんで、男の子と同じ目線になって言う。

「怖がらせてごめんな。こいつはマリツィア号、いいヤツなんだ。怖がらなくていいんだよ」

男の子は顔を上げた。

「マリツィア号？　これ、噛みつかない？」

「もちろんさ。言うことをよく聞く、いいヤツだぜ。乗ってみるかい？」

天城は、男の子を女性から引き離し、抱き上げ、マリツィア号にまたがらせた。おどおどしていた男の子は、天城が機械の説明を始めると、夢中になってあちこち触り始めた。

「忠士《ただし》くん、そのくらいにしておこうか。そろそろお部屋に帰る時間よ」

男の子はマリツィア号から離れようとしなかった。天城はふたたび男の子を抱き上げ、女性の許《もと》に戻した。

「コイツが吠えるのは、すっげえ速く走るぞって言ってるんだ」

天城の言葉に、男の子はこくんとうなずいた。

「どこに住んでるの？　近くだったら、今度マリツィア号に乗せてあげよう」

「本当？」

男の子は傍らの女性を見上げる。女性は一瞬躊躇《ためら》ったが、言う。

「ありがとうございます。機会がありましたら、是非《ぜひ》」

そう言って、女性は風にほつれた髪をかき上げた。天城が男の子に尋ねる。

「坊やはどこの幼稚園だい？　今度、そこに行くよ」

男の子は困惑したような表情で、女性のジーンズにしがみつく。女性は男の子の髪を撫《な》でると、天城に会釈をする。

「ご挨拶が遅れました。私は碧翠院桜宮病院に勤める医師の、桜宮葵《あおい》と申します」

天城は目を見開く。そして右手を差し伸べ、言う。

「奇遇ですね。実は私も医者なんです。東城大学医学部の佐伯総合外科の天城、と申します。

でもってこちらが私の忠実な助手の世良です」

世良が頭を下げると、葵が言う。

「佐伯外科の先生だったんですか。父も佐伯教授にはお世話になっておりまして」

「ひょっとして、お父さんもお医者さんなんですか？」

「ええ、父はあの病院の院長です」

天城は大きくうなずく。

「さぞお父さんも心強いことでしょうね。こんな立派な女医さんが跡継ぎなんですから」

桜宮葵は、首を振って微笑《ほほえ》む。

「父は私に向かって二言目には、こんな小さな街から出ていって、大きな仕事をしろ、と言いますけど、私はこの街が好きなんです。だから卒業して東京から戻ってきました。微力ですけど、この街の医療を少しでもよくできれば、と思っています」

天城は桜宮葵を見つめた。

「偶然ですけど、実は私もまったく同じことを考えているんです。ただ、あなたと違うところは、私はこの街のことを好きでも嫌いでもない、というところですがね」

天城は続けた。

「ところでその子は、あなたのお子さんですか、それとも……」

桜宮葵はうつむいて、男の子の頭を撫でながら答える。

「忠士くんは小児病棟に入院中なんです」

岬を突風が吹き抜けて、男の子は、葵にしがみつく。その身体が冷え始めているのをてのひらで感じて、葵は言う。

「ちょっと長居をしすぎたね。帰ろっか」

天城は男の子に笑顔を向ける。

「マリツィア号が走るところを見たいかい？」

男の子はうなずく。天城は続けて尋ねた。

「怖がらないって約束したら、今からすぐに走ってあげるよ」

「本当？　じゃあ絶対に怖がらない」

天城は世良に目配せをする。世良がマリツィア号のタンデムシートにまたがると、エンジンをかける。マリツィア号の咆哮を、男の子は目を見開き見つめた。ヘルメットを装着した天城が、二本指の礼を男の子に投げる。直後、スロットル全開。

震えるバックミラーの中、岬に佇む女医と男の子の姿が小さくなっていく。上り坂のカーブを曲がったところで、ふたりの姿はふいに消え、ほんのり赤みがかった夕空が映りこんだ。


帰途は一転して、穏やかなクルージングになった。

風の中、天城が後部座席に向かって言う。

「ジュノ、いよいよ私たちのチームが始動するぞ。オペ日が七月十二日に決まった」

タンデムシートの世良が尋ねる。

「日にちまで決まっているんですか。患者はどんな方ですか？」

世良は外来の待機患者の名前を思い出す。二ヵ月後、ずいぶん先の話だ。

天城は質問に答えず、ハーレーを路肩に寄せて停車した。ヘルメットを外し、言う。

「そういえば皮膚形成術の見学後すぐにクルージングだったから、昼飯を食ってないな。ランチでも奢ろうか。まあ、こんな時間なら、早い夕飯なのかも知れんが」

一刻も早く病棟に戻りたい、という気持ちもあったが、世良は天城の申し出に従った。

世良には、どうしても今、確かめておきたいことがあったからだ。


地味な喫茶店に入ると、髭《ひげ》を蓄えた老年の男性がうっすらと眼を開けてふたりを迎えた。

「親父《おやじ》さん、何かうまいものを」

チェリー・ブロッサムという店の名に不釣り合いな風貌《ふうぼう》のマスターは、ぼそりと答える。

「うちのものは何でも旨い」

天城は肩をすくめて言う。

「これは失敬。それじゃあ、早くできるやつ」

マスターが、しわがれた声で答える。「ビーフカレーか、エビピラフだな」

「どっちにする、ジュノ」

世良は少し考え、言う。「じゃあ、カレーを」

カレーをふたつ、オーダーすると、天城は冷たいおしぼりで手をぬぐう。

「でも、ま、今日は充分な収穫があったな」

カレーが運ばれてきた。香辛料の香りが、ぷん、と鼻をつく。忘れていた食欲が甦《よみがえ》る。ふたりはもくもくとカレーを食べた。ルーが半分なくなった頃、世良が言う。

「質問があるんですけど」

カレーを咀嚼《そしやく》しながら、天城は目線で、何だ？　と尋ねる。

「いよいよ天城先生が手術を始める前に、お聞きしたいんです。天城先生が手術を引き受けるルールを、佐伯外科に受け容《い》れさせるんですか？　それともルールを変えるんですか？」

さりげなく尋ねたが、実はこの質問は世良にとって、満を持した切り札だった。

世良は今、専制君主・佐伯教授の命を受けた、たったひとりの天城の部下だ。だが、世良の行動は佐伯教授の命令だけでなく、天城の論理の城壁にも捉《とら》えられてしまっている。

弱者が二重拘束《ダブル・バインディング》を受けると、どこかで破綻《はたん》する。だから世良が自分の身を守るためには、どちらかの拘束から外れる必要がある。世良は佐伯外科の一員だから、拘束を外すのは天城にならざるをえない。そのためには天城の論理を破るカードを手にしなければならないのだ。

世良は、佐伯病院長に従うことと天城のオーダーを叶えることが、いずれ決裂するはずだと予見していた。その時、どちらかに加担すればどちらかを裏切ることになる。そうなれば世良の破滅は目に見えているし、そんな風に外部に囚《とら》われて行動が規定される自分の姿を見るのもイヤだ。そうならないためには、中立の立場でいる必要がある。その意図を達成するために、世良はこの質問を天城に投げ掛けたのだった。

世良の無味無臭の刃は、しかし虚空を斬った。

「この私がルールを変える？　たかだか地方大学の一教室にすぎない、佐伯外科にアジャストするために？　ナンセンスだな」

天城は、カレーを咀嚼しながらとぎれとぎれに言う。

「ルールは変えずに、私の手術を呑み込ませるから、ジュノは心配しなくていい」

「天城先生のルールは、手術を受ける患者はルーレットでシャンス・サンプルをして、勝つことが条件でしょう？　でも日本にカジノはない。かといってサイコロ賭博《とばく》をするわけにもいかない。すると患者の財産の半分を賭けるというルールを変えるしかないでしょう？」

畳《たた》みかけるように話す世良を、天城は見つめた。やがてへらりと笑う。

「なるほど、ジュノは首輪を食いちぎるため、虎視《こし》眈々《たんたん》とチャンスを狙っていたわけか。残念だね。ジュノはシャープだが、まだ少々頭が固い」

一気に飲み干した水のコップをテーブルに置き、天城は続ける。

「あわてなくても、七月になればわかる。あと二ヵ月、その間にジュノが謎を解けば、少しはジュノを見直してあげよう」

天城は立ち上がり支払いを済ませる。世良は残りのカレーを頬張ると、マスターに一礼して店を出る。マリツィア号の咆哮にせかされて、世良は後部座席に飛び乗った。

その日を境に、ほぼ毎日手術見学をしていた天城の姿を手術室で見かけなくなった。

六月中旬。

そのオペは佐伯総合外科、黒崎助教授率いる心臓血管グループが行なう、ごくふつうの冠状動脈バイパス術であったにもかかわらず、手術室一番は異様な熱気に包まれていた。

全身に血液を送る筋肉ポンプ・心臓の維持のため、心臓自体にも血液を介し酸素や栄養が送られる。全身組織に酸素や栄養を送る大動脈は太いが、心臓自体への血流は冠状動脈という、細麺のような血管で供給される。これが詰まると、そこから先へ行かなくなり心臓の筋組織が死ぬ。それらは虚血性心疾患と総称され、狭心症や心筋梗塞《こうそく》という疾病を含んでいる。

心臓の血行と冠状動脈の関係は、村落への物流と道路の関係に似ている。土砂崩れで道路が壊れると、その先の村に物資を供給できなくなる。その場合は迂回路《バイパス》を作ればいい。狭心症や心筋梗塞は、血管が土砂崩れを起こしているから、詰まった部分に迂回路を作ってやる。バイパス術とは、手術の内容を簡潔かつ的確に表現している優れた名称だ。

佐伯外科では年間約三十例のバイパス術が行なわれる。国立大学の心臓血管グループとしては、平均的な症例数だ。そんなありふれた手術に、手術室が溢れ返るギャラリーが集まった理由はただひとつ。病院中の関心の的、モンテカルロのエトワール、天城雪彦がはじめて、佐伯総合外科学教室心臓血管グループのトップ、黒崎誠一郎《せいいちろう》助教授の手術見学に入ると、前日に告知されていたのだ。

一介のスタッフが手術見学に入るだけで、これだけ注目を集めること自体が驚きで、教室員にとって信じがたい光景だった。

天城が手術をするわけではない。通常の手術をする黒崎助教授のオペを見学するだけ。だからギャラリーの目的はオペではない。そこで行なわれる権力闘争を覗《のぞ》き見しにきたのだ。

権力闘争が衆人環視の中で行なわれる機会は滅多にないため、その闘争劇を目《ま》の当たりにできるかもしれないという可能性だけで、多くの人々がわざわざ足を運んだのだ。

術者は黒崎助教授、第一助手は垣谷講師、第二助手は七年目の平井《ひらい》。外回りに青木とソツのない一年坊、駒井が指名されていた。腕がいいと評判の田中《たなか》助手が麻酔医を務め、器械出しの看護婦はオペ室のエース、猫田主任。人工心肺は機器メーカーから出向している中村《なかむら》臨床工学技士だった。

世良の立ち位置は決まっていた。天城雪彦の隣の特等席。そこはさらし者の席でもあった。スタッフの視線が、裏切り者、と非難している。

うつむく世良に、種類の違う視線が一筋投げかけられたのを感じて、顔を上げる。

それはマスクと帽子で顔を覆い、目だけを大きく見開いた外回りの看護婦の視線だった。

大伏在静脈を摘出し、グラフトとしてトリミングを終えた時、手術開始から一時間が経過していた。シャーレの生理食塩水にグラフトが沈められる。露出された胸骨をストライカーがうなりを上げて切断する。やがて大動脈が遮断され、人工心肺が回転を始める。

心臓が鼓動を停止した。熱気溢れる手術室に静寂が広がる。

黒崎助教授は、丁寧に吻合を始めた。やがてひそひそ話がオペ室のあちこちで起こり、その度に視線が黒崎助教授と天城のふたりを盗み見るように交錯した。

がたり、と音がした。見ると術野を見ていた駒井が足台から落ちていた。黒崎助教授は顔を上げ、駒井を叱責する。

「うるさい。雑音がすると手元が狂う」

駒井は身を縮め、柄《がら》にもなく小声で「すんません」と謝罪した。ひそひそ話が一斉に鳴りをひそめる。ようやく二ヵ所の血管吻合を終えた黒崎助教授は、小さく吐息をついた。

「人工心肺、離脱開始」

機械の単調な音が消失する。やがて心電図の緑の輝線《きせん》が上下に動き、拍動の再開を告げた。

手術室に安堵の空気が流れた。

いつもなら閉胸時は姿を消す黒崎助教授が、手術室の片隅に佇んで閉胸作業を見つめている。向かいには、腕組みをし壁にもたれる天城の姿があった。垣谷と第二助手の平井は、いつもの倍くらい時間をかけぎくしゃくと閉胸作業を終えた。麻酔が切れ、場のギャラリーの手で軽々とベッド移動が行なわれた。患者が手術室から姿を消すと、何人かは名残《なごり》惜しげに手術室を後にした。後には黒崎助教授と垣谷講師、天城雪彦と世良、そしてなぜか駒井が残った。

黒崎助教授はじろりと駒井を見て、言う。

「なぜ、一年坊が残っている？」

駒井はうろたえて、言う。

「自分、外回りで、後かたづけをと思ったとです」

「そんなもんは、いらん。後で看護婦にやらせる。一年生は患者のつきそいが仕事だろう」

黒崎助教授に睨《にら》まれ、駒井は飛び上がって手術室を出ていった。その様子を見て、世良も駒井の後に従って手術室を離脱しようとした。その世良をふたつの声が呼び止めた。

「ジュノは残れ」「ひよっこは残れ」

黒崎助教授と天城の「残れ」という部分が期せずしてぴたりと重なる。

因果《いんが》なことだ。好奇心満々で残りたくて仕方ない駒井が追い出され、板挟みからとっとと逃げ出したかった世良が逃げそびれる。世の中、ままならない。


黒崎助教授と垣谷講師、天城雪彦と世良は相対した。黒崎助教授が口火を切った。

「今日はいったいどういうつもりだ？」

天城が答える。

「単なる手術見学、ですよ」

「それだけではあるまい。他に何か意図があったはずだ」

「黒崎助教授には敵《かな》いませんね。すべてお見通しですか。おっしゃる通り、下心はあります」

「黒崎助教授の弱点なんて探し回ってもムダですよ」

垣谷が援護射撃をすると、天城は両手を広げて、答える。

「ノン。下心はありますが、見当外れです。先生方に、私の本心は見抜けませんよ」

「バカにするな」

黒崎助教授の怒声は続いた。

「だいたい手術見学をしながら、感想ひとつ言わないとは、どういう料簡《りようけん》だ」

天城は驚いて顔を上げる。

「日本では手術見学の度に感想文の提出が必須なんですか？　それは知らなかったな」

「この野郎」

人格者で知られる垣谷が激昂《げきこう》し、天城に歩み寄り襟元を掴む。天城はにやりと笑う。

「外科医はオペで勝負でしょう。野蛮な実力行使なんて恥を掻くだけですよ」

垣谷は忌々《いまいま》しげに天城を見て、襟元を掴んだ手を離す。

黒崎助教授は、いくら攻め立てても一向に底を見せない天城ののらりくらりとした態度に業《ごう》を煮やし、声を荒らげた。

「お前が佐伯外科に赴任して一ヵ月半。なのに未だに手術をしない。いいかげんカードを見せろ。でないとハッタリ屋と思われるぞ」

天城はにやにやと笑い、答えた。

「みなさんからどう思われようが構いません。私のサラリーは出来高払い、みなさんの給与体系とは違いますから。手術をしなければサラリーをいただけない、ただそれだけのことです。先生方はサラリー分、労働に励んでください。でも……」

天城はいたずらっぽい視線で黒崎助教授をちらりと見る。

「まあ、僧正《ビショップ》・黒崎が責めたくなる気持ちもわかりますけど」

「ビショップ？　何だ、それは？」

黒崎が呟く。天城は笑って続ける。

「まあ、確かにそろそろ、いろいろとスタートしなくてはならない頃合いなのは確かですね。幸い明日は週に一度のスタッフ・ミーティングです。午後一時、ミーティングの席上で、私の今後のスケジュールを説明させていただきます」

そう言い残し、天城は踵を返すと手術室を出ていった。


翌日。

天城には人を惹きつける天運があるのではないかと、世良は思う。

佐伯外科の教室員は外勤日と称し週一回、部外の関連病院にバイトに出る。大学病院の薄給を補塡《ほてん》するために必須なのだが、外勤日は手術日以外の日が充《あ》てられる。総合外科学教室の手術日は月、水、金の隔日で、木曜日にバイトを入れるスタッフも多い。特に木曜は佐伯病院長の信任が篤《あつ》い高階講師の外勤日で、高階講師が不在のため決定に意味がなくなる。

そのため、毎週木曜のスタッフ・ミーティングは業務連絡で終わり、ドタキャンも多い。

だが、今日のスタッフ・ミーティングは様子が違う。天城が今後のスケジュールを発表するというので、手の空いた面々は一人残らず集まった。ミーティングに出席できない不運を残念がる教室員も多く、翌日にミーティング内容を詳しく教えてほしい、と出席予定者に頼み込む連中もいた。ミーティング室には手術検討会と同じくらいの熱気が溢れていた。

天城雪彦は洒脱な私服姿で、パイプ椅子にすらりと座っている。黒崎助教授と彼に付き従う心臓血管グループの面々が入室すると、黒崎助教授は咳払いをし、一番奥の指定席にどかりと座る。隣に垣谷講師が座り、ちらりと世良を見た。青木、駒井も空いた椅子に座る。

ざわめきの中、もう一度咳払いをして、黒崎助教授が言う。

「定刻なのでスタッフ・ミーティングを開始する。垣谷医局長、進行を頼む」

垣谷講師が立ち上がり、ホワイトボードに検討項目を書き出す。保険診療の点数の改定、裏口の暗証番号の件などの議題が並ぶ。最後に一項目、その他、と書き加えた。

垣谷はプリントを棒読みする。出席者も誰一人、垣谷が話す内容には注意を払わない。

やがて垣谷講師からの伝達事項がすべて終了した。

ホワイトボードに目を遣り、退屈そうに座る天城をちらりと見て、言う。

「その他は、当教室に参加され早二ヵ月、モンテカルロ・ハートセンターからお見えになった天城先生の今後のスケジュールについてのご連絡です。天城先生、よろしくお願いします」

垣谷講師は黒崎助教授の隣に腰を下ろすと、足と腕を組み、斜に構えて天城を見た。

うつらうつらしていた天城は、名前を呼ばれて立ち上がる。周囲を見回し、うっすら笑う。

「私のスケジュールごときに大仰《おおぎょう》ですね。これではジュラ紀の恐竜なみの鈍重さだ」

挑発的な物言いは、天城の性癖か。反感の渦の中、天城は朗々と話し始める。

「私の初手術の日取りが決まりました。七月十二日木曜日。約一ヵ月後です」

垣谷が声を上げる。

「佐伯外科の手術日は月、水、金です。木曜日は手術自体、対応不能ですが」

「誰が東城大の手術室でやる、と言いました？」

天城の言葉に、場に居た誰一人、反応できなかった。しばらくして、教室員の中でただひとり、天城の思考の飛躍に慣れている世良が尋ねる。

「と言うと、東城大以外のどこかで第一例目の手術が行なわれる、ということですか？」

「セ・サ（そのとおり）。さすがジュノだ」

褒《ほ》められるのは悪い気持ちはしないが、この場ではノーサンキューだ、と世良は思う。だが、行きがかり上、なおも尋ねざるを得ない。

「この病院でなければ、いったいどこで手術をするんですか？」

天城は陽気な笑みを満面に浮かべ、さえずるように答えた。

「東京・有楽町《ゆうらくちょう》にある国際会議場のメインホールだよ、ジュノ」

ミーティングルーム全体が、天城の言葉を理解できずに、途方に暮れて黙り込んだ。

何度も咳払いをしてから、黒崎助教授が立ち上がる。

「ふざけるのもいい加減にしろ。我々は忙しいんだ。真面目に答えろ」

「真面目にお答えしたつもりですが」

「東京国際会議場は、単なる会議場だ。そんな場所で手術など、できるわけなかろう」

尻馬に乗ったお調子者の駒井も言い立てる。

「そのとおりですばい。来月十二日といえば日本胸部外科学会が東京国際会議場で開催中ですと。会場はとっくの昔に予約済みでごわす」

どうしてコイツは、こんな学会スケジュールのようなトリビアがすかさず出てくるのだろう、と世良は感心した。天城も同じ気持ちらしく、ほう、と目を見開く。

「君は確かグラン・カジノで大負けした泣きベソ坊やだったっけ」

「負けてはおらんとです。カジノにちょっとだけ金ば預けてきただけとです。あと、泣きベソもかいてはおらんとです」

駒井が言い返す。この一ヵ月で天城が教室の悪役《ヒール》であることを確信したのだろう。

天城は笑顔で言う。

「まあ、そんなことはどうでもいい。私の日本第一例目の手術は、東京国際会議場のメインホールで行なう。十二日、日本胸部外科学会の初日の午後、つまり学会の花形、ゴールデンタイムに行なわれるわけだ」

「何を言っているんだ、お前は」

黒崎助教授の声が震えた。駒井が脱兎《だっと》のごとく、ミーティング室を出ていく。天城は後ろ姿を見送ると、隣の世良に小声で言う。

「なかなか気が利くじゃないか、あの泣き虫坊やは」

やがて足音と共に、戻ってきた駒井が手にしていたのは、日本胸部外科学会の学会誌だ。総会特別号、つまりプログラムと抄録が掲載された特別号を机の上で、ぱらぱらページをめくる駒井のまわりにスタッフが集まる。天城は遠くからその様子を眺めている。

「これですばい」

七月十二日木曜日、学会初日午後の部、海外招聘のシンポジストの特別講演。そのページは全文英語で書かれていたため、誰も注目していなかったのだ。

垣谷が読み上げる。

「なになに、前半は従来の冠状動脈バイパス術の歴史的背景と、ガブリエル教授が提唱した動脈によるバイパス術の歴史、そして後半は……」

垣谷は息を呑む。天城は涼しい顔で膝を抱え、パイプ椅子をゆらゆら揺らしている。

「どうした、その先を訳せ」

黒崎助教授に促され、垣谷は言葉を続けた。

「後半は冠状動脈バイパス術の奇蹟《きせき》。バイパス術の完成形、ダイレクト・アナストモーシス・メソッド（直接吻合法）を提示する。モンテカルロ・ハートセンターでユキヒコ・アマギが確立した新術式を供覧、術式の斬新さを日本の皆さまにアピールしたい」

垣谷講師は、講演者の名前を確認するために黙読する。

——オックスフォード医科大学のガブリエル教授……。

「セ・ブレ《そのとおり》。ニースでお見せできなかった術式をひっさげ、凱旋《がいせん》デビュー、というわけです。ニースごとき片田舎のミニ国際学会で私の手技を披露するなんてもったいない。コスモポリタンシティ・トーキョーこそ、私の公開手術の舞台にふさわしい」

「公開手術、だと？」

黒崎助教授の言葉に、天城は優雅にうなずく。そして室内の面々を見回し、言った。

「灰色のオペ室に幽閉《ゆうへい》された佐伯外科の諸君を、ファンタスティックなショータイムにお連れしよう。来月十二日、年休は早いもの勝ち。留守役は世紀のショーを見そびれますよ」

両手を広げて一回転。ウインクひとつ残し、天城は部屋を出て行こうとした。それからふと思い出したように、扉の前で立ち止まり振り返る。

「これは予告編、詳細は来週月曜の術前カンファレンスで発表します。乞《こ》うご期待」


足早に新病院を後にし、赤煉瓦棟の自室に向かおうとしている天城に世良が声を掛ける。

「天城先生、さっきの話だけでは、先生が本当にやりたいことがわかりません」

天城は足を止めて振り返ると、にやりと笑う。

「ジュノには理解をしてもらわないとあとが面倒だから、質問には答えよう」

部屋に入ると、長い足を投げ出しソファに座る。肘掛けに肘を立て、半ば寝そべる格好で世良を見上げる。世良はソファを勧められたが、腰を下ろさない。机上のチェスボードの駒が、この間と違う局面になっている。

天城は紫水晶《アメジスト》の駒のうち、騎士《ナイト》をつまみ上げた。

「次の一手はナイトの跳躍、だ」

「その跳躍なんですけど、よくわからないところが」

天城は顔を上げて世良を見た。

「ジュノの理解不能は、他の教室員の無理解とは意味合いが違う。一体何がわからない？」

「どうしてガブリエル教授がシンポジウムで天城先生の手術を差配できたんですか。しかも、こんな短期間に」

天城はつまらなそうに答える。

「なんだ、そんなことか。簡単さ。ジュノに引きずられ日本に到着した直後、ガブリエルに連絡し、この夏、日本で行なわれる国際学会にヤツの特別講演を押し込んだのさ」

「なぜガブリエル教授は、天城先生のオファーを受けたんでしょうか」

「ヤツは私の手術を見たくて仕方がないんだ。シンポジストを引き受ければ、公開手術に応じるぞと持ちかけた。これでステージは完成したのさ」

「でも東京国際会議場に手術室なんかないでしょう。どうするつもりですか」

天城はにやりと笑う。

「心配するな。この世界は、私が行きたいところに道ができることになっているんだ」

真面目に話すのがばかばかしくなり、これ以上はもう何も言うまい、と世良は心に決めた。

月曜になれば、術前カンファレンスで興味津々《しんしん》の野次馬や廊下トンビたちが、根ほり葉ほり尋ねて調べ上げるだろう。それまで待とう、と世良は思った。

翌日の金曜。朝の病棟で採血当番を終えた駒井から声を掛けられた。

「世良先輩、来月の十二日は、お休みを取られたとですか？」

「いや、取るつもりはないけど」

「本気ですと？」

駒井は驚いて早口になる。

「世良先輩は天城先生の付き人じゃなかですか。付き添わなくていいとですか？」

「別に頼まれてもないし。天城先生だって小学生じゃないんだから、俺が付き添わなくても何とかするだろ。もっとも、同行しろと命令されれば行かざるをえないけど」

「何をのんびりしたことを。オイは昨日のミーティング直後に年休を申請しもしたが、今朝方《けさがた》はもう十二日の年休の枠は埋まったとです。今からではもう年休は取れないとです」

「構わないよ。代わりにお前がしっかり見てきてくれ」

世良は天城の神技《しんぎ》を体験済みだった。異国の地、しかもこれ以上はないという特等観覧席で。もう一度見てみたいという欲望すら湧かなくなるくらい、強烈な印象だった。

コート・ダジュールの紺碧《こんぺき》の水平線が、波音と共に世良の脳裏をよぎった。


月曜。世良は天城と新病院地下の食堂でランチを食べていた。珍しく天城は白衣姿だった。

メニューを任せられたので、A定食を買い天城に届けた。付け合わせのソーセージをつつきながら、天城は文句を言いまくる。

「これで食事といえるのか。食事は人生最大の楽しみなのに、毎日こんな貧しい食事をして、豊かな医療ができるのかい、この国のドクターは」

連日の業務に追われ、とにかく胃袋に何かを突っ込むしか頭にないんです、と答えかけて、世良は口を閉じる。グラン・カジノで気ままにピンク・シャンパンを飲みまくる天城には、何を言っても空《むな》しい。日本の外科医が一生に一度できるかどうかの贅沢が、天城の日常なのだ。

文句を言いながらも、天城はA定食をきれいに平らげた。

「お気に召したようですね」

天城は紙ナプキンで口をぬぐいながら、答える。

「味は悪くない。問題はこの病院全体を貫《つらぬ》くポリシーなんだろうな」

壁の時計を眺めた天城は立ち上がる。

「では、いざステージへ行くとするか」

一時半。昼下がりの食堂からは白衣姿の医師が退室し、閑散としていた。

カンファレンスは一時からだったが、天城の出番は、三十分遅れでもまだ早いと思われた。

扉を開けると、ぼそぼそとした声が止み暗闇に光る眼が世良に集中した。世良は緊張しながら頭を下げ、部屋の隅に向かう。片隅にぽっかりふたつ空席があった。世良のあとに天城が続き、天城が腰を下ろすと、垣谷が言う。

「プレゼンの途中だ。ぼんやりするな」

一年生のデビュー・プレゼンか。天城が舌打ちをした後、小声で世良に言う。

「これだけゆっくりくれば、とっくに症例検討は終わってると思ったのにな」

やがて、プレゼンが終わり灯りが点いた。上席に佐伯病院長、左隣に黒崎と垣谷と並ぶ。高階講師は天城と世良の反対側後方にいる。上級生が、毒にも薬にもならないような重箱の隅をつつく質問をし、緊張した一年生が過剰な回答をした。佐伯病院長が白眉を上げて、言う。

「細かいことはいい。垣谷、次だ」

垣谷講師は連絡事項を読み上げる。項目が七項目を超えたあたりから次第に、ざわついていたカンファレンス室がしん、と静まり返る。

「最後に来週水曜日から消化器外科フォーラムが開催され、田町《たまち》先生と三田村《みたむら》先生が三日間、京都に出張されます。Bグループはしっかりフォローするように。連絡事項は以上です」

はい、うっす、と乱雑な返事がばらばらに返ってきた。

垣谷は黙り込む。その沈黙に促されるように、黒崎が口を開いた。

「次に先週木曜日のスタッフ・ミーティングの際、告知された今後のスケジュールについて、天城先生に発言をお願いする」

はい、と優等生のような返事をして立ち上がる。その白衣姿に医局員は目を瞠《みは》る。ブレザータイプの白衣で、胸のエンブレムが勲章のように銀色に輝いている。

「概《おおむ》ねはお話ししましたが、佐伯教授や他のスタッフにも御了承いただきたく、もう一度説明します。私の手術第一例目は四十五歳男性、強度の狭心症発作を頻発。CAG（冠状動脈造影）で四度の狭窄《きょうさく》が左主幹部、回旋枝及び右枝の三ヵ所に認める。このうち狭窄度が高い左主幹部と回旋枝の二ヵ所にダイレクト・アナストモーシスを行ないたい」

「いったい何なんだ、そのダイレクト、なんとかというのは」

黒崎助教授が尋ねた。天城は答える。

「私が樹立した術式で、冠状動脈バイパス術の未来形です。通常のバイパス術は詰まった血管、つまり土砂崩れを起こした道路を迂回し、新しい道を作る。この病院の標準術式は、世界標準の大伏在静脈を使ったものであることは先日、黒崎助教授の手術で確認しました。もっともその術式自体が時代遅れです。今は静脈置換ではなく、動脈置換がメインなのですが」

黒崎助教授の肩が、ぴくりと震える。天城は続ける。

「だが、私の術式はさらにその先を行く、バイパス術の完成形です。土砂崩れを起こした道の迂回路ではなく、道路自体をもう一度作り直すのです」

「どういうことだ？」

黒崎助教授が聞き返す。多くの教室員も同じ疑問を持った。天城は即答する。

「道路自体の作り直し。詰まった血管を切除し、新しい血管と入れ替えるんです」

垣谷はがたりと立ち上がる。

「そんなことが……」できるものか、という語尾を呑み込む。天城は朗々と続ける。

「もちろん、高度なテクニックが必要でリスクも高い。バイパス術なら新しい血管の他、元の血管が残っているから、リスクを分散できるが、ダイレクト・アナストモーシスは、血管吻合の成否がすべて。時限爆弾を胸に抱いて眠るようなものですね」

「なぜ天城先生は、そんな危険な術式にトライするんですか？」

垣谷の質問に、天城はあっさり答える。

「その方がシンプルだからさ」

黙り込んだ黒崎助教授の表情を見て、昔の恋人が別れ際に見せた表情を思い出す。手中にいると思っていた相手が、天空高く飛翔し、手が届かなくなったと気づいた時の表情だ。

「術式の概略はわかりました。確かに素晴らしい発想ですが、わざわざ公開手術で行なう意図と必然性がわかりません」

咳払いと共に別方向から質問を発したのは、高階講師だった。天城は傍らの世良に囁く。

「ついに女王《クイーン》登場だな」

高階講師に向き直ると、天城は言う。

「確かに治療という観点からすれば公開手術である必要はありません。ですがこの公開手術にはもっと大きな意味があるんです」

天城は佐伯病院長の表情を盗み見る。ブレザーの白衣の襟を伸ばし、胸のエンブレム、銀色のエトワールに右手を置く。場が静まり返る中、天城の声が響く。

「これからの外科医は、客を呼べるオペをしなくては生き残れない。ちょうどそう、サーカスのように、ね」

意表をつかれた高階講師は、しばらくしてようやく声を出す。

「オペが、サーカスですって？」

天城がうなずくと、高階講師が畳みかける。

「聞き捨てならない発言です。オペを見せ物にする意義など、どこにもない」

「さすがクイーン、いきなりチェック《王手》か。だが残念ながら性急すぎる」

天城は呟くと、顔を上げ高階講師に向かう。

「これから手術はニーズに応じ細分化していく。一般患者も手術の特性を知り、術式を自ら選ばなくてはならない時代になったのです。その時にはオペの見本市を開く必要がある。それならいっそサーカスみたいにすればいい。うまくいけば人も呼べるしカネも取れる」

「天城先生、あなたという人は……」

天城を見つめる高階講師の顔は蒼白《そうはく》だった。カンファレンス室がざわめきに包まれる中、高階講師の抗議は朗々と響く。

「天城先生が教室にお見えになって二ヵ月、今日初めてじっくりお話を伺《うかが》いました。そして、よくわかりました。天城先生は日本で医療をする資格がない、ということが」

「なぜ、たった一言で私を断罪できるんだろう。ひどいと思わないか、ジュノ？」

天城は傍らの世良に話しかけた。戸惑う世良を脇目に、高階講師は答えた。

「患者の治療の前に、カネの話なんか持ち出すからです」

天城は目を細めて高階講師を見つめた。高階講師に挑《いど》みかかるように、言う。

「カネの話は不作法ですか。ではお尋ねします。私は東城大に心臓手術専門病院を設立するように、という指示を受けた。カネの算段もせず、新しい施設が作れるとお考えですか？」

一瞬言葉に詰まった高階講師だが、すぐに言い返す。

「確かに施設を作るにはカネが必要ですが、算段を行なうのは、医師である必要はない」

「なぜです？」

「医師の使命は患者の治療にあり、断じて集金が目的になってはならないからです」

天城は再び腕組みをする。沈思黙考、チェスボードの次の一手を考えているような表情だ。

次の瞬間、紫水晶《アメジスト》の騎士《ナイト》が天高く跳躍する。腕組みをとき、天城は言った。

「なるほど、ナイーヴなご意見だ。これでは日本の医療の未来は冥《くら》い」

「医師が医療に専念しろということが、なぜ医療の未来を冥くするんですか」

問いかけた高階講師に、天城は冷たく言い放つ。

「甘やかされたぼんぼんが、いつまでも父親の庇護《ひご》の下《もと》で同じ生活ができる、と思い込んでいるのと同じだから、さ。高階先生の言葉は、医療が潤沢な資金で下支えされているから言える、金持ちの意見だ。真実は、腕があってもカネがなければ命は救えない。だから医療は独自の経済原則を確立しておかないと、社会の流れが変わった時、干《ひ》からびてしまう」

高階講師から視線を転じ、カンファレンス室の片隅の一年生に天城は語りかける。

「一年生諸君は今の状態に満足しているのか？　指導医《オーベン》や物わかりの悪いスタッフの狭間《はざま》で、意見も言えず無意味に右往左往させられる。食事は出来合いの安物で、毎日、自分を磨《す》り減らしていく。それでも外科医と言えるのか。どうしてそんな状況になったんだと思う？」

数人の一年生が顔を上げる。虚《うつ》ろな一年生の目に、光が灯る。

「カネと人の資源は限られていて、誰かが若い君たちを搾取《さくしゅ》している。一年生諸君の労働を、医局の先輩がかすめ取っている。ならば自分の腕でカネを稼げばいい。旨《うま》い飯《めし》も食えるし、自由にもなれる。私が作ろうとしているのはそういうパラダイスだ。ただし……」

天城は周囲を見回す。一年生は全員顔を上げている。

「これはパラダイスではなく、医師が当然得るべき状態を実現するだけのことだ。医師は医療に専念すべし、などというしみったれた考えに洗脳され、医療とカネを分離しては、パラダイスは私たちのてのひらからこぼれおちていく。そして医療従事者は低額所得のブルーカラーへ転落し、自由と力を失っていくだろう」

「静かに。天城先生は喋《しゃべ》りすぎです」

高階講師が制止しようとするが、一年生は息を呑み、天城の言葉に聞き入っている。

「私にはダイレクト・アナストモーシスという技術がある。この技術を求め、多くの患者が訪れる。私の手術を受けるのは競争だ。大勢の待機患者の順番をどうすればいいのか。早いもの勝ちか、それとも年齢の若い順か。そこで私が選んだのは報酬の高い順という選択肢だ」

「医療を施す際に、患者を経済的な観点で差別するんですか」

高階講師が追いすがる。天城はひとことで斬って捨てる。

「その表現は正確ではない。差別ではなく、選択だ。私の身体はひとつしかなく、私の手術を受けられる人間は限定される。手術を受けたいと願う人が並ぶ中で、高額な医療費を払うという人と、費用を払う見込みがない人がいたら、どちらを優先する？」

誰も答えない。その質問に答えると、自分の中で何かが壊れてしまう気がするからだろう。

世良は黙り込む一年生の集団を眺める。この空気の中、真実を口にできる猛者など、いるわけがない。

「やめなさい」

高階講師が声を上げる。天城はにやりと笑う。

「何をやめる？　考えることか？　だとしたら高階先生には教育者の資格はない。そんな腑抜《ふぬ》けに指導されているから、こんな簡単な質問にも答えられないんだ。それなら私がみんなの心に浮かんだ答えを口にしてあげよう。みんなこう思っているはずだ。高額な手術費用をきちんと払ってくれる患者を優先するべきだ、とね」

高階講師が即座に言い返す。

「そんなことは人道的に許されません」

「人道的ねえ。では金持ちの治療を後にするのが人道的なのか？　金持ちを選んだとしても、患者を救うことに変わりはない。金持ちを後にして、貧乏人を先にするのは逆差別だ」

「命に貴賤《きせん》はないはずです。医療において、お金の多寡《たか》を論じてはならないのです」

高階講師の正論が空々《そらぞら》しく響く。なぜだろう、と世良は考える。そして気がつく。高階講師の言葉は、思考停止を勧めているのだ、ということに。まるで世良の気づきに呼応するかのように、天城の容赦ない攻撃が高階の城塞を集中砲火で崩していく。

「確かに命に貴賤はないのかもしれないが、労力には限りがある。だから私は、ふたりのうちひとりしか手術対応できない状況ならばどうするか、と問いかけた。どちらかを選ばなくてはならないという時点で人道的範疇からは外《はず》れるが、そんな状況は現実に存在する。ならば、そうしたことを考えることすら禁止するのは、欺瞞《ぎまん》ではないのか？」

それは、世良がこれまで受けてきた医療教育の中では、聞いたことがない論理だった。途方に暮れている世良の正面で、高階講師が懸命に食い下がる。

「患者あっての医療です。医療のために患者があるのではありません」

「それは違う。医療あっての患者だ。医療がなければ患者は存在しない。その時はただ、病人がひとり、生まれるだけ。そして病人は、医療が存在しなければ永遠に患者にはなれない」

「患者はどこにでもいます。そしてその患者を救うのが医療の本質です」

「高階先生は医師としての腕は確かだが、社会人としての常識には欠けるようだ。まだわからないのか。患者なんてものは医療が存在しなければ消滅してしまう、儚《はかな》い存在なんだ」

場に居合わせた誰もが、天城の言葉を屁理屈《へりくつ》だと感じた。だが、誰も口を開かない。吟味すればするほど、天城の言葉は正当に思えたからだ。

「チェックメイト」

天城は、世良にだけ聞える小声で告げると、にっと笑った。

反論の声はついに途絶《とだ》えた。胸を張る天城と、歯を食いしばり、天城を上目遣《うわめづか》いで睨み付ける高階講師の様子を見れば、どちらに軍配があがったかは一目瞭然だった。

アメジスト・ナイトの跳躍が、守護神のクイーンを完膚なきまでに撃破した瞬間だった。

その時、盤上にキングの声が静かに響いた。

「さて、と。学級会は終わったかな」

佐伯病院長は続けた。

「青臭い議論などどうでもいい。要は依頼したミッションを遂行できるかどうか、だ。桜宮に心臓血管専門病院を創設する。私の依頼はそれだけだ。ミッションが達成されれば、日本の医療は変わる。議論に結論を出すのはそれからだ。それまではどれほど優れた論理を展開しようとも、机上の空論にすぎない」

「もちろん承知していますよ、そんなことは」

天城が慇懃《いんぎん》に答えると、佐伯病院長は白眉を上げて、天城を見遣る。

「ならば戯言《ざれごと》など言っておらずに、とっとと行動に移れ」

「ウイ、ムッシュ」

天城は左胸に手を遣り、優雅にお辞儀をした。


場が一瞬弛緩した隙《すき》を衝《つ》き、恐れ知らずの一年坊、駒井が声を上げた。

「ひとつ質問があるとです」

天城は駒井の姿を認めると笑顔になる。「どうぞ」

「オイはバカで、恥ずかしい質問ばしもすが、そもそも公開手術ってどげなものですと？」

天城は答える。

「知らないことを聞くことは恥ずべきことではない。ここにおられる先輩方も、公開手術なんか見たことも聞いたこともないはずだ」

駒井が調子に乗って周囲を見回す。「先輩たちもご存じなかですか？」

誰も答えなかった。やがて咳払いをして、高階講師が答える。

「知らないこともないが。言葉のまんまさ。みんなの目の前で手術をする、ただそれだけだ」

駒井が高階講師を振り返って尋ねる。

「高階先生は公開手術ば実際、ご覧になったことがあるとですか」

高階講師は苦々しい顔つきになり、吐き捨てるように答える。

「アトランティック・シティで一度だけ、ね。あんなものはわざわざ見るべきものではない」

高階講師と駒井の会話に、天城が割り込んだ。

「おや、外科医は見聞《けんぶん》を広げろ、と普段おっしゃる高階先生にしては、ずいぶん狭い世界観だな。先生なら、まず自分の目で確かめてみろ、と勧めるのではと思ったが」

高階講師は黙り込む。しばらくして、ふたたび口を開く。

「私が見学したのは食道切除術の公開手術でしたが、心臓血管手術の一番重要な吻合部分は、外から見ていてもわからなかった。そこはどうやって観客に見せるつもりなんですか」

「吻合部はモニターで拡大します。拡大鏡にカメラを設置して、術者が見ているのと同じ映像を提供しようかと。それなら普通の手術室見学よりずっと見やすい」

黒崎助教授が天城の言葉を断ち切るように、言う。

「東京国際会議場にはオペ室などない。どうするつもりだ?」

「メインホールに一日限りの手術室を作ります」

「国際会議場に手術室? そげなバカな」

お調子者の駒井が奇声を上げた。天城が即答する。

「そんなことないさ。病院という建物の中に手術室ができるんだから、国際会議場の中に手術室が作れたとしても、何の不思議もないだろう?」

「いったい、いくらかかると思っているんですか?」

「カネの問題は心配ないさ。私には強力なパトロンがいるからね」

高階講師との応答を聞き、黒崎助教授がうめくように言う。

「製薬会社にタカるつもりか。主管でもないのに寄付など集まらんぞ。一日限りの施設でも、器具のレンタル料や設置料まで含めれば、三千万円は下るまい。そんな途方もない企画にカネをだすほど、製薬会社は甘くない」

天城はにやにやしながら言う。

「どうやら佐伯外科では、カネの話は汚《けが》らわしい話題であるにもかかわらず、その算段についてはよくご存じのようで。蛇《じゃ》の道は蛇《へび》、ですかね。これ以上申し上げることは控えますが、パトロンと言えば製薬会社という紋切り型の発想しかないようでは、新しい事物を創造する活力は生まれないし、その現状は今の心臓血管グループの停滞を象徴しているように思えますね」

黒崎助教授は真っ赤になって黙り込む。佐伯病院長がいなければ、大声で怒鳴り散らしていただろう。そんな黒崎助教授を涼しげに見遣り、天城は淡々と言う。

「シニア研修の諸君、一年生諸君。七月十二日の公開手術後、佐伯外科にスリジエ・ハートセンター設立のため天城グループを立ち上げる。公開手術を見学し、我こそはと思う若者を歓迎する。日本の医療の新しいスタイルを共に築き上げていこう。以上、演説終わり」

二本指で敬礼を投げ、部屋を出ていこうとした天城の背中を、佐伯病院長が呼び止める。

「待て、天城。当日のスタッフはどうするつもりだ」

扉のところで踵を返し、天城は振り向いた。

「うっかり忘れるところでした。佐伯病院長からの全面支援を取り付けていますので、当日の協力をお願いします。東京国際会議場に、東城大学医学部付属病院の精鋭を送り込み、手術の最高峰を見せつけます。これこそ東城大の最大のアピールになるでしょう。ということで、第一助手を佐伯教授にお願いします」

「ばかな。無礼千万なヤツめ」

黒崎助教授が目を見開く。

「公開の場で、教授を従えて手術するつもりか。それくらいなら、私が対応する」

「お気持ちはありがたいのですがお断りします。黒崎先生の技量は、公開手術に堪《た》えるレベルには達しておりません」

「何の根拠もなく誹謗《ひぼう》するか」

「根拠はあります。先週、先生が行なったバイパス術の時、外回りが足台から落ちて、大きな音をたて、それに対し黒崎先生は激怒なさいました。公開手術ではあの程度の物音で動揺していては手術の遂行は難しい」

具体的かつ説得力のある指摘を受け、黒崎助教授は立ちすくむ。そしてぽつりと呟く。

「私だって、その場になればそれくらいは……」

天城が即座に言い返す。

「無理です。公開手術の環境を暴風雨にたとえるなら、あの時のは深夜の鈴虫程度の雑音です。そんな有様では暴風雨の中へ帯同する気にはなれませんね」

天城のひとことで、黒崎助教授の権威は硝子のように砕け散る。その後に続いた沈黙の長さが教室員の衝撃を物語っていた。

反論がないことを、長い沈黙で確認した天城は、佐伯教授に尋ねる。

「というわけでムッシュ佐伯、第一助手をお願いできないでしょうか」

佐伯病院長は白眉を上げた。そして静かに答える。

「悪いが、その依頼は受けられないな」

「なぜですか？」

「手技を人の目に晒《さら》すことは、私の主義に反する」

天城は肩をすくめる。

「ポリシーとあれば仕方ないですね。では次善の方にお願いしましょう。第一助手は垣谷講師。第二助手、青木先生。これでいかがでしょう」

「私、ですか？　黒崎助教授を差し置いて、私にはできません」

天城は首を振る。

「垣谷先生なら大丈夫です。黒崎先生をあえてメンバーから外したのは、心臓血管グループの看板を背負った方でもあるからです。責任感が強い上、さっき申し上げたような弱点があると、リスクが増します。けれども垣谷先生は無名ですから、たとえ壇上で失敗しても誰も責めない。ですので普段通りのびのびとアシストできるはずです。それに佐伯教授もノー、黒崎助教授も不適任。となればナンバースリーの垣谷先生にお願いするしかありません」

天城は佐伯教授を見た。

「佐伯先生から命じていただければ、垣谷先生も承諾して下さるでしょう。お願いします」

佐伯教授は白眉を下げた。低い声で言う。

「垣谷、天城に協力するように」

垣谷講師は動揺を面に出して、隣の黒崎助教授を見る。黒崎助教授は腕を組んで不機嫌な表情で唸り声を上げるが、次の瞬間、小さく顎を引く。

こうして天城は心臓血管グループのメンバーをアシスタントとしてあっさり手に入れた。

「残りのメンバーは、麻酔医に田中先生、器械出しの看護婦は猫田主任。人工心肺は中村臨床工学技士。以上でお願いします」

カンファレンスルームに、ほう、とため息が漏れる。手術室内部のことを知る者から見ても、天城の選択が手術室において最高のメンバーだ、と同意できた。それは天城の鑑定眼が確かであるという傍証であり、同時に天城の黒崎助教授に対する評価に説得力を持たせてしまうことにもなった。打ちのめされた黒崎助教授にとどめをさすように、天城は言う。

「そういえば先日、私がなぜ黒崎先生のバイパス術を見学したのか、そしてその手術手技についてなぜコメントしなかったか、と質問されましたが、今なら説明できます。あのバイパス術は、黒崎先生の手技の見学が目的ではなく、麻酔医の田中先生と、器械出しの猫田主任を見学しに行ったのです。だから手術手技に関してコメントはなかったわけです」

佐伯病院長の隣でうずくまる黒崎助教授からは、もはや何の返答もなかった。

天城は部屋を見回した。ひとり昂然《こうぜん》と顔を上げる高階講師の視線と、かちりとぶつかる。天城はぱちん、と手を打って笑う。

「肝心のことを忘れていました。高階講師にも配役があるんです。公開手術のプレゼンターをお願いしたい。当日のスケジュールを空《あ》けておいてください」

そしてふたたび問いかける。

「エニ・クエスチョン？　なければこれで私のスケジュールのプレゼンを終わります」

椅子に腰掛けている世良に視線で合図する。世良は、操《あやつ》られるようにふらりと立ち上がると、天城の後について部屋を出ていく。カンファレンスルームには重々しい沈黙が残された。

やがて、がたりと椅子の音を立て、ひとりの男が立ち上がる。

「さて、と、先輩方、どうやらカンファレンスは終わったようですばい」

誰一人返事をしない中、駒井は天城の後を追った。

「ちょっと待ってほしかとです」

背後から声を掛けられ、世良と天城は振り返る。見ると、小走りで駒井が近づいてくる。

「何だ、泣き虫坊やか」

息を切らした駒井が、言う。

「その呼び方は失礼ですと。せっかく二番弟子になろうと参上したオイに向かって」

「まっさきに反応したのは坊やだったたか」

天城は目を細めた。世良が言う。

「よかったですね、天城先生。これで教室の内部に正真正銘の部下ができたわけですから。私は本来の腹部外科グループに戻らせてもらえるでしょうか」

「ジュノは、そんなに私の下で働くのがイヤなのか？」

「イヤ、というわけではないのですが」

「それなら二番弟子ができたからって、一番弟子がやめるなどと言わないことだ」

駒井がうなずいて言う。

「そうですたい。オイは世良先輩がおられるから、安心して天城先生の下に付く気になったとです。こんなわがままな先生の面倒を一から十まで投げられては、とても保《も》たないとです」

言い終えて、口がすべってしまったことに気づき、駒井は口をつぐむ。

「ふうん、そこで言葉を止める程度の知恵は、持ち合わせているのか」

天城の冷たい言葉に、世良があわててフォローする。

「コイツは口とおつむが軽いだけで、悪気はないんです。来月の公開手術だって見学に行けるよう、一番で年休を取ったんですから。ちなみに私は年休申請が間に合いませんでした。なので、せっかくの機会ですから、駒井にお付きをやらせてみたらいかがでしょうか」

天城の目が光った。

「ジュノは公開手術にこないつもりか？　それは許さん。おい、泣き虫坊や、私のグループの一員になって初めてのオーダーを出そう。世良先輩と年休の交換をしろ」

「そんな殺生《せっしょう》な」

悲鳴を上げる駒井に、天城は言う。

「何が殺生だ。坊やは二番弟子だろう。一番弟子に権利を譲るのは当たり前だ」

駒井はうつむいてぶつぶつ言う。

「ちぇ、こんなことなら天城先生の下に付くのは、公開手術の後にすればよかったばい」

「その通り。後悔は公開手術の先には立たない」

駄洒落なのか、無視すべきか、ふたりの弟子は顔を見合わせ態度を決めかねていた。

# 五章
# セイント・スクルージ

一九九〇年六月

佐伯総合外科の術前カンファレンスで天城が今後のスケジュールを大々的に打《ぶ》ち上げたことは、その日のうちに廊下トンビたちによって東城大学医学部付属病院全体に知れ渡った。その情報伝播は実に素早く、翌日、世良の許《もと》に一週間後の病院全体運営会議への天城の出席を求める通知書が届けられたが、間違いなく廊下トンビたちの情報を元に決定されたと思われた。

世良は新病院の医局で秘書から通知書を受け取った。さっそく天城の居室、旧病院・赤煉瓦《れんが》棟の元教授室に通知書を届けに行ったが、幸か不幸か、天城は不在だった。

お目付役の世良は最近、天城と二日に一度、会えるかどうかだった。そのリズムでいえば、昨日は天城は術前カンファレンスに出席していたから、今日は会えない日になるわけだ。

主《あるじ》不在の部屋にいるのは、落ち着かない。テーブルの上に冷たく光る紫水晶のチェスの駒を横目で見ながら、世良は盤の隣に通知書の紙片を投げだし、そそくさと部屋を出た。

一週間後の火曜。新病院三階の大会議室には、退屈そうに椅子に座る天城の姿があった。

病院全体運営会議は、医学部付属病院の重鎮が月に一度勢揃いする会議で、教授会に次いで重要度が高いとされている。その場にヒラの医局員が呼ばれることはまずない。だが今、佐伯外科のヒラ医局員である世良は会議に臨席し、隣に座る天城を見つめていた。

天城は高々と足を組み、飄々と座っていた。ブレザー型の白衣の胸ポケットには銀色の星形ワッペンが飾られている。

会議室を見回す。上席に佐伯病院長が座り、左側には反佐伯一派の首魁《しゅかい》、副病院長の第二内科の江尻《えじり》教授が会議室を睥睨《へいげい》している。佐伯病院長の右側に控える緒方《おがた》事務長は貧相な小男だが、精一杯ふんぞり返ることで他の二人に負けないよう、存在感を懸命にアピールしている。その三人が議長席の列に並び周囲を威圧していた。

会議机の相対する二辺には、通常のメンバーが並んだ。

左側の一辺には三人の会議の常連メンバーが揃っている。総看護婦長の榊《さかき》婦長は、穏やかな表情で手元の資料のページをゆったりめくっている。曾野《その》放射線技師長と遠藤《えんどう》薬局長は犬猿の仲で、隣り合わせの席にもかかわらず、机の端と端にわかれて座る。これら通常メンバーだけで行なわれる病院全体運営会議であるなら、これほどの緊張感は伴わなかっただろう。

だが今回はイレギュラーのゲストが多数呼ばれていた。まず右側の一辺に麻酔科の富田《とみた》教授、手術室の松井看護婦長、そして佐伯総合外科学教室病棟の藤原婦長。序列から言えば彼らは会議への参加資格は充分持ち合わせている。今回は更に、議長席に向かい合わせの一辺、ふだんは机が置かれていないオブザーバー席に、常識であればこの会議に参加しえない面々が並んでいた。彼らは天城が手術スタッフとして指名したメンバーで、左端から総合外科学教室の垣谷と青木、そして世良。世良の隣は中央に位置する天城だ。天城の右隣では手術室の看護主任猫田があくびを噛み殺している。隣に若手の麻酔医の田中、そして右端には高階講師の姿がある。これら手術スタッフの参加により、会議のバランスは大きく崩されていた。

江尻教授が、ニワトリのように尖《とが》った顔の下で派手なネクタイを整え、甲高《かんだか》い声で告げる。

「定刻になりましたので病院全体運営会議を始めます。珍しいことに本日は全員出席です」

語尾は小声だ。コメントに対し反応がないことを確認して、江尻教授は咳払いをした。

「本日、連絡事項はお手元にお配りしたプリントに記載されています。おのおのの部署に持ち帰っていただき、周知徹底をお願いします。ご質問、もしくは異議はございませんか」

かさこそと紙片が擦《す》れ合う音。質問も異議もない。無言の返答を確認した江尻教授は尖った顔の輪郭の中の、細い目をわずかに開く。声のトーンが若干変わり、やや低い声になる。

「さて、本日お集まりいただいたのは、みなさんに緊急に御判断いただきたい事案が生じたからです。公開手術なる試みに、東城大学として参加していいかどうか、運営会議議長としてご検討いただきたいと思い、関係者をお呼び立てした次第です」

江尻教授がちらりと見た佐伯病院長は無言だ。鶏のように首を振り、江尻教授は続けた。

「そもそも患者のためであるべき医療現場を見せ物まがいに公開するなど、あってはならないことではないでしょうか。万が一、公開の場で手術が失敗すれば、偉大な先人が積み上げてきた東城大の評判は地に墜《お》ちてしまいます。しかも大変驚いたことに、この企画の責任者は当院に赴任してたった二ヵ月の新参者《しんざんもの》だというのです」

江尻教授の頬がトサカのように赤味を帯び、詰問《きつもん》の響きが混入し始める。

「聞くところによればその御仁《ごじん》は未《いま》だに当院で手術を一例も実施してないとか。これではその方の腕を信用せよといわれても無理です。こんな調子でこの企画に賛同せよ、というのはいささか無謀なのではないでしょうか」

会議出席者の松井婦長と緒方事務長がうなずく。江尻教授は表情ひとつ変えない佐伯病院長の様子に苛立《いらだ》ちの色を隠せず、周囲の同意を従えて続ける。

「従いまして、病院全体運営会議の議長としまして、このような企画をそのまま認めるのはいかがなものかと思いまして、こうして会議の議題として上げることにしたわけです」

天城への反感が噴出する形で、病院全体運営会議の本題は始まった。長々と続いた江尻教授のオープニングが終わると、天城は大きく伸びをした。そして場を見回して言う。

「ひょっとして、私が答えるんですか？　だとしたら、どう答えればいいのかな？」

江尻教授の頬がひくひくと引き攣《つ》った。

「どう答えればいいのかな、ですって？　公開手術なるものを行なっていいとお考えの精神構造についてお答えいただきたい。本当にそんなことが許されるとお思いなんでしょうか」

天城は不思議そうに答える。

「行なってもいいと思っているから、やろうとしているんですが」

単純に当惑した天城の口調に、一同失笑する。そりゃそうよねえ、という婦長同士のひそひそ声の会話が聞こえる中、江尻教授はかっとして言う。

「天城先生は、婉曲《えんきょく》な非難というものを理解できない方のようですね。そういえば確か、欧米の方でしたね。ではこちらも直接話法で申し上げます。いやしくも東城大医学部付属病院の一員ならば、公開手術なる下品な企画など、絶対に行なってはなりません」

勢いで断言してしまったあと、江尻副病院長はきょろきょろ周囲を見回し、つけ加える。

「……と、私には思われるのですが」

天城はぽりぽりと首筋を掻《か》く。

「なるほど、今度の発言は明瞭に理解できました。江尻先生は、公開手術に反対なんですね。ところでそれは東城大全体の見解なんですか？　それとも江尻先生の個人的見解ですか？」

江尻教授の顔が更《さら》に真っ赤になり、次に蒼白《そうはく》になる。握りしめた拳《こぶし》がかすかに震えている。周囲をぐるりと見回して、今から言うことには何としても同意していただきたい、という強制に似た依頼を含んだ視線を撒《ま》き散らしながら吐き捨てた。

「盗人猛々《ぬすっとたけだけ》しい。公開手術など行なってならないなど、議論の余地もないでしょう」

天城は即座に切り返す。

「なぜでしょう。私はすでに欧米で数例の実施経験があり、どこでも概《おおむ》ね好評でしたが」

「つまり、天城先生は公開手術のご経験がおありなんですね？」

女性の声に天城が顔を向ける。

「あなたはどなたですか？」

「私をご存じないなどと、みなさんの目の前で堂々と公言されては、困ります。私は天城先生が現在所属しておられる総合外科学病棟の婦長、藤原です」

天城は屈託《くったく》のない表情であっけらかんと挨拶をする。

「そうですか、あなたが佐伯外科の婦長だったんですね。初めまして」

天城の返答は会議室全体に奇妙な興奮を呼び起こした。天城は自分が所属する教室の病棟婦長を知らないという、大学病院の一員として驚愕の事実を、面前で明らかにしてしまったのだ。世良はひやひやしたが、天城は悪びれず淡々と続けた。

「そういえば、お顔はどこかで拝見したなあ、と思っておりました。ごあいさつはさておき、質問にお答えします。私は海外で五例、公開手術経験がありますので心配はご無用です」

「天城先生の腕は心配しておりません。それは私たち看護婦の領域ではありませんし、見たことがないものは心配しようがないです。まして赴任して二ヵ月経つのにご自分の病棟婦長の顔も知らないくらい、専門業務に取り組んでいらっしゃるんですから、私ごときが心配する余地はありません。手術室でお仕事に邁進《まいしん》しておられるから病棟に割く時間がないんでしょうね」

皮肉たっぷりに藤原婦長が言うと、手術室の松井婦長がその言葉を引き取り、続ける。

「それは誤解ですわ、藤原婦長。手術室でも天城先生は業務はしておられません。わがもの顔で昨日は皮膚科、今日は婦人科と神出鬼没《しんしゅつきぼつ》、縦横無尽《じゅうおうむじん》に渡り歩いては手術室の看護婦たちを怯《おび》えさせていらっしゃいますわ」

一同、笑う。天城が病院中の反感を買っていることは明白だ。天城の普段の態度からすれば自業自得《じごうじとく》だろう。非難の追い風に乗り、江尻教授が言う。

「まずは誰の許可を得て、このような企画を実施しようとしたのか、お聞かせ願います」

天城はうなずく。

「そういう具体的な質問なら答えられます。その回答は、隣の佐伯病院長に聞いてください」

江尻教授は大仰《おおぎょう》に驚いた様子を見せ、佐伯病院長を見る。

「佐伯病院長、今の天城先生のご発言はどういうことですか？」

佐伯病院長は白眉を上げた。白色レグホンのようにきょときょとと佐伯教授を見つめる江尻教授に、いかにも面倒くさい、という気持ちがありありとこめられた口調で答える。

「天城先生を招聘《しょうへい》したのはこの私だ。彼の行動は、私の依頼を達成するために必要なことだ。細かな点に、いちいち報告は受けていないが、この件を含めた一切は彼に一任している」

「教室を主宰する方の責任として、そのような丸投げが許されるとお思いですか？」

江尻教授が、佐伯病院長を病院長の座から引きずり下ろすチャンスを虎視眈々《こしたんたん》と狙っていることは、病院中の周知の事実だった。江尻教授からすればこの件は千載一遇《せんざいいちぐう》のチャンスだ。ここぞとばかりに畳みかけようとした江尻教授の機先を制して、佐伯病院長が言う。

「許されると思ったから認めたんだが、まずかったですかな」

やり取りを末席で聞いていた世良は、佐伯病院長と天城の精神構造は瓜《うり》二つなのではないかと感じ始めていた。江尻教授は鼻白《はなじろ》んだ顔で、黙り込む。だがすぐ態勢を立て直す。

「とにかく公開手術の件に関しては、わが東城大学医学部付属病院の枠組みを越え、日本中の関心の的になっておりますので、この問題に関し誰が責任を取るのか、という点がはっきりしないまま、物事が進んでいくという現状を深く憂慮しているわけでして……」

江尻教授の甲高い長広舌《ちょうこうぜつ》を天城が遮《さえぎ》る。

「公開手術で何かあった場合、全責任は企画者の私、そして容認した上司の佐伯病院長にあることは明らかです。何よりまず、私の公開手術は失敗しません。ですのでご安心を」

「そんな保証など、どこにも……」

なおも口を開く江尻教授に対し、天城はうんざりした様子で言い放つ。

「つくづく面倒な人だなあ。下品な言葉遣いをお許しいただき、手っ取り早く申し上げれば、外野の野次馬《やじうま》がピーチパーチク騒ぐな、と申し上げているのです」

唐突に無礼な台詞を投げつけられ、そうした言動に接する機会が稀《まれ》な江尻教授は目を白黒させて黙り込む。今度は、緒方事務長が声を上げた。

「事務長として伺いたいのですが。公開手術は東京国際会議場のメインホールに臨時手術室を設置されるそうですが、その費用はどこから捻出されるのですか？」

天城はにやりと笑う。

「学会の特別企画ですから、当該学会が負担するのが当然でしょう」

緒方事務長は目を見開いた。

「実は私、今回の主宰校の維新《いしん》大、広橋《ひろはし》事務長と懇意《こんい》でして、先日別件でお目にかかった際に尋ねたところ、何と費用は東城大の拠出だと伺い仰天しました。どういうことですか」

天城は、ぽりぽりと首筋を掻いた。ちらりと世良を見て、ぼそぼそ呟く。

「維新大にも困ったものだ。詳しく事情を説明して納得させたんだが。それにしても名門大というところは維新大といい東城大といい、細かいことばかり気にするんだな」

それから顔を上げると、緒方事務長に言う。

「さすが東城大学医学部付属病院の事務長、目配りが鋭い。確かに先方の学会事務局には、臨時手術室の設置費用は東城大が負担すると申し上げました。でないと先方の事務局を納得させられなかったものでして」

「つまり天城先生は、東城大の予算を流用するという重大な意思決定を、一介の医師でありながら独断専行で決めたんですか。こうなると、この企画は絶対に容認できません」

天城のシンパの世良が聞いても、緒方事務長の主張はもっともに思えた。病院予算を独断で差配する無役《むやく》の医師など、いてはならない。このままでは天城どころか佐伯病院長の首まで飛びかねないぞ、と世良が危惧した時、天城の声が響いた。

「事務長にご心配をかけたことはお詫びします。申し出が前後しますが、公開手術に伴う設置費用などもろもろを東城大から拠出していただくことを、改めてお願い申し上げます」

「冗談じゃない。そんなこと、不可能です」

緒方事務長は即答した。場に居合わせた全員が、その回答をもっともだと感じ、誰もが天城の失墜《しっつい》を予見した。しかし天城は、瞬時にその思惑《おもわく》のはるか上空を飛翔していった。

「いえ、可能です。東城大には費用支払いの仲立ちをお願いするだけです。今回の公開手術の諸費用はすべて、とある篤志家《とくしか》からの寄付で賄《まかな》われるのです」

「篤志家からの寄付、ですって？」

緒方事務長の裏返った声による問いかけに、天城はうなずく。「そう、全額、寄付です」

「維新大学の広橋事務長によれば、今回の公開手術に伴う諸費用は五千万円を下らないとのことですが、そんな巨額な寄付をくださる方がいらっしゃるというのですか？」

天城はうなずく。緒方事務長はなお疑わしそうな視線を天城から逸《そ》らさずに続けた。

「そうなると当方の事務手続きでも五百万近く頂戴することになりますが、大丈夫ですか？」

天城はもう一度、自信たっぷりにうなずく。緒方事務長は、消え入りそうな声で尋ねた。

「差し支えなければ寄付してくださる篤志家のご尊名をお聞かせください」

沈黙した天城を見て、緒方事務長は苛立たしげに続ける。

「いえ、今の言葉は間違いです。事務手続き上必要なので、その方の氏名を教えて下さい」

天城は肩をすくめた。

「その篤志家は匿名《とくめい》を希望されていますが、事務長の依頼も当然です。この場ではお答えしますが、みなさまくれぐれも口外《こうがい》なさらぬように」

ゆったりと周囲を見回し、期待に満ちた沈黙を十分味わった天城はおもむろに告げた。

「公開手術の経費は中東の産油国バザン公国の王族、バベル・ハッサン殿下から頂戴しました」

　あまりにも唐突な存在の登場に、一同黙り込んだ。天城の隣で呆然としていた世良に、天城がウインクを投げた。その瞬間、世良だけが天城の提示した相手が誰か理解した。

　モンテカルロ・ハートセンターでの手術見学。一度はグラン・カジノでシャンス・サンプルに敗れたものの、再度のチャレンジで手術の権利を獲得し、その結果この世界に生存を許された貴人。あの時の患者は、確か中東の産油国の王族だった。

　世良の中ですべての情報がひとつの輪になった。天城は組んだ足をほどき、立ち上がる。

「中東は今石油価格が高騰し、景気がいいのです。五千万の寄付など朝飯前、恩に着る必要はありません。あるところから頂戴する。それが私の流儀です」

　会議室は静まり返る。天城は続けた。

「彼のバックアップがあれば中継設備付き手術室の一夜城の設営など、どうということもありません。まさにオイルマネー・イズ・パワー、ですね」

　もう誰も、天城に言い返せる人物はいない。江尻教授は、細い目を極限まで見開き、佐伯病院長と天城を、鶏のようにせわしない仕草で交互に見つめるしかなす術《すべ》がなかった。

「事務長にはお手数をお掛けしますが、ハッサン殿下から東城大に寄付された費用から維新大の学会事務局に請求分を振り込んでください。事務手数料もさっぴいて結構です。残りを東城大事務で管理していただけますか？　少なくとも一億円は残るはずです」

　緒方事務長は口を呆然と開け、天城を見つめる。天城は淡々と続けた。

「学会事務局長と事務長がお知り合いと聞いて安心しました。先方の事務局長にも内実をお話しして、どうか安心させてあげてください」

いつの間にか公開手術の是非は議論の余地がない決定事項と化し、容認されてしまってい
た。世良は天城の強行突破の様子を、呆然とながめていた。ふと我に返って呟く。

——これって、単に札束で横《よこ》っ面《つら》をひっぱたいただけじゃないか。

「何か、ご質問は？」

天城が会議の収束に向けて舵《かじ》を切ったのが見て取れる。誰も、天城の進軍は止められない。

その瞬間、挙手した人物に、会議室の視線が一斉に向けられる。天城が目を見開く。

それは世良だった。

世良の行動は明瞭な越権行為だ。だが常軌を逸した会議では、身の程知らずの行動があっけ
なく容認される。世良は天城のことを誰よりも熟知しているということはスタッフも知ってい
た。世良なら、天城に一矢《いっし》報いてくれるかもしれないと、居合わせた面々は考えた。

天城は世良に笑いかけ、答える。

「質問は大歓迎だよ、ジュノ。だが水くさいぞ。私たちはいつも一緒にいるのに、こんな風に
オフィシャルな場であえて質問するなんて、さ」

「すみませんがこの質問は、大勢の方の前で行なった方がいいと思います。よろしいですか」

「ビアン・シュール（もちろん）」

天城はうなずくと、世良は続けた。

「私はモンテカルロで天城先生のオペを拝見しました。未熟な私が見ても、天城先生の手技の

素晴らしさは一目瞭然でした。ですから天城先生が、公開手術という特別な環境でも必ず成功されると確信しています」

　場に安堵《あんど》の空気が流れた。そもそも本当にそんな手術をして大丈夫なのかという、根源的な不安があったから、口先だけでも、またそれが医局の下っ端《ぱ》の発言であっても、そうした危機感を軽減してくれる情報は、ウエルカムだった。だが世良の狙いは、会議メンバーを安堵させることではなかった。世良は天城に一直線に斬りかかる。

「モンテカルロでお目にかかった時、天城先生は手術を受ける患者からの報酬に関して自分なりのルールがある、とおっしゃっていました。そのルールは今も変わっていませんか？」

　天城は世良の質問の意図を理解した。にやにや笑って答える。

「ああ、いつかそんな質問をしてたな。それを今、この席で蒸し返すとは、なかなかシャープなやり口だね、ジュノ。よろしい、その質問にお答えしよう」

　天城は咳払いをした。場が一瞬静まり返る中、天城は続けた。

「私は自分のポリシーを曲げるつもりはない。ルールは日本でもモンテカルロでも変わらない。そして今回の公開手術でもまったく同じスタンスで営むつもりだ」

　会議室がざわめいた。どういうことだ、という小声が聞こえる。世良は続けた。

「ということは、患者に全財産の半分をルーレットで賭けさせ、患者が勝った時だけ手術を受け、患者が負けたら手術はしない、というルールは変わらないんですね」

　世良の言葉に、会議室のざわめきが一斉に非難のブーイングに変わる。

非力《ひりき》も顧《かえり》みず歩兵《ポーン》が正面から挑《いど》んできたか、と天城は、世良にだけ聞こえる小声で呟く。そして世良を凝視して言い放つ。

「ポーンの単独突破は戦略としてはまずまずだが、まだまだ甘い。タイミングを計っていないし、何より攻めが薄すぎる」

天城は周囲を見回し、眼力でざわめきを終息させてからおもむろに口を開いた。

「誤解されるといけないので、補足説明をしましょう。私はモンテカルロでは患者に、グラン・カジノのルーレットの勝負に勝った患者だけ手術していました」

会議室がふたたび喧《やかま》しくなる。患者に賭けをさせるなんて、とか、財産の半分を取り上げるなんて許せない、という抗議が口々になされる中、天城は平然と話を続けた。

「目的は、患者からカネをむしりとることにはありません。ルーレットに勝つかどうかで、患者の天運を量《はか》るのです。私は患者の財産の半分を頂戴するが、それはすべて天に預けてある。私個人は治療費を一切受け取らず、グラン・カジノで基金として運用しているんです」

「その基金の目的は何なんですか？」

緒方事務長が好奇心を剥《む》き出しにして尋ねた。天城は答える。

「モナコ公国の公共福祉のための基金、です。その功績で私はモナコ公国から勲章を授与されました。それがこのエトワールなんです」

ブレザー型の白衣の胸の星に、右手を当てる。

「ご存じのように日本にカジノはありません。そこで私は基金を創設しました。これから行なう手術で得る報酬はすべて、東城大に設置される基金に納入されることになる」

驚きの表情を見せた緒方事務長が尋ねる前に、天城は答えを先取りして言う。

「それは、桜宮に新たな心臓手術専門病院、スリジエ・ハートセンターを創設する基金です」

それから天城は、ふと思いついた、という調子でつけ加えた。

「ちなみに基金から、東城大の講師と同額のサラリーを私に、助手クラスの額をジュノ、いや失礼、世良先生に支払う予定です。ただしその額は基金の十パーセントにも満たない」

「そんな話、一切伺っておりません」

気色《けしき》ばんで言う緒方事務長に、天城は答える。

「公開手術の説明時にお話ししようと思っていたもので。たまたまご説明がこの弾劾《だんがい》裁判の場になってしまったのは、私の不徳の致すところです」

天城は、佐伯病院長の顔を凝視しながら続けた。

「モンテカルロ・ハートセンターに勤務していた私をこの病院に招聘したのは、佐伯病院長です。そもそもは桜宮に心臓血管専門病院を作ってほしいという要請でした。私はそれを東城大の総意だと思っておりましたが、違ったのでしょうか、佐伯病院長？」

天城の刃はいきなり王様《キング》・佐伯の喉元に突きつけられた。佐伯病院長は白眉を上げて、天城を見つめた。それからうっすらと笑い、あっさり答える。

「残念ながら、それはまだ東城大の総意には至っていない。現時点では私個人の発意にすぎないが、天城先生の実力を以《もっ》てすれば、すぐに病院全体の総意に格上げになるだろう。公開手術を成功させればその扉が開く。何しろ東城大《うち》は、建前上は実績主義だからな」

佐伯病院長はシニカルな笑みを浮かべる。その言葉を聞いて、天城に叩きのめされて沈黙の海に沈んでいた江尻教授が息を吹き返す。江尻教授は佐伯病院長に異議を申し立てた。

「事前にネゴシエーションしていただかないと困ります。ハートセンター創設など、病院全体に深くかかわる問題でもあり、まさしく教授会の総意を得た後、病院全体運営会議にかけ、東城大として正式決定するという手順を踏むべきマターでしょう」

佐伯病院長は、ちらりと江尻教授を見て、言う。

「天城が通常の雇用形態であればそのとおりなんだが、今回の件は、東城大にとってはるかに有利なので、事後承諾でも構わないと思ったのだ」

興奮した女性の声が響いた。手術室婦長の松井婦長だった。

「どこが好条件なんですか？　独断で公開手術の日取りを決め、勝手に院内スタッフの随行を決定する。院内が迷惑を蒙《こうむ》っていないとお思いですか？」

それまで沈黙していた総看護婦長の榊婦長が、穏やかな口調で松井婦長をたしなめる。

「まあまあ、松井さん、まずは佐伯病院長のお話に最後まで耳を傾けてみましょうよ」

松井婦長は不満げな表情で榊総看護婦長を見たが、黙り込んだ。佐伯病院長は榊総看護婦長に目礼《もくれい》をすると、続けた。

「東城大学にとってこれ以上の好条件はない。病院スタッフ転用の件は、スタッフのレンタル料が大学事務に支払われる。東城大は結果責任には絡まない。新しいハートセンターは設立から初期運営まで、東城大とは無関係で運営費用は独自に賄われる。しかも運営が軌道にのった暁《あかつき》には、付属病院の施設に組み込まれることも約束されている」

会議室全員の視線が天城に集中する。天城は薄笑いを浮かべている。佐伯病院長は続けた。

「新施設の創設は立ち上げが一番困難で、特に初期の資金繰りのリスクが高いことは、病院事務のスペシャリストの緒方君には説明の必要もなかろう。ところがこの企画は、リスク部分は天城先生が個人的に引き受けてくれる。われわれはほんの少しばかり協力すればノーリスクでハイリターンの成果を手にできる。何と素晴らしい提案であることか」

会議室が静まり返る。常軌を逸した枠組みだ。だが佐伯病院長の言葉には隙がなく、どの角度から検討してみても、東城大学医学部にとって一方的においしい話にしか見えなかった。

「ひとつよろしいでしょうか」

末席から挙手。返事を待たずに立ち上がったのは高階講師だった。

「東城大にはノーリスクとおっしゃいますが、私の腹部外科グループは世良君という人材を供出することでダメージを受けている。これはカネを払えば済む、という問題ではありません。人のこころの問題は、カネでは解決しないと思いますが」

天城は高階講師を凝視した。そして世良にささやく。

「さすが女王《クイーン》、視野が広いな。私の唯一の守備駒、ポーンを攻めるのはこの場の唯一解だ。だが、キングの意思を確認しない攻撃は、クイーンの自滅を導く」

天城は立ち上がると、正面に声を掛ける。

「佐伯病院長、みなさんに世良先生の現在の雇用形態をお知らせ願います」

佐伯病院長は、白眉を震わせうなずくと、高階講師に頭を下げた。

「高階、お前を始め他の総合外科のスタッフに天城関連の人事の詳細を報《しら》せなかったのは、教室の不文律ではあるが、こういう事態になれば私の落ち度でもある。申し訳なかった」

佐伯病院長の意図が見えず、高階講師は不思議そうな表情をした。佐伯病院長は続けた。

「昭和六三年卒の研修医は今年、半数が大学に戻り、総合外科の研究室に属し、博士課程の修得に勤《いそ》しんでいる。だが残り半数は外部に出向したままだ。世良君は四月に大学に戻り、いったんシニア研修に入ったが、五月からふたたび新たな研修先に出てもらっている」

その言葉には世良も呆然とした。思わず尋ねる。

「新たな研修先？　そんな話、聞いてません」

「それは辞令を伝えなかった、新たな研修先の責任者の連絡ミスだ。私の責任ではない」

平然と答える佐伯病院長に、世良は畳みかけるように尋ねる。

「私は東城大のシニア研修医ではないのですか？」

「この一年はそうなる。世良君の同期の半数が、外部の施設に属しているのと同じことだ」

「それなら今、私が所属しているのはどこの何という施設になるんですか？」

佐伯病院長がちらりと目配《めくば》せをした。世良は視線の先を追い、自分の隣に佇む天城雪彦に行きあたる。天城は視線に促され、満面の笑みで答えた。

「私はてっきり、世良先生には佐伯教授が辞令を伝えたとばかり思っていました。これは佐伯教授のミスだと思いますが、まあ、いいでしょう。改めて正式な辞令を伝えます。世良雅志医師は本年五月十五日付けでスリジエ・ハートセンターの常勤医に任命されました。世良先生の給与も当院から支払われます。したがって高階講師の抗議は的外れです」

急所のポーンを攻める定跡《じょうせき》は、壮大なトラップだった。天城は悠々と言葉を続けた。

「私はモンテカルロでは〝聖なる守銭奴《セイント・スクルージ》〟と呼ばれていた。ご存じのように、この世の問題の大半はカネで解決する。この世におわすのは『神さま』ではなく『金《カネ》さま』だ。だが、カネで解決しない問題もある。〝こころ〟というヤツだ。だから私は、こころが必要のない医療を目指し、カネで解決するものを解決する。厄介《やっかい》きわまりない〝こころ〟は他の医師に丸投げし、私はひたすら自分の技術で救える患者を手術しよう、と割り切ったんです」

天城は話し続けた。もはや天城の独壇場、誰も天城の演説を止めることはできない。

「スリジエ・ハートセンターの理念は、単純な経済原則に基づいた病院運営だ。患者がくれば経営がうまくいき、資金が回り拡大する。資金繰りがショートすれば倒産する。市場原理に従うだけ。私の目指す正義とは、施設が生き残ることだ。だからムダは徹底的に削《そ》ぎ落とす。これが私の考える医療の未来形です」

起立したまま天城と相対している高階講師がかろうじて、口を開く。

「天城先生がムダなものとして削ぎ落とす中には、〝こころ〟が含まれているんですね。それは実に危険です。市場原理に棹《さお》させば、医療は壊れてしまう」

天城は即座に言い返す。

「それは甘えだ。医療も社会の一要素にすぎないから、経済原則からは逃れられない」

高階講師は食い下がる。

「市場原理に従えば、次は不採算部門の切り捨てと患者の選別になる。それは医療の自殺行為でしょう」

「病気で弱った人間は、自殺しなければ、いずれゆるやかに殺される。今の社会は好景気で浮かれ、市場原理を見失っている。だから厚生省がひそやかに紛《まぎ》れ込ませた『医療費亡国論』などという戯言《ざれごと》をうかうか見過ごした。あの暴論こそ即座に叩き潰《つぶ》すべき、医療を滅亡に導く致死的遺伝子だというのに」

世良の耳には聞き慣れない言葉。天城は解説をせずに続けた。

「そうしたリスクを看過して七年。今、官僚たちは着々と市場原理に基づく医療に舵を切り始め、その波が医療現場に襲いかかり始めている。なのに現場のエースはいまだに危機に気づかず、的外れな批判に終始している」

高階講師は不思議そうな表情になって尋ねる。

「天城先生は、何をおっしゃりたいんですか？」

天城は答える。

「今年、総合外科の新入医局員は半減しただろう。これは医師が徐々に減ることを肌で感じた新人が無意識に危険領域から撤退し始めたサインだ。市場原理に従えば、外科などという割に合わない専門職はバカバカしい、と学生が判断したわけさ。だから私が暗黒の未来を予見した国手、ムッシュ佐伯に招聘され、未来の医療の舵取りを委託されたんだ」

いつしか、会議室にいる誰もが、天城の言葉に耳を傾け始めていた。

「市民は、そして医療従事者は、危機感が乏《とぼ》しすぎる。このままでは近い将来、医療は食い殺されてしまう。そんな時代に耐えられるよう、今から新しい医療の形を作る必要がある」

天城の発する言葉は、これまでの医療現場では決して聞かされることのなかったロジックだった。無音の会議室の室内で、時計の針が時を刻む音が大きく響く。

その時、静かな声が会議室に響いた。佐伯外科のエース、高階講師も、病院長の後釜《あとがま》を狙う野心家の江尻教授さえも沈黙する中で、必死に声をあげたのはまたしても、天城の腹心にして外科医のヒヨコの世良だった。

「お話をお聞きしましたが、やっぱり初めの疑問に答えてもらっていないと思います。もう一度お尋ねします。天城先生は日本では、患者の費用負担に対する方針を変えたんですね？」

「いや、私は何も変えてはいないよ、ジュノ」

「日本の医療制度に従えば、あのように高額な手術代は受けとれません」

天城は困った表情で肩をすくめる。

「私はタダでは手術はしない。必ず相手の財産の半分を頂戴し、天に預ける」

「でも、日本にカジノはありませんよ」

「だからルーレットの代わりに、もっと大きな賭場《とば》を作ったわけだ」

世良は首をひねる。天城は続けた。

「わからないかなあ。資金援助の裏付けゼロから出発したスリジエ・ハートセンターの創設。これこそもっともリスキーなギャンブル、シャンス・サンプルだと思わないか？」

天城は会議室全体を見回して、言う。

「せっかくなので、スリジエ・ハートセンターの構想を説明します。財力に応じ一定の額の寄付をいただいた方のみ手術を受けられる、というのがこのセンターの基本原則なんです」

呟くような反論が、青木の口からこぼれ落ちる。

「金持ちだけ相手に手術するなんて……」

天城は瞬時に、青木の言葉を打ち返す。

「では青木君は、金持ちと貧乏人が同時に手術を希望したら、どちらを優先する？　両方できれば越したことはないが、労力も資金も有限で、どちらかしかできない、と仮定しての話だ。さて、どちらを選ぶ？」

天城の言葉は容赦《ようしゃ》なく、青木の偽善の仮面を引き剥《は》がす。青木は即答できない。

「理念のみならず、現実でも財力で患者を差別するなんて、そんなこと絶対に許されません」

抗議の声を上げたのは藤原婦長だ。隣の松井婦長も深くうなずいている。

天城は淡々と女性陣の反対に対応する。

「私にはそれはただの固定観念にしか見えない。新しい物を作ろうとしたら、なにか特典を与えないと、カネは集まらない。リスクを取ってくれる出資者の意向を優先するのは当然だ。何かを作るにはカネがいる。無事に作りあげたら、慈善団体の寺院にするなり、勝手にすればいい。円滑な運営ができるようになれば、私は身を引きますよ」

天城の言葉が抑えきれない熱気を帯びる。藤原婦長は天城を凝視する。まるで、未知の生物を観察しているかのような表情が印象的だった。天城は続ける。

「新しい施設を作りあげるときは、私が棟梁《とうりょう》だ。運営者として資金を引っ張るため必要最小限の条件、それが出資者への特典で、この場合はふつう受けられない手術を優先的に受けられるという権利になる。これは施設を作るために譲れない最終ラインだ」

緒方事務長が不思議そうに尋ねる。

「そんなリスクまで冒《おか》して作り上げた施設が完成したら、先生は撤退されるとおっしゃる。私にはそこが理解できません。そして理解できないものは信用できないのですが」

天城雪彦は、緒方事務長を見つめた。長い沈黙。

やがて、静かに語り出す。

「人はいつか死ぬ。それも思いもしないような形であっさりと。人々が忘れがちなその真実を誰よりも実感しているのが、生と死の狭間の境界線を往き来《ゆき》するわれわれ心臓外科医だ。だから心臓外科医にとって、浮き世の栄華《えいが》など、うたかたにすぎないんですよ」

天城の言葉を、会議室の面々は全身全霊を捧げて傾聴している。天城は続けた。

「浮き世の富に、意味はない。後世に残せるのは足跡だけ。私は、私が立ち上げた施設の名に、自分の意思を残したい。それだけが私のささやかな願いなのです」

会場が静まり返った。やがて、柔らかい女性の声がした。

「スリジエ、というのは、どういう意味なのですか？」

榊総看護婦長の問いかけに、天城は答えた。

「フランス語で〝さくら〟を意味します。それはこの街の名でもある。そして何より、私が一番好きな花の名です。私はこの地に桜の大樹を残したい。スリジエという言葉を桜宮に刻印のように残すことが希望なのです。百年後、私の存在は忘れ去られていようとも、スリジエという言葉は、ハートセンターと共に生き続けるでしょう」

天城は遠い目をして窓の外を見遣る。視線の先にはヴィル・ドゥ・ソレイユ（太陽の街）、モンテカルロの喧噪が映っているのではないか、と世良は思う。人生の娯楽が溢れる街角でも、狭苦しい日本の病院の会議室の一室でも、天城はどこにいても変わらない。

天城の言葉は終息に向かう。

「私はすべてを擲《なげう》ち、スリジエ・ハートセンターの創設に尽力します。そのためには守銭奴《しゆせんど》にもなろう。なので多少報告が遅れたり、事務手続きでのご迷惑は御寛恕《かんじよ》のほどを」

天城の言葉が終わった。

静寂の後、会議室に咳払いが響いた。佐伯病院長の白眉が上がる。

「もう充分かな。納得いかない点もあろうが、本件はこの私に一任していただきたい。公開手術は日本胸部外科学会の目玉企画として確定され、オックスフォード医科大学のガブリエル教授の後押しもある。もはや東城大という箱庭の論理を振りかざせるステージにはないのだ」

江尻教授が、佐伯病院長を横目でにらみつける。

「聞けば聞くほど、この問題は教授会でプレゼンしていただくべき内容でした。同時に、状況は病院の監査委員会に掛けるマターでもあると判断します。ですがここまで聞かされては、病院長のおっしゃるとおり、もう手遅れです。この状態でこの議題を教授会に掛けるわけにはいきません。この問題は佐伯病院長に一任するしかない。それが現実対応のようです」

佐伯病院長は白眉を上げる。「ご理解、感謝する」

「理解はしましたが、佐伯病院長が重い十字架を背負った、ということも御自覚いただかないと困ります。スリジエ・ハートセンターは東城大と無関係に始動するとおっしゃいましたが、その暁には東城大も影響を受けずにはいられない。だとしたら、この企画が失敗した時は天城先生のみならず佐伯病院長にも責任が生じる、という理解でよろしいのですね」

「もとより、そのつもりだ」

佐伯病院長は周囲を見回した。他に意見がないことを確認すると、ひとこと言った。

「ではこれにて病院全体運営会議を終了する。最後にひとつ要望がある。公開手術のメンバーに選ばれた者は以後、手術当日まで天城先生の指示に最優先で従い、サポートに全力を挙げていただきたい。対応によって生じた不利益は書類に起こし、総合外科学教室に請求するように。メンバー不足で通常業務に差し障《さわ》りがあれば臨時職員を雇用するなど、柔軟で迅速な対応をお願いする」

そう言うと、佐伯病院長は天城を見つめた。

「これでいいのかね、スリジエ・ハートセンター総帥《そうすい》？」

「ビアン・シュール（もちろんです）。メルシ、ムッシュ佐伯」

天城は優雅にお辞儀をした。そして末席のメンバーを振り返ると、つけ加えた。

「早速ですが公開手術のスタッフは残ってください。我々は早急に意思の疎通を図る必要がある。何しろ我々には時間がないのです」


部屋を出ていく上層部の会話を世良は通りすがりに傍受《ぼうじゅ》する。

「江尻副病院長はよい選択をしました。ハートセンターが成功すれば、後からフリーライドできるし、失敗したら佐伯病院長を追い落とせる。どちらにしても不利益にはなりませんから」

緒方事務長に話しかけられた榊総看護婦長が穏やかに答える。

「あら、事務長はそうお考えですか。私に見える景色は全然違いますけど」

「と言いますと？」

「江尻副院長は大魚を逃したんですわ。大切な可能性を見落としていらっしゃる。スリジエ・ハートセンターが大成功を収めたらどうします？　江尻副病院長に参加する余地はありませんわ。そうしたら江尻副病院長に浮上の目はなくなってしまうのではないかしら」

世良と榊総看護婦長の目が合った。榊総看護婦長はにっこり笑う。

「世良先生が台風の目だという看護婦たちのウワサは、本当のようですね」

榊総看護婦長が姿を消すと、会議の重心は末席に移動し、佐伯病院長が全体を統括していた席に天城雪彦が着座した。手術メンバーは、天城の正面に一列に並ぶ。

天城が口を開く。

「ここにおられる面々は、二ヵ月現場を観察した結果、私が厳選したメンバーです。各自、面識はあるとは思いますが、簡単に自己紹介をお願いします」

黙り込んだメンバーに、天城が陽気な声を掛ける。

「ではまず私から。再来年に設立予定のスリジエ・ハートセンター初代総帥、天城雪彦です。前任地はモンテカルロ・ハートセンター。現在、総合外科の佐伯教授のご厚意により、東城大学医学部付属病院総合外科学教室に共同研究者として在籍しています。では次は垣谷先生」

上席者の高階講師を飛ばしたことに逡巡《しゅんじゅん》の色を見せた垣谷だが、手術スタッフの順だ、と自分を納得させたのか、ぶっきらぼうに話し始める。

「垣谷です。佐伯外科講師で心臓血管グループに属し、医局長です。よろしく」

天城が補足する。

「大役《たいやく》ですが、よろしく」

垣谷は一瞬、不安そうな表情になり、言う。

「果たして私に務まるのでしょうか？」

天城はにこやかに答える。

「ビアン・シュール。手術は術者が全てであり、他は単なるお手伝いですから」

一瞬、むっとした表情になった垣谷だが、気分を入れ替えて、目線で次に青木を指名する。

青木はちらりと世良を見て、胸を張る。

「同じく心臓血管グループの青木です。まだ半人前なのに、ご指名を受けて驚いています」

世良のところで一瞬の間が空いた。天城が言う。

「世良先生と高階先生は最後にお願いします。次は麻酔医の田中先生」

「麻酔の田中です。助手です。みなさん同様、突然のご指名に、ただびっくりしてます」

メンバーの口から漏《も》れるのは、驚きを表す言葉ばかり。当然だろう。天城は、手術室見学を繰り返していただけだ。説明がないまま、招集が掛かったのは昨日の夕方だ。これで驚くな、という方がどうかしている。

麻酔医の田中のあと、沈黙が流れた。全員の視線が、隣の猫田主任に集中した。

「猫田さん、順番ですよ」

田中が小声で言う。うつむいていた猫田が、はっと顔を上げる。

「ええと、その、猫田です。オペ室の主任です」

猫田は小さくあくびをした。一同笑う。猫田のシエスタ癖《へき》は有名だった。天城は言う。

「私は数多く手術を見学させていただきましたが、田中先生と猫田主任は、この二人以外はあり得ません。どうかよろしく」

猫田がうっすらと目を開けて言う。

「あのう、ひとつ、お断りしておかなければならないんですけど。私、四時間を超える手術だと体力が保たないんです」

「そうですか。ご心配なく。私の手術は二時間以内に終わりますから」

ほう、とため息が漏れた。東城大のバイパス術の平均手術時間は五時間だったからだ。

猫田は安心した表情で言う。

「それならお力になれます。でも万が一のこともありますので、もう一人メンバーに、補助の看護婦をお願いしたいんですけど」

「もちろん。どなたか推薦する方はいますか？」

「できれば、花房看護婦を加えていただきたいんですけど」

世良の動悸が激しくなった。天城は天井を見上げて呟く。

「花房さん……。ああ、あの娘《こ》か」

天城はうなずく。

「わかりました。手術室の婦長にお願いしておきます」

天城は周りを見回して言う。

「他のみなさんも何か要望があれば、遠慮なく言ってください。できることはすぐ対応します。では自己紹介を続けましょう。次、世良先生」

世良は花房美和の名前を不意打ちで聞かされ動揺していた。その上、自分の勤務形態も聞かされたばかりで、実感がない。そんなふわふわした状況の中、口ごもりながら答える。

「つい先ほどまで、佐伯総合外科学教室の研修医だと思いこんでいた世良です。公開手術では、雑用全般が仕事だと理解していたんですが。ええとそれで私の所属は、というと……」

絶句した世良を助けるように、天城が言う。

「スリジエ・ハートセンター創設準備委員会委員、世良雅志先生です。これまでも数々の有用なサジェスチョンを頂戴しています」

世良にウインクを投げた。

「この他には手術スタッフには人工心肺を受け持つ臨床工学士の中村技士がおりますが、本学の委託職員であり今日の病院全体運営会議に出席資格がないため御欠席です。まあ、中村技士のことは私よりもここにおられるみなさんの方がよくご存じかと思いますが」

それからまだ自己紹介が済んでいない、最後の大物に声を掛ける。

「最後に、公開手術のプレゼンターの高階講師にひとことお願いしましょう」

高階講師は立ち上がらず、腕組みをしたまま言う。

「日本胸部外科学会総会のプログラムを拝読しましたが、天城先生の企画意図に従えば、プレゼンターは座長のガブリエル教授が務めるのでは？」

天城はうなずく。

「おっしゃるとおりですが、ガブリエルは腕はいいが口ベタでね。今回の公開手術は世界中の注目の的で、全世界から名だたる外科医が参集するものですから、プレゼンターは英語に堪能で、かつ論客と呼ばれる外科医でないと困るんです」

「私はそれほど英語に堪能ではありませんが」

「ご謙遜《けんそん》を。留学先の米国マサチューセッツ医科大学での評判はモンテカルロの片田舎にも聞こえてきましたよ」

「あのう、お話し中申し訳ありませんが、ひとつ質問させてもらっていいですか？」

それまで聞き耳を立てていた青木がおずおずと尋ねる。

「ビアン・シュール。質問は大歓迎だ」

「そもそも公開手術のプレゼンターって何をするんですか」

「ボン。いい質問ですね。公開手術は日本で行なわれたことがないから、仕組みを知らなくて当然です。公開手術は、拡大鏡にカメラを付け、映像を大モニターに映し、参加者も見学します。だが、画面を見ているだけでは、何が素晴らしいのかわからない。何しろ最先端の技術ですからね。だから手術価値をよく知るプレゼンターに解説してもらうんです」

「心臓外科の門外漢である私には荷が重いですね」

高階講師がすかさず言うと、天城は笑顔で答える。

「どうせ何を言っても、日本の心臓外科医なんかには私の手技の真髄はわからない。だから正確にはプレゼンターではなく、通訳をお願いしたい。これは学会事務局からの要請で、英語のプレゼンターでは日本の学会員が困るからだそうです。実はガブリエルはプレゼンターとして、テキサス大学のボビー・ジャクソン助教授を指名してるので、正式なプレゼンターはボブになる。そこで高階先生を単なる通訳としてではなく、サブ・プレゼンターに昇格させることを条件に、事務局の要請を受けた。ま、これまでの公開手術でも前例がない、ツイン・プレゼンターの嚆矢《こうし》になりますから、せいぜいがんばって下さい」

「もしそうならば、いよいよ私は不適格では？　私の専門は消化器外科ですから」

「高階先生は胸部食道癌切除術の大家で、胸部外科学会では有名だから、事務局は二つ返事でした。そもそも心臓外科の術語に堪能な通訳など日本に存在しませんし、日本の心臓外科医は内弁慶ですからおいそれと代役は見つかりません。日本を代表する心臓外科医のひとり、黒崎助教授でさえ、英語が苦手で国際学会の演者を逃げ回っているというウワサです。そう思って見回すと、この教室には高階先生くらいしか人材がいないんです。何とも貧しい現状ですが」

垣谷が膝の上に置いた拳を握りしめるが言い返せない。天城の言葉は事実だからだ。弱者は侮辱に耐えて生きていかなければならない。天城は続けた。

「実はもうひとつ、高階講師にお願いしたいことがあるんです。ボビー・ジャクソン助教授は悪名高いクラッシャーで、別名マッディ・ボブ（泥沼のボブ）と呼ばれ、公開手術の最中も粘着質な質問を連発することで有名です。マッディ・ボブの手に掛かり、どれほど多くの有能な外科医が暗い海底に沈められたことか」

「プレゼンターのジャクソン助教授はマッディ・ボブ……なんですか」

高階講師が呟く。世良が顔を上げ、問いかける。

「ガブリエル教授はどうしてわざわざそんな先生を選んだんでしょう？」

ニースの国際学会で話をした時には、天城の腕に惚れ込みこそすれ、陰険な策謀を張り巡らせるタイプには見えなかった。天城は答える。

「ニースの学会をすっぽかされた意趣返しかもしれません。高階講師にはマッディ・ボブの攻撃から私を守ってほしいんです」

郵便はがき

料金受取人払郵便

小石川支店承認

1015

差出有効期間
平成24年3月
31日まで

112-8731

〈受取人〉
東京都文京区
音羽二―一二―二一
講談社
文芸図書第三出版部 行

書名をお書きください。

この本の感想、著者へのメッセージをご自由にご記入ください。

ご職業 ……………………………… 性別 男 女

年齢 10代 20代 30代 40代 50代 60代 70代～

TY 000044-1002

ご購読ありがとうございます。
今後の出版企画の参考にさせていただくため、
アンケートへのご協力のほど、よろしくお願いいたします。

■ Q1 この本をどこでお知りになりましたか。

1 書店で本をみて
2 新聞、雑誌、フリーペーパー 〔誌名・紙名　〕
3 テレビ、ラジオ 〔番組名　〕
4 ネット書店 〔書店名　〕
5 Webサイト 〔サイト名　〕
6 携帯サイト 〔サイト名　〕
7 ミステリーの館メールマガジン　8 人にすすめられて　9 講談社のサイト
0 その他 〔　〕

■ Q2 購入された動機を教えてください。〔複数可〕

1 著者が好き　2 気になるタイトル　3 装丁が好き
4 気になるテーマ　5 読んで面白そうだった　6 話題になっていた
7 好きなジャンルだから
8 その他 〔　〕

■ Q3 好きな作家を教えてください。〔複数可〕

〔　〕

■ Q4 今後どんなテーマの小説を読んでみたいですか。

〔　〕

住所

氏名　電話番号

ご記入いただいた個人情報は、この企画の目的以外には使用いたしません。

高階講師は冷たく言い返す。

「それは約束しかねます。そもそも彼の攻撃がいかなるものかわからないので。ひょっとしたら、そこで天城先生に沈んでいただくことが佐伯外科のためかもしれませんし」

天城はにやりと笑う。

「それは高階先生にとって不可能な選択でしょう。そうなった時は患者が死にます。それは公開手術に反対の立場を貫く高階先生にとっても許し難いことですからね」

高階講師は黙り込む。図星だった。デッドエンドに追い込まれている自分に気づく。もはや突っこんでいくしか、術《すべ》はない、と高階講師は見て取った。

「どうやら選択の余地はなさそうです。すると私も今後はスリジエ・ハートセンター創設に関与していかなくてはならなくなります。だとしたらひとつ確認したいのですが」

「何でしょうか」

天城の好奇心満々の視線に晒《さら》されながら、高階講師は尋ねる。

「天城先生は、医療現場において命とお金と、どちらが大切だとお考えですか？」

天城雪彦は、一瞬、黙り込む。それからゆっくり笑顔になる。

「これは驚いたな。この期に及んでクイーン単騎の捨て身の王手《チェック》とは」

腕組みをして考え込む。やがて腕組みを解くと、天城は言った。

「もちろん、命ですよ」

高階講師が安堵の表情を浮かべた。

「でしたら……」「ただし」

高階講師の言葉を、天城は途中で遮《さえぎ》った。

「ただし、カネよりも命の方が大切だ、という青臭い戯言に同意はしますが、カネがなければ命も助けられないという現実から目を逸《そ》らすわけにもいきません。ですから私はあえて、その質問には〝カネ〟と答えます。ただしそれはスリジエ・ハートセンターが設立されるまでの期間限定ですけどね」

高階講師は天城を見た。

「たとえ期間限定でも、カネの方が命より大切だなどと言う医者が、この世に存在するなんて信じられない。やはり私は天城先生を容認できません」

天城雪彦は、高階講師を凝視した。そして小さく吐息を吐く。

「それが日本の医療人の限界なんだろうな」

天城は窓の外を見た。遠く水平線が光っていた。海岸線に、ちかりと忘れ貝が光った。世良はその光源を確認する。間違いない、碧翠院桜宮病院だ。天城は視線を高階講師に戻した。

「今日はいい天気だが、好天はいつまでも続かない。今、日本は未曾有《みぞう》の好景気を享受し、世界中の富が流入し、土地や絵画を買いまくっている。貧乏人が持ちつけない金を持つと、無意味な散財をする。この勢いならハワイくらい買えると考えている日本人もいるし、米国人すらそれを怖れている。第二のパールハーバー、だがそれは杞憂《きゆう》だ。我々は大切なことを忘れている。日本人は、途方もなく貧しかった。いつまたあの貧困に逆戻りするかわからないのに」

天城は再び遠く水平線に目を遣った。

「三流国家が突然世界のトップに躍り出て舞い上がり、金の使い方を考えるゆとりすらない。挙げ句の果てに政府まで、余った金を全国にばらまき、お祭り騒ぎの大散財を始める始末。桜宮市では確か黄金地球儀を見せびらかしているんでしたっけな」

世良は顔を伏せる。連休に花房とその黄金地球儀を見に行ったばかりだ。

天城は続けた。

「私は、世界の富が集中する歓楽の国、モナコで暮らしてきました。あちらの金持ちはスケールが大きい。集めた富をひとりで使い切れないことを知っているから富が集中すると、社会還元を考える。モンテカルロ・ハートセンターもそのひとつ。モナコ公国の王族が呼びかけ、モナコ在住のセレブの出資を募り、小洒落た心臓手術専門病院を作った。人口三万人、面積も皇居の二倍しかない小国ならあれで充分だ。そして、もしもモナコでやれるなら、エコノミック・アニマルと揶揄《やゆ》される経済大国、日本にはもっとすごいものができるはずだ」

「もっとすごいもの？　それは何ですか？」

思わず尋ねた世良に、天城は笑いかけながら答える。

「スリジエ・ハートセンターの最終形は、地域密着型の一大総合病院だ。それだけに留《とど》まらず、やがてそこに医療を中心にした街作りを基本骨格に据える、新しい文化都市が出現する」

天城の視線は、眼前のスタッフをすりぬけ、ただひとり、遠い未来に到達してしまう。

無人の野を行くが如《ごと》く、天城は続けた。

「日本に溢れる巨額の富のほんの一部を医療に還元すれば、いずれ日本が凋落《ちょうらく》した時、日本を支える柱になるだろう。その柱を打ち立てるチャンスは今しかないんですが」

「日本が凋落する、ですって？　まさかそんな……」

垣谷が言う。天城はすかさず答える。

「では日本は凋落しないとでも？　それこそあり得ない。古来、どんなに栄えた帝国もすべて凋落している。だから日本も、そう遠くない未来に必ず没落します。だからこそ栄華《えいが》の頂点で考えなければいけないことがある。不採算部門の確立ができるのは好景気の今しかない」

天城は続けた。

「カネを重視しないとは、金持ちにしか言えない台詞です。そんな輩《やから》ほど、カネがなくなったとたん、自分の無能をカネのせいにする。そんな間抜けに未来はありません。つきつめれば私の手術という限定商品には高値がつけられるべきで、すると商品を手にできるのは、資産のある人間に限られるという結論になる。資本主義の原則です。医療人として、いただける時にいただけるモノをしっかりいただいておく、というのはバクチに勝つための鉄則です」

「そんなことが……」

許されるのか、という高階講師の言葉は最後まで続かなかった。その質問は、実現のために行動を始めている天城には愚問だからだ。最善最速の手順を経て、高階講師はついに天城の軍門に降《くだ》った。天城が、佐伯外科最強の女王《クイーン》を手中に収めた瞬間だった。

天城雪彦は朗々と宣言した。

「改めてミッションをお伝えします。来《きた》る七月十二日、東京国際会議場で開催される日本胸部外科学会のシンポジストの特別講演で公開手術を行なう際に、全面協力をお願いします」

天城は周囲を見回して言う。「以上、解散」

熱気の余韻だけを大会議室に残し、天城は颯爽《さっそう》と部屋を出ていった。その後ろ姿を見送った高階講師は、しばらく椅子に座ったままだったが、よし、という掛け声と共に立ち上がると、早足で部屋を後にした。後を追おうとした世良は呼び止められ、振り返る。

「なあ、世良、ひとつ聞いていいかな？　公開手術の患者さんって、いったい誰なんだ？」

同期の青木だった。その問いに答えられない自分を見つけて、世良は呆然とした。会議では、肝心の患者のことは一切話題にならなかったことに改めて気付く。

——俺たちは、こんなところで一体何をしていたんだろう。


部屋を出た足で、高階講師は最上階の病院長室へと向かう。

荒々しくノックをし、返事を待たずに扉を開けると、佐伯病院長はソファに沈み込んで、腕組みをしていた。

「遅かったな、小天狗」

白眉を上げてそう言った佐伯病院長に、高階講師はまっすぐ尋ねた。

「今回の件、本当の狙いは何ですか」

「天城から聞かなかったのか。桜宮に心臓手術専門病院を創設するんだが」

「本当にそんなこと、可能だとお思いですか？」

佐伯病院長は目を開けると、大きく伸びをした。

「可能だと思ったから依頼したんだ」

「公開手術のリスクを甘く見すぎています」

「そう思うなら、本人に忠告すればいい」

「ムダでしょう。本人は自信満々ですから」

「ならばいいではないか。それなら成功するだろう」

「どんな理念でも、成功すれば構わない、というんですか」

佐伯病院長は立ち上がると窓辺に寄った。そして水平線を指し示した。

「覚えているか、小天狗。二年前、お前は私の懐刀を医局から追い落とした。その時お前は、たとえ答えがなくても、あの水平線を見続けていたいと言った」

高階講師はうなずく。佐伯病院長はゆっくり部屋の中を歩き始める。

「お前が教室に来た直後、言った言葉が私は忘れられない。〝必要なら規則《ルール》は変えろ。規則に囚われて、命を失うことがあってはならない〟。覚えているか？」

「もちろんです」

「翻って最近のお前はどうだ？　ここ二年、お前の尽力のおかげで、わが佐伯外科には素晴らしい制度が整った。関連病院への医師派遣も一定のルールで行なわれ、透明性も上がり、私の評価も上がった。だが私はちっとも満ち足りない。小粒で未来の姿が簡単に想像できる連中ばかりがうろつくようになってしまった。小天狗、お前も含めて、だ」

高階講師は黙り込む。指摘は痛烈だったが、認めたくなかった。

佐伯病院長は靴音を鳴らしながら、歩き続ける。高階講師の顔を見ずに、淡々と続ける。

「なぜこんな退屈な教室になってしまったのか。それはお前がルールを確立してしまったからではないのか？　そこから先に一歩も進めず、現状維持でよしとしてしまっているように、私の眼には映る。佐伯外科はつまらない教室になってしまったものよ」

「ですが患者第一に考えればむしろ望ましい教室に……」

「そんなありきたりの言葉なら、黒崎で充分だ。跳ね返りのお前を飼う意味はない。必要ならルールを変えろ、という言葉の刃はまっさきに自分自身に向けるべきではないのか」

高階講師は黙り込む。部屋の中には、佐伯病院長の足音だけがこつこつと響く。

「二年前、お前が来るまで、教室の跡目を継ぐのは渡海か黒崎だと思っていた。ふたりが並び立てば、渡海が教室を飛び出して新しい教室を作り、黒崎が本道を継いだだろう。だが二年前の騒動で残ったのは黒崎と高階、お前だ。すると本道の継承者は小天狗になるのだが……」

高階講師は呆然と呟いた。

「まさか病院長が、黒崎助教授の切り捨てをお考えになっていたとは」

佐伯病院長は再び窓の外に視線を向けた。背後の高階に見えないところで笑顔になる。

「黒崎を切り捨てようなど、私は一度も考えたことがない。ただ、心臓外科と腹部外科を分離したいだけだ。そうしないと、この国に出現する最先端の医療に対応できなくなる。わが総合外科学教室は、私の代になり分裂を重ねた。脳外科、肺外科、小児外科。最後に心臓血管外科もしくは腹部外科が分離すれば、総合外科の崩壊だとか喧《やかま》しく囀《さえず》る連中が喜ぶだろう。だが実は、それでようやく私の構想が完成するのだ。それは大学病院の外科学教室の未来像だ。もはやすべての領域の外科手術に通暁《つうぎょう》した外科医の養成など不可能なのだ」

佐伯病院長は一瞬、淋しそうな笑顔になる。それから続けた。

「しかし、黒崎はここを飛び出して新しい教室を作る、という気概に乏しい。ならば心臓血管外科を独立させる気概を持った人材を招聘し、その人材にやらせるしかない」

「それが天城先生だったんですね」

高階講師の視線に、佐伯病院長はうっすら笑う。そして続けた。

「私の部下がこの絵図に気づき、それが彼らにとって気に入らなかったら、天城や私に決闘を挑めばいい。その時はあらゆる権謀術数、卑怯な謀略を使うがいい。独り立ちして弟子を食わせるためには、それくらいの気概がなくてはやってゆけぬわ」

佐伯病院長の目が次第に炯々《けいけい》と輝き出す。その強い光に魅入られ、高階は唾を呑み込む。

「うかうかしているとお前もあの忌《い》まわしいエトワールに呑み込まれるぞ。ヤツは邪悪で聖なる彗星だ。自分だけは安泰だ、などとは考えない方が身のためだぞ、小天狗」

「承知してますよ、それくらい」

高階講師は掠《かす》れ声で答えた。

肩を並べて、ふたりは窓際に立つ。窓の外には強い風が吹き荒れていた。

# 六章
# ブロンズ・マリーシア

一九九〇年六月

病院全体運営会議で、天城が方針を提示し、東城大医学部上層部に呑み込ませた翌日。外科病棟で雑用をこなしていた世良は、突然看護婦から名を呼ばれた。

「世良先生、天城先生からお電話です」

周囲の視線が集中する。礼もそこそこに、世良は受話器に向かって小声で言う。

「世良です。何か御用ですか？」

「今から外出するから、旧病院赤煉瓦棟の玄関にすぐに来い」

「あの……」

ぶっきらぼうな声は世良の返事を待たずに切れた。

世良は肩をすくめ、ため息をつく。世良を見ているスタッフの視線をくぐり抜け、書きかけのカルテを棚に戻す。一年生の駒井が、興味津々《しんしん》の様子で世良を見つめていた。

世良はナースステーションを後にし、赤煉瓦棟に向かう。

赤煉瓦棟の玄関に、背広姿の天城がすらりと立っていた。世良が近づくと、ついてこい、と顎をしゃくる。言われるままに従うと、赤煉瓦棟の裏庭に出た。

世良は、息を吞む。そこには鮮やかなエメラルドグリーンの外車が停まっていた。

「綺麗な色ですねえ」

世良がそう言うと、天城は拍子抜けした顔になる。

「感想はそれだけか？」

世良は車を見回して、付け加える。

「流線型でつるんとして、すべすべしてますね」

「ジュノがカーマニアでないことだけはよくわかったよ。そういえばジュノが運転してるところは見たことがないな。だいたい車を持ってるのか？」

「もちろんあります。学生時代からの中古車ですけど。下宿が近いから、ほとんど使いません。大学の裏庭に放置してたらバッテリーが上がって、今ではただの物置になってますけど」

サッカー部の世良は、ちょっとした距離なら歩いてしまうので、車を使う機会はほとんどない。車を買った理由は、医師国家試験の勉強会が友人宅を持ち回りで会場にしていたので、どうしても必要だったからだ。研修先では引っ越しや、田舎で交通手段がない時に使ったが、大学に戻ってからはほとんど乗っていない。そう説明すると天城はうなずく。

「これがどんなに凄い車かわからないなんて、見せるんじゃなかったよ」

その時、繁《しげ》みががさごそ鳴ったかと思うと、駒井がひょこり顔を出した。いきなり素《す》っ頓狂《とんきょう》な声を張り上げる。

「イタリア・ルキノ社の世界的名車、ガウディじゃなかと」

天城と世良は突然の闖入者《ちんにゅうしゃ》に驚く。

「何だ、グラン・カジノのぼろ負け坊やか」

天城の言葉を無視し、駒井はよだれを垂らさんばかりにして、車の周囲をぐるぐる回る。

「ツインターボ、総排気量三千ccの化け物マシン。けれどもその爆発的なエンジンとは裏腹に、貴婦人のように優雅なその肢体。日本ではなかなかお目にかかれない車種ですばい」

「そうなんだ。大したもんだな、坊やは」

天城はちろりと世良を見る。その視線はあからさまに世良を馬鹿にしているように思えた。後ろに回った駒井は悲鳴のような声を上げる。

「このぶっといマフラーはルキノ社の幻のフルチューン、オルガノパイプじゃなかですか」

それから目をきらきらさせて、駒井は天城を見る。

「この調子だと隅々までフルチューンしてごたるですね、これ」

天城はうれしそうにうなずく。

「よくわかったな。やっと物の価値がわかるヤツが現れたか」

「こんな派手な緑、見たことなかですばい。これも特注ですと？」

「いい色だろ。エメラルドグリーンは好きなんだ」

「すごか……」

天城は、なんとなく誇らしげな表情になって言う。

「泣きべそ坊やは車に詳しいんだな」

「それほどでもなかですと」

「大したもんだ。実はこれからジュノとドライブに行くんだが、助手を変更するか」

世良は一瞬、複雑な感情にとらわれる。天城に振り回されるのにはうんざりだったが、お役御免《ごめん》を言い渡されると焦るのは、ひょっとして自分は天城に振り回されるのを心ひそかに待ち受けているのかもしれない。そう思った世良はあわてて首を振る。

——とんでもない。駒井が気に入ったなら、助手変更ウエルカムだぜ。

駒井は成り上がりのチャンスが目の前にやってきたのにも気付かずに、相変わらず車の周りをぐるぐる回っている。そして天城の目を盗んで、そのボディをそっと撫でる。

「それにしても、本当に梅雨空《つゆぞら》にしっくりくる車でごたるばい」

駒井の反応に上機嫌だった天城は、その言葉を聞いてふと不思議そうな表情になる。

「この車が梅雨空に似合う？　どういう意味だい、それ？」

駒井はそんなこともわからないのか、という表情で言う。

「いい色ばしてるとです。モリアオガエルそっくりで、梅雨空にぴったりでごたる」

天城は駒井の言葉を理解しそびれたような表情をした。世良に小声で尋ねる。

「モリアオガエルって何だ？」

世良もなぜか小声で答える。

「天然記念物の、アマガエルの一種だと思いますけど」

天城はやがてその意味を理解すると、次第に頬が赤らんでくる。

「アマガエル？　私の名車をたとえるのに、よりによってアマガエルだと？」

駒井は突然の天城の怒りにきょとんとする。天城は駒井を頭ごなしに怒鳴りつける。

「ふざけるな。そんな風流を解さないヤツはとっとと仕事に戻れ」

突然の豹変にどう対応すればいいかわからないまま、駒井は一目散に姿を消した。天城はその背中をにらみつけて、吐き捨てる。

「私の特注ガウディがアマガエルに見えるなんて、とんでもないヤツだ」

それから世良を優しい目で見て、言う。

「やっぱり私の助手はジュノしかいないな」

世良はうなずいて、ガウディをちらりと見る。不思議なもので、駒井のひとことのせいで、天城自慢のフォルムが一気に田んぼにへばりついているアマガエルの姿に見えてきた。世良は懸命に笑いをかみ殺す。天城はそんな世良を見て、言う。

「天気もいいし、ドライブ日和《びより》だから、今からドライブとしゃれこもう」

「どこへ？　さすがに勤務時間中はまずいでしょう」

「もちろん、ただのドライブではない。立派な仕事でもある」

「仕事ですか？　どこへ行くんです？」

「ナリタ・インターナショナル・エアポートさ」

その言葉に反応する暇もなく、世良は助手席に押し込まれ、エメラルドグリーンのガウディは急速発進した。天城が小声で吐き捨てるように呟く。

「アマガエルがこんなに速く走るか。バカめ」

駒井の一言は、天城の美意識を破壊するくらい強力だったのだ、と世良はくすくす笑った。


乗り心地は国産の中古車の方がはるかにいい。座席のソファは硬質だし、サスペンションが固めで、路面の凹凸を吸収しきれていない。だが天城の運転は滑《なめ》らかで、世良は思わずうとうとしてしまう。世良はあくびを噛み殺しながら尋ねる。

「成田空港へは何しに行くんですか？」

「空港へ行く用事なんて決まってるだろ。客の迎えだよ」

「客って、いったい……」

天城は世良の問いかけを遮《さえぎ》って、言う。

「ジュノは少しうるさいぞ。せっかくのボサノバ気分が台無しだ」

言われて初めて、カーラジオから流れているのがまったりしたボサノバであることに気付く。午後の特集番組らしい。黙り込んだ世良に言いすぎたと反省したのか、天城は言う。

「客が誰かは着いてのお楽しみ。喋りすぎはスリルを半減する。それより窓の外を見てみろよ、ジュノ。空はどこまでも青く、海はこんなにも穏やかだ」

天城は片手ハンドルで、右手に広がる砂浜を指さす。世良は、銀色に光る海原に目を遣《や》る。エメラルドグリーンのガウディはいつしか桜宮バイパスを抜け、東名高速に入っていた。


空港の高い天井に場内アナウンスが響く。

「エールフランス九一一便は、三十分遅れで到着します」

空港の喫茶店。珈琲を飲み干すと天城は立ち上がる。

「いよいよモンテカルロからの賓客《ひんきゃく》をお迎えに参ろうか、ジュノ」

世良は立ち上がる。モンテカルロという言葉を聞くと、グラン・カジノの夜に飲み干したピンク・シャンパンの弾ける泡が舌の上によみがえる。

到着口には、長い旅路《たびじ》に疲れ果てた顔が並ぶ。異国への好奇心をまき散らす外国人と、小さな鞄を片手に提げ、季節外れの厚着をしている日本人の混成部隊が次々に姿を現す。世良は、天城の探し人が誰か、当て推量《ずいりょう》しながら、過ぎゆく旅人を眺める。

背広を着た恰幅《かっぷく》のいい中年男性は、モナコから来た腕利きの外科医に見えたし、縁《ふち》無し眼鏡をかけた細身の金髪女性は思慮深い内科医に思えた。だがそうした人々は、世良の予想を覆《くつがえ》し、みんな天城の前をすり抜け姿を消していく。

背の高い天城は腕組みをして壁によりかかり、乗客たちの日本上陸の様《さま》を眺めている。

やがて大きな荷物を抱えた一団が到着出口から出て来た。貨物室の手荷物がターンテーブルに載せられたようだ。天城は相変わらず表情を変えず、壁にもたれかかったままだ。

とうとう、出口から出てくる人波が途切れた。

「天城先生のお客さんは乗り遅れたのでは？」

世良に話しかけられた天城は、にこやかに言った。

「ノン。心配いらない。彼はもうすぐ姿を現すはずだ」

次の瞬間、到着出口にひとりの若い男性が現れた。ラフなジャケットにジーンズ、肩にかけたナップザックひとつの軽装だ。着飾っていないのに服装センスが光っていた。

天城は男性の姿を認めると、歩み寄った。

「サリュ、マリツィア。ビアンヴニュ・オ・ジャポン（やあマリツィア、ようこそ日本へ）」

金髪の男性は天城を見て、かすかな笑顔になる。そして明瞭に言った。

「御招待ありがとう、ユキヒコ」

世良は男性の言葉を簡単に聞き取れた。金髪碧眼《へきがん》の若い男性は、流暢な日本語を話していたのだ。マリツィアと呼ばれた男性は、天城に手を差し伸べた。

「いい国だね。隅々まで神経が行き渡っていて綺麗だし、女の子たちも魅力的だ」

低くハスキーな声には、女性的な響きがあった。容貌と相俟《あいま》って、世良のマリツィアの印象は中性的なものに固定された。

マリツィアは天城の隣の世良に目を留め、不思議そうに見つめた。そして低い声で尋ねる。

「ユキヒコ、この人は誰？」

天城は上機嫌で言う。

「日本での私の水先案内人、ジュノ、世良先生だ。外科医三年目、若手のホープだよ」

「ふうん」

マリツィアは世良を見る。世良は会釈《えしやく》をして右手を差し出した。

「はじめまして、世良と申します。日本にようこそ」

マリツィアは、世良が差し出した右手を見つめる。それから天城を振り返ると、言った。

「ヘイ、ユキヒコ、これは何かのジョークかい？」

目下の者が先に手を差し出すのはマナー違反だと、マリツィアの目が言っていた。


「長旅で疲れただろう、マリツィア」

ハンドルを握る天城が陽気な声で言う。後部座席に世良と並んで座るマリツィアは答える。

「ノン。快適な旅だったよ、ユキヒコ」

「トレ・ビアン。では、今からすぐ仕事にかかれるか？」

マリツィアは、首をわずかに傾《かし》げる。

「あとどれくらいで現場に到着するの？」

天城は高速道路の果てに目を凝《こ》らす。

「もうじき首都高速に入る。ここは時間が計算しにくいが、混み具合からすればまあ一時間。東名高速はざっと二時間だから、あと三時間ってとこかな」

「悪くないね」

マリツィアは開け放した窓を閉めた。腕組みをして後部座席に沈み込む。

「じゃあ現場に着いたらすぐに仕事に取りかかるよ。でも現地に着くまでの三時間は眠りたい。眠りこそ、ジェットラグの特効薬だからね」

「好きにすればいいさ、マリツィア。君はお客さまなんだから」

運転席の天城の言葉に、笑顔で答えた金髪のマリツィアは目を閉じた。やがて、隣から規則正しい寝息が聞こえてきた。会話に取り残された世良は、マリツィアの横顔を見つめた。

年齢は世良と同じくらいか。すると、モンテカルロの秘蔵《ひぞ》っ子、心臓手術専門病院、スリジエ・ハートセンター設立のための秘密兵器か。

世良の胸の奥に、焦げ臭い感情が立ち上《のぼ》る。


天城がシャンソンを口ずさむ。歌声が、ラ・メールの旋律をなぞる。

いつの間にかうつらうつらした世良が肩の重みを感じて隣を見ると、金髪のマリツィアが頭をもたせかけて眠っていた。かすかにコロンの香が漂ってくる。

マリツィアを動かさないように気を遣《つか》いながら、窓の外に目を遣る。左手には銀色に光る海原が広がっている。既に東名高速は降りて海岸沿いの国道を走っているようだ。ここまでくれば桜宮までは三十分以内に到着する。

ほどなく、見慣れた沖の小島が見えた。ここから三つ目の信号を右折すれば桜宮市入口で、東城大はそこから十五分。ところが交差点にさしかかっても天城のガウディは減速しない。

　ご機嫌な天城の鼻歌は続いている。流線型のガウディは交差点を走り抜け、直進を続けた。

「どこへ行くんですか？」

　世良が尋ねると、天城の鼻歌が止まった。後部座席を振り返らずに、天城は言う。

「お目覚めかい、ジュノ。行き先はすぐにわかる。君もよく知っている場所だ」

　さらに尋ねようとしたが、断念する。すぐわかるということは、天城の文法では、目的地に着くまで黙っていろ、という穏やかな命令と同義語だ。

　世良は最初の疑問の解決は時の流れに任せて、もうひとつの疑問を投げかける。

「あの、隣の方は珍しいお名前ですね」

「どうして？」

「マリーシアって悪意って意味でしょう？　そういうネガティヴな単語って、あまり名前には使われないじゃないですか」

　天城は笑い声を上げる。

「なんでジュノはそんなひねくれた外国語を知っているんだ？」

「マリーシアはサッカー用語です。ズルだけど違反じゃない、時間稼ぎやわざと倒れるというかけひきを指すんです。サッカーではそうしたズルをうまくやることが奨励されてます」

「サッカーのことはよく知らないが、現実的なスポーツなんだな。スポーツはたいていスポーツマンシップとかのきれいごとを並べたがるものなんだが」

「そうです。サッカーには建前がないんです」

「なのにジュノが妙にきれいごとを言うのは、あまりいいサッカー選手じゃなかったのか？」

世良はむっとして答える。

「サッカーは俺の学生時代のすべてです。医学生の大会ではそれなりの成績を残しましたし」

「それなら医学生のサッカー界がぬるいのかな」

世良は天城に言い返すのを諦めた。サッカーを知らない上司にバカにされても痛くも痒《かゆ》くもない。世良は横道に逸《そ》れた話を戻す。

「俺のサッカー選手としての評価なんてどうでもいいです。それより隣の方の名前のことです。悪意なんていうネガティヴな名前は珍しいでしょう？」

「ここが日本でよかったよ。マリツィアとマリーシアを一緒にしたら、モンテカルロでは逮捕されるぞ」

天城は黙り込む。それから世良の隣ですやすや寝息を立てているマリツィアに声を掛ける。

「マリツィア、目的地だ。起きろ」

その声に反応し、マリツィアは目を開けた。その覚醒の速さは、アイドリングしていた高性能の自動車がいきなりアクセル全開で、トップスピードに入ったような印象だった。

天城はこれまでの会話の中身をマリツィアに説明して言う。

「誤解されるのがイヤなら、自分の名の由来くらい丁寧に説明するんだな」

マリツィアは微笑する。

「別に構わないさ、ユキヒコ。彼に誤解されたって何の支障もないからね」

その微笑からは、底意地の悪さが透《す》けて見えた。世良は、マリツィアの語源がたとえ悪意《マリーシア》でなくても、マリーシアと名付けられて当然の人間ではないかと直感した。

天城は急ハンドルを切り、左折した。海辺へ向かうワインディング・ロード。その道には見覚えがある。曲がりくねった道の果てには、桜宮の闇を支える海辺のでんでん虫、碧翠院桜宮病院がある。だが緑のガウディは桜宮病院を通り過ぎ、岬に向かって進んで行く。

車はやがて、岬の突端で停車した。


三人は車外に出ると、一斉に大きく伸びをした。視線を海原に投げかける。

もうじき七時だが、外はまだ明るい。夏の夕は日が落ちるのが遅い。

広々とした岬の展望所には吹きさらしのベンチがおかれていて、ただ風が吹き抜けていくのを見守るばかりだ。青々とした草原が、夕陽で黄金色に染め上げられ、マリツィアの金髪が、呼応するように透き通った風に揺れる。

天城がマリツィアを振り返る。

「ここはどうだい、マリツィア？」

マリツィアは、あちこちに視線をめぐらせていたが、ぽつんと言った。

「ここがユキヒコの選んだ現場なの？」

天城がうなずくと、マリツィアは、夕空を見上げた。日暮れの空は、雲一つなく晴れ渡っていたが、ほの暗い影がさしているようにも見えた。

ちらりと世良を見たくせに、世良を無視して天城に答える。

「全然ダメ。ここはひどく散漫だもの。ユキヒコがこんな現場を選ぶなんて信じられないな」

「そうかな。私にはこの場所こそ、新たな船出にふさわしい一等地に思えたんだが」

「珍しいね、僕とユキヒコの印象がここまで食い違うなんて、さ」

もう一度ちらりと世良を見て、マリツィアは言う。

「ユキヒコの感覚が鈍ったか、まだ僕が見てない何かがあるか、のどちらかだね」

天城はマリツィアの言葉に考え込む。やがてぽつりと呟く。

「そうか、マリツィアはあの磁場を知らないんだったな」

天城はガウディに戻ると、岬の突端で風に吹かれている若者二人に声を掛ける。

「マリツィア、ジュノ、少し引き返すぞ」

返事を待たず、車のエンジンを空《から》ぶかしし、天城は若者たちの歩みを急《せ》かした。


アクセルのひと踏みで碧翠院桜宮病院にたどりつく。遠くに螺旋のゴシック様式の建築物、でんでん虫という異名の桜宮病院が見え始めると、マリツィアの頬がみるみる紅潮していく。

桜宮病院は、沈みゆく夕陽に正面玄関を赤々と照らし出されていた。東塔は屹立する蝸牛《かたつむり》の角《つの》に見え、緑色の蔦《つた》が生《お》い茂る病棟は、崩れかけたバベルの塔を彷彿《ほうふつ》とさせる。

天城はガウディを碧翠院桜宮病院正面の草原に止めた。

車から降りマリツィアは桜宮病院の東塔を見上げる。いきなり走り出し、突然立ち止まると、右手と左手の親指と人差し指を組み合わせて四角いファインダーを作り、シャッターを切るように目を細めてあちこちの空間を凝視した。

ストップ・アンド・ゴーを繰り返しているマリツィアに、天城と世良はゆっくり歩み寄る。

「ずいぶん気に入ったみたいじゃないか」

マリツィアは紅潮した頰で振り返る。

「すごいよ、ここ」

早口で一気にまくしたてる。

「こんなものがあるんじゃや、ユキヒコがあそこのエナジーの総量を読み違えても仕方ないね。でも、やっぱりあそこはダメ。ユキヒコはここの蜃気楼《ミラージュ》を感じただけ。正解は、ここ」

車が止まった場所から数歩離れた場所に立つ。そこからは桜宮のでんでん虫と呼ばれる碧翠院桜宮病院の姿が真正面に見えた。

「このおどろおどろしい怨念《おんねん》がこもる病院から立ち上る瘴気《しょうき》を、ここに硝子のスリジエを植林することで、天上世界に浄化する。ユキヒコはそういうことをやりたいんだろう？」

天城は苦笑する。

「いや、私にはやりたいことなど何もない。時の流れに流され、ジュノの激情にほだされて、この地にたどり着いただけさ」

天城の言葉が虚空に響く。マリツィアは、鋭い視線を世良に投げた。

桜宮病院は海に面した草原の端に佇んでいた。右手に岬の断崖があり、ごつごつした岩場が露出している。岩場を、一陣の強い風が吹きすぎた。砂埃に目を細める。

突風が止むと、夕陽の中にすらりとした女性の立ち姿が浮かびあがった。世良は目を瞠《みは》る。

「またお目にかかりましたね」

天城が声を掛けると、女性は逆光の黒い輪郭の中で笑顔になる。

「お久しぶりです、天城先生、世良先生」

桜宮葵だった。葵の背後は岩場だが、曲がりくねった切り通しのため、葵が草原にたどりつく直前まで姿が見えなかったのだ。切り通しは海岸に降りていく小径《こみち》に続いている。

天城の背後に、見知らぬ男性がいるのを見て、葵の笑顔が消えた。天城は言う。

「ご紹介します。モンテカルロからお越しになったムッシュ・マリツィアです」

葵が後ずさる。マリツィアはためらわず、葵に歩み寄るとその手を取って唇を寄せた。

「はじめまして、マドモアゼル。お目にかかれて光栄です」

マリツィアの仕草は優雅で、貴公子のようだった。葵は蜂に毒針を刺された哀れな犠牲者のように凍りつく。マリツィアはハスキーな低い声で続けた。

「一目でわかりました。あなたはあの悪意の塔を浄化する女神なんですね」

葵の戸惑いは一層強くなる。その時葵の背後から野太《のぶと》い声がした。

「たわごとが増幅される夕暮れ時は、あいまいな囁《ささや》きに注意しろ。そこには魔が潜《ひそ》む」

切り通しの舞台の裏側から輝く銀髪の男性が姿を現す。髪が風で逆立つ様子は獅子のようだ。銀獅子は小柄だががっしりした体型は、装甲車を連想させた。

マリツィアはその威風に気押《けお》され、葵の手を放す。銀獅子は言葉を続ける。

「この病院が悪意の塔だという認識は正しい。だがそれを見抜くには、悪意を操《あやつ》る者でなければ無理だ。久々に純粋な悪意にお目にかかったぞ。熱帯雨林の奥深くで遭遇して以来だな」

「僕が悪意だって？　何をわけのわからないことを」

「人は自分の姿を見ることはできないのだよ、金髪坊や。悪意の純化した君には、純粋な悪意は見えない。あの塔は鏡だ。坊やはあの塔に、自分の姿を反射させただけだ」

マリツィアは小声で罵《ののし》る。「僕のことを勝手に語るな」

銀獅子は笑顔になる。

「物言いからすると、さしずめお前は王族か。批判されたことがないとは哀れなものよ。真偽を確かめたければ、隣の坊やに尋ねるがいい。彼は、この塔の悪意は感じ取れないはずだ」

世良は銀獅子の言葉を胸中で反芻《はんすう》する。銀獅子の言うとおり、世良には碧翠院桜宮病院の佇まいは不気味でこそあれ、悪意は感じられなかった。

「お父さん、初めてお会いした方に失礼よ」

銀の鈴のような葵の声が響く。空気が一変し、浄化される。銀獅子は、ふんと鼻で笑う。

葵は天城、世良、そしてマリツィアに丁寧なお辞儀をして通り過ぎた。その時、銀獅子の背後に、ふたつの影が寄り添っているのに気がついた。葵とよく似た双子の少女だった。

「そうか、君たちが僕の触媒《しょくばい》になるんだね」

マリツィアの声に少女たちが振り返る。ふたりは相似形で不思議そうに小首を傾げた。そしてマリツィアの問いかけには答えず、銀獅子の背後に隠れる。

天城がマリツィアに囁く。

「彼が桜宮病院の当主、桜宮巌雄《いわお》だ」

マリツィアは目を細め、悠々と撤退する背中に声を投げる。

「あんたは僕をバカにしたけど、僕に見えるのは悪意だけじゃない。あんたの欺瞞《ぎまん》も見える。この塔が鏡だって？　冗談じゃない。これは硝子の塔さ。住人のオーラを増幅してるだけだ」

マリツィアは憎悪を噴き出すように続けた。

「この塔の住人はいずれ大いなる悪意に晒される。類は友を呼ぶ、という古い日本のことわざ通りさ。そして僕はいつかこの地に虚妄の塔を建てる。残念ながらそれがいつかはわからないし、あんたはその光景を見ることもないだろうけどね」

銀髪の獅子、桜宮巌雄は、足を止めた。振り返らずに言い放つ。

「ワシの予見と異なる未来を語るか。その未来もあり得る。お前は次元が違う世界に生きているからな。ならばよし。どのみちお前の予言は、ワシの目の黒いうちには現実化しない」

桜宮巌雄は振り返り、改めてマリツィアと正対する。

「それにしても、その悪意の坊やがモナコ公家の始祖の渾名《あだな》を名乗るとはブラック・ジョークかね。それともモナコという国家はもともと出自の悪い国家なのか。その点を教えてもらえるとありがたいのだが。なあ、聖なる守銭奴《セイント・スクルージ》、天城クンよ」

私の通り名までご存じだとは驚いた、と小さく呟いて、天城は言う。

「客人が失礼しました。日本の礼儀作法を解さないもので、不作法をお許しください。それにしても御挨拶もしていないのに、私のことをご存じとは身に余る光栄です、桜宮巌雄先生」

桜宮巌雄は高らかに笑う。

「大したことではないさ。種明かしをすれば、佐伯から小耳に挟んだだけのこと。お前に免じ、金髪坊やの無礼は許そう。どのみちワシがいる間は、その小鬼はこの結界には入り込めないからな。ワシがいなくなった後はわからんが、その時はもはや関係のないことだ」

吹きすさぶ風の中、銀獅子とモンテカルロの貴公子は正対する。マリツィアが吐き捨てる。

「僕とあなたのどちらが正しいかを証明するのは、未来の歴史さ」

桜宮巌雄は高笑いを始める。

「好きなだけ吠えるがいい。いずれはお前の天下になるんだろうからな」

笑いながら、桜宮巌雄はゆっくりした足取りで夕陽に屹立《きつりつ》する塔に帰還する。

桜宮一族の姿が遠ざかり、マリツィアが悪意の塔と断言した桜宮病院へ姿を消した。その残像をマリツィアは燃えるような視線で睨み続けた。目障《めざわ》りな銀獅子を焼き尽くしてしまおう、といわんばかりだった。世良は小声で尋ねる。

「天城先生、結局この方はどういう方なんです？」

口を開きかけた天城を、手を挙げて制し、マリツィアは世良と向かい合う。

「いいよ、ユキヒコ。自己紹介するから」

どういう心境の変化か、マリツィアは世良のことをようやく認識する気になったようだ。

「僕の名はマリツィア・ド・セバスティアン・シロサキ・クルーピア。モナコ公国を建国したマリツィアの直系、分家第二十五代当主です。公位継承権は第七位。まあ、スペアのスペアのそのまたスペア、みたいなもん。実は僕の母は日本人なので日本語は少しだけ話せる」

世良の視線を意識しながら、マリツィアは続ける。

「空間の意志を読みとり、かの地にその意志の実相を形成するのが僕の仕事さ」

世良は助け船を求めるように、天城を見た。「何言っているんですか、この人」

天城は苦笑する。

「ジュノには難解だったかな。マリツィアの言葉を翻訳しよう。マリツィアはまだ若いが、将来彼の名は世界中に鳴り響くだろう。彼が築き上げるストラクチャーによって、ね」

世良が何も答えないので、天城は肩をすくめる。そして続けた。

「マリツィアは新進気鋭の建築家だ。私は、モンテカルロで惰眠《だみん》をむさぼるマリツィアを呼び出し、スリジエ・ハートセンターの設計を依頼したのさ」

世良はマリツィアを見つめ、そして天城に視線を転じる。

「病院を作るのに、まず建築家に相談するんですか？」

世良の疑問に、天城は不思議そうに尋ねる。

「なぜそんなに驚く？　家を建てるときはまず建築家に相談するだろ？　同じことさ」

「でも、わざわざ外国からお呼びしなくても」

天城はいよいよわけがわからない、という表情になる。

「世界一の建築家と知り合いなら、そいつに頼みたいと考えて当然だろう？」

「それはそうなんでしょうけど、病院の設計なんて、医者にとってどうでもいいことに思えるんですけど」

天城は首を振って、答える。

「それは全然違う。ジュノ、ヨーロッパを観光したことはあるか？」

「ええ、一度だけ。ローマとかに行きました。あ、この間のニースで二回目です」

「そこで何を見た？」

「ありきたりですが、コロッセウムとか、カタコンベとか」

天城はうなずいて言う。

「つまり、昔の競技場やお墓を見に行ったわけだ。なぜそんな所に行ったんだ？」

世良は首をひねる。「さあ」

天城は天を見上げる。そして桜宮病院を眺めて、言う。

「建物は歌だからさ。みんな過去の人の歌を聴きに行くんだ。私はスリジエ・ハートセンター
をそんな病院にしたい。多くの人が歌声を聴きに集まってくる、そんな風にね」

世良はようやく、天城の意図するところを理解する。

思うがままの病院を作りたい、という希望を持つ医師は大勢いる。だが、具体的に建築家を

海外から呼び寄せる、という発想を持つ医師がどれほどいるだろうか。しかも建築の意味を祈りという高みに昇華し、その意思を達成しようと考える医師など皆無だろう。

世良は大学病院の先輩医師の顔を思い出す。そんな選択をする医師の顔は浮かばない。敬愛する高階講師ですら、そんな発想は持ち合わせてはいないだろう。高階講師は薄暗い大学病院という塔の中を駆けめぐり、こぼれ落ちそうになる命をすくい上げることにしか興味がない。そして今の東城大学医学部付属病院は、そういう人種で占められている。

つまり、天城とは身の置き所が決定的に違うのだ。

気がつくとマリツィアは、ナップザックからクロッキーブックを取りだし、足元に座りこんでいた。軟らかいパステルで未来のスリジエ・ハートセンターのフォルムを次々産みだしていく。世良と天城の問答には、まったく興味がない様子だった。

吹き散らされていくそのデザイン画の一枚をのぞき込み、世良は慄然《りつぜん》とする。

そこに描かれていたのは、すべてが碧翠院桜宮病院だった。しかもすべてが桜宮病院とは、まったく次元の異なるなにかでもあった。

世良は思い出す。天城が疾駆させる鋼鉄の騎馬。黒色のハーレー・ダビッドソンに、天城がつけていた愛称。——マリツィア号。

世良は、天城と金髪の若者を交互に見つめた。若者の手にしたパステルからは、時を惜しむかのように斬新なフォルムが産み出され、草原の風の中、散り行く桜の花びらのように次々に舞い散っていった。

翌日。ナースステーションで、世良がオーダーミスを古参の看護婦に責め立てられているところへ、天城が姿を現した。看護婦は小言を中断し、そそくさと姿を消した。

世良は、ほっとする。そして天城に尋ねた。

「あの人は一緒じゃないんですか」

「マリツィアは今朝の列車で東京に戻ったよ。夕方の便でモンテカルロに帰るそうだ」

世良は驚いて、言う。

「え？　お見えになったばかりなのにもう気が変わったんですか？　昨日は、あんなに乗り気そうだったのに」

天城が世良に目配せをする。見回すと、看護婦や研修医が作業の手を止め、世良を見つめている。気付かないうちに、大声になっていたことに気づき、あわてて声をひそめる。

「あれから何かあったんですか？」

昨晩は、桜宮病院を見に行ったあと、天城のはからいで世良はマリツィアとディナーを共にした。日本食を希望したゲストのために、地元でも評判の寿司屋に案内した。マリツィアはご機嫌で、おいしい、と連発しながら、スリジエ・ハートセンターについてあふれんばかりの熱意で語り続けた。つられて世良も飲み、病棟に戻るというささやかな職業意欲を手放した。

さっき看護婦に責められていたのは、昨日出すべき処方箋を忘れていたせいだ。

天城は首を横に振った。

「心配するなよ、ジュノ。マリツィアは依頼を引き受けてくれた。ただ、これ以上現場にいる必要がないと判断したのさ」

「でも、あそこにいたのは一瞬でしょう？」

「実はゆうべ、あいつは食事の後で岬に戻り、一晩あそこで過ごしたんだ」

「野宿《のじゅく》ですか？」

「あそこがたいそう気に入ったらしい。簡易テントを用意したが、それもいらないというんだ。その土地の発する声を聴くためには、そういうものは邪魔なんだそうだ」

「風邪はひかなかったんですかね」

「もう夏だからな。それに王族はタフな人種だ。そうでないと人民の統治《とうち》はできないさ。ああ見えてマリツィアは立派な王族だからな」

世良は、端正で近寄り難くさえ感じるマリツィアの横顔を思い浮かべる。

「お帰りになったということは、設計は終わったんですか？」

「骨格は、ね。あとはその地の想念を因数分解するだけ、なんだそうだ。そんなことを聞かされても、さっぱりわからないが。一晩その地で眠り、大地の声を聴けばそれで充分らしい」

「わけがわかりませんね」

「天才を理解しようとしてはいけない。凡人はただ従うだけ、さ」

その言葉はダブル・バインドで世良にのしかかる。世良の耳には、「ジュノは私に絶対服従せよ」と意訳された。建築界の天才、マリツィアに従うことは問題ない。だが外科の世界に立ちはだかる北壁《ほくへき》、天城においそれと、はい、そうですか、とは言いたくない。

世良の周りの空気が希薄になった。世良の変化に気づかずに、天城は陽気に言った。

「マリツィアがジュノによろしく、と言ってたぞ。アイツにしては珍しい。モナコの王族は、平民に頭を下げずに生きてきたからね」

天城の短い言葉が、世良の脳裏にマリツィアの金髪と、海よりも深い碧《あお》い目を鮮やかに描き出してみせた。

# 七章

# オペレーション・サーカス

## 一九九〇年七月

七月十一日水曜日。東京・有楽町駅の近くの帝華《ていか》ホテルでは、一斉に来日した外国人への対応に追われていた。次々に訪れる賓客を、英語に堪能なチーフが手際よく捌いていた。

「ドクター・ストロールご一行さま、ようこそ。帝華ホテルはみなさまを歓迎いたします」

「荷物はこちらでよろしいですね、ミス・ハワード。お部屋までご案内いたします」

「和食でございましたら、寿司などいかがでしょう。当ホテル内にも寿司店はございますが、外でお召し上がりになるのでしたら、銀座《ぎんざ》の寿司政がよろしいかと」

隣に佇んでいる見習いのベルボーイが、チーフに尋ねる。

「どうしたんですか、このてんやわんやは？」

次々にタクシーから吐き出される来客に笑顔を向けながら、チーフは早口で答える。

「明日、東京国際会議場で開かれる国際学会の参加者の先生方のようだな」

つられて見習いも小声になりながら、尋ねる。

「でも、隣の会議場ではこれまでいろいろ学会が開かれてますけど、こんな大勢の外国の方がお見えになったのは初めてです。何があるんでしょう」

「そんなことを、私が知っていると思うのかね？」

上品な笑顔とかけ離れた口調でチーフは言う。タクシーから荷物を取り出そうとしてよろめいた外国人の老婦人に駆け寄り、手を貸すと、見習いのベルボーイを小声で叱責《しっせき》する。

「無駄口はいいから、身体を動かしなさい」

再びにこやかな表情で「ウエルカム・トゥ・テイカホテル」と言い添えながら、老婦人の荷物をフロントまで運ぶ。その隣を勝手知ったる様子で、長身の外国人男性が通り過ぎて行く。

男性は天井の高いエントランス・ホールで立ち止まり、周囲を見回す。やがてティールームのソファに相手を見つけ、まっすぐ席に向かう。外国人男性は片手を挙げて挨拶を投げる。

「ヘイ、ユッキー。元気だったかい？」

「まああかな、ボブ」

天城雪彦と挨拶を交わしたその男性こそは、テキサス大学のボビー・ジャクソン助教授だった。隣に世良、向かいに腕組みをした高階講師が、憮然《ぶぜん》とした表情で座る。ボブは、如才《じょさい》なく高階と世良に笑顔を投げ掛けてから、尋ねた。

「それにしてもユッキーがわざわざ心臓外科の後進国、日本に舞い戻ったのはどうしてだ？ユッキーがその気になれば、どこでも望む場所にいけただろうに」

「正確に言えよ、ボブ。世界中どこにでもいけるが、ボブのいるテキサス大以外、だろ？」

「オフ・コース（もちろんさ）。あんな小さな病院に天才心臓外科医はふたりも要《い》らない。もしも俺がオックスフォードに招かれたら、後釜《あとがま》に推薦してやるよ」

「野原ばかりの田舎は御免蒙《ごめんこうむ》る。それなら太陽の街《ヴィル・ドゥ・ソレイユ》、モンテカルロに帰るさ」

「ユッキーはギャンブル・ジャンキーだもんな。それならラスベガスはどうだ？」

「遠慮しておく。砂漠の真ん中に人工的に作られた賭博場に行くなんて、食い殺されに鴨が自ら鍋に飛び込むようなものだ。とにかく私はモンテカルロが一番で、二番が桜宮さ」

「少し我慢すれば、トーキョーにもカジノができるというウワサもあるし、な」

「それは無理だな。日本は打ち上げ花火を上げようとすると、手を動かさず口だけ出す連中がよってたかって発射台を滅茶苦茶にしてしまう国だからね」

ふたりの会話を聞いていた高階講師が咳払いした。天城が高階を紹介した。

「こちらが東城大のエース、高階講師だ。明日は君の解説を日本語に訳してくれる」

「グレイト。是非、俺の辛辣《しんらつ》なコメントをダイレクトに日本の外科医に伝えてくれ。俺の解説は的確だぜ。そう、こんな具合にな。〝ファッキン・アマギのオペは奇蹟《きせき》だ。なぜあれで患者が助かるのか、神のご加護の偉大さが偲《しの》ばれる〟とね。どうだい、詩的な表現だろう？」

ボブは高階講師にウインクをした。天城は言う。

「褒《ほ》めていただいて言うのもなんだが、あいにく私は無神論者でね」

「知ってるさ。だからこそ、よけい奇蹟なんだ」

「ボブ、君もとうとう口だけの連中に成り果てたな。まあ、やむをえないか。何しろ口撃で外科医を撃墜した数を勲章にしているような男だからな」

「そんなに褒めるな。残念ながらアジアに俺の撃墜マークはない。ユッキーが記念すべき第一号になるかもしれないな」

ウインクをしたボブに、天城は手を叩く。

「は、私を撃墜する？　すばらしいアメリカン・ジョークだ。でかい口を利くだけ利いて、返り討ちに遭《あ》わないように注意しろよ」

「それこそ最高の冗談《ジョーク》だ。どうすればオペレーターがプレゼンターを撃墜できる？」

天城はうすら笑いを浮かべる。

「やってやれないこともないさ」

高階講師がふたりの会話に割って入った。

「確かに欧米ではジャクソン先生のお名前は有名でした。テキサスのマッディ・ボブが撃墜した外科医の墓標がマサチューセッツにも二基ありましたし、ね」

ボブの顔から笑みが消えた。高階講師を睨《にら》むと、視線を逸《そ》らさず、天城に尋ねる。

「ヘイ、ユッキー、さっき紹介してもらったが、忘れてしまったぞ。彼の名前は？」

「ドクター・タカシナだ」

ボブは黙り込むと、やがてぶつぶつと何事か呟き始める。

「数年前、マサチューセッツに生意気なイエローの外科医がいる、とカールが言っていたが、肝心の名前を忘れちまったな」

高階講師が答える。

「カール・ハイゼルベルグ博士ですね。彼にはスナイプ開発の件でお世話になりました」

「スナイプ……シット」

ボブは唾を吐き掛けるような口調で言う。

「思い出した、コイツか、外科医の価値を暴落させる馬鹿げたオモチャを開発した野郎は。なるほど。するとコイツはあのポールのお仲間だな」

高階講師の目に炎が灯った。

「やはりあなたなんですね。北米胸部学会の公開手術で、私のパートナー、ポール・バッカー博士を廃人にしてしまったのは」

ボブはふん、と鼻先で笑う。

「腕もないのに公開手術に首を突っこんでくるヤツが悪い。そういえばポールのパートナーのイエローは賢明にもジャパンに逃げ帰ったと聞いたが、こんなところにいたのか」

高階講師はボブを睨みつける。

「留学期限が来たので、予定通り帰国しただけです。その直後にポールのニュースを聞いたんです。あれほど悔しく思ったことはありませんでした」

「逃げ出した言い訳は、いくらでもできる。大切なことは、周りから見ればあんたは俺に恐れをなして逃げ出したように見えた、ということさ」

ふたりのやり取りを眺めている天城をなじるように、ボブは続ける。

「ユッキー、コイツはとんでもないヤツなんだぞ。胸部外科医の最難関の手術、食道癌切除術の吻合《ふんごう》をオモチャで自動化しやがった。そんな茶番が許せなくて、のこのこ顔を出したコイツのお仲間を公開手術でぎたぎたにしてやったんだ。三年前だったかな」

高階講師はボブをまっすぐに見つめた。

「マッディ・ボブ。今度は返り討ちされないよう、気をつけてください」

「グレイト。日本にも口だけは達者な外科医はいるんだな」

ボブは高階講師を見つめ返しながら、言う。

「思い出したぞ。日本に逃げ帰った臆病者《ラビット》の渾名が確かビッグマウス・ホークだったな」

天城が咳払いをして説明する。

「それはおそらくこのタカシナのことだ。日本語のタカは、英語でホークだからね」

ボブが突然高笑いを始める。

「ハ、ハ、ハ。ラビットのくせにホークを名乗るのか。ハ、ハ、ハ」

それからボブの目がぎらりと光る。

「嬉しいぜ。長年会いたかった恋人にやっと会えた気分だぜ」

天城がにこやかに言う。

「できるだけ穏やかに頼むよ。それから忘れてくれるな、明日の主役はこの私だからね」

「オープニングの時だけは、顔を立ててやるよ。だが最後に誰が主役になっているかは、観衆が決める。せいぜいこの俺を楽しませてくれよな、ユッキー」

「残念だがそれは無理だ。明日、ボブの出番はほとんどない。それよりトップ・プレゼンターの地位を高階に奪われないように気をつけろよ」

「遠路はるばるやってきた友人に大した言いようだな」

「時差ボケの君には刺激が強過ぎたかな。せめて今夜はトーキョー・ナイトを楽しんでくれ。プレゼンターは気楽なもんだろ」

「公開手術の舞台に立つことを思えば、スキップしたくなるぜ」

ボブは高階に右手を差し伸べた。高階講師はその手を感情をこめて握り返す。

「では明日、会場で」

ボブの後ろ姿を見送って、高階と天城はティールームのソファに深々と腰を下ろした。その間に、身をすくませた世良が座る。高階がしみじみと呟く。

「まさかあんなヤツがポールの仇《かたき》だとは……」

天城が珈琲を飲み干した。

「やなヤツだろ？　明日は思う存分、やっつけてやれ」

「こうなったら全力を尽くしますよ」

高階講師は天城を見つめた。

「今回の通訳に私を起用していただいて心からお礼を言います。同じフィールドで彼と競い合うことは私の願いでした」

抑えきれない激情を押し隠し、高階講師は立ち上がる。天城は高階講師を見上げて言った。

「力まずとも、ボブは自滅する。世の中は、そういう風にできているからな。高階先生は流れに身を任せていればいい」

高階講師は一瞬、不思議そうな表情になるが、問い返さずティールームを離れた。

世良も立ち上がってその場を離脱しようとした。だが一瞬早く、天城が告げる。

「ジュノ、今から明日のステージの下見に行こうか」

世良の脳裏に、猫田と一緒に上京しているはずの花房美和の大きな瞳がよぎった。世良はそのイメージを振り払うように立ち上がり、天城の後に従った。


東京国際会議場は帝華ホテルから徒歩十分のところにある。正面玄関にでかでかと、

『第八十八回日本胸部外科学会学術総会　一九九〇年七月十二日〜十五日　東京国際会議場』

という大看板が掲げられていた。

入口を覗くと、背広姿の若い男性数名が立ち働いていた。メインホールは明日の公開手術準備で忙しそうだった。天城は責任者と思《おぼ》しき人間を捕まえ、片手を挙げる。

「ご苦労さん。明日の術者なんで、会場を下見させてもらうよ」

天城は返事を待たず、すたすたとメインホールに足を踏み入れた。

特設手術室は、あらかたの準備を終えていた。ステージ上をうろつく幾人かが、最終動作確認をしていた。天城は、客席の階段を下りながら、背後の世良に語りかける。

「ここが明日の手術会場だ。正面と左右に、大きなモニターが据え付けられているだろう。あ

そこに私の指先で紡《つむ》がれる手技が映し出される」

世良は息を呑む。目の前の小さな術野を支配することさえ大変なのに、それが拡大され画面に映し出される。そんなことに耐えられる精神の持ち主がこの世に存在するなんて、とても信じられない。

天城はひらりとステージに立つ。手術台と無影灯、人工心肺に麻酔器と、見慣れた機械の周りを一回りし、設置されている器具の感触を確かめるようにひとつひとつそっと撫でる。やがて天城は手術台に置かれた拡大鏡を頭に装着する。その拡大鏡にはインカムがついていた。

「あー、あー。本日は晴天なり」

ホールに天城の声が響く。会場内で道具の設置や準備に勤《いそ》しむ係員が、一斉に天城を見た。

「みなさん、明日、公開手術をします天城雪彦です。どうか、そのまま業務に励んでくださ い。まずは、このような立派な舞台を整えてくださって、心より感謝いたします」

天城はラウドスピーカーを通じ感謝の意を述べ、お辞儀をした。世良が天城をたしなめる。

「何をやってるんですか。こんなことをして遊んでいるヒマはないでしょう」

「これもリハーサルなんだよ、ジュノ」

「本番の手術ではマイクなんか使わないでしょう?」

「ノン、ノン」

天城は指を左右に振ってから、両手を広げる。

「明日、どのような光景がこのステージで展開されるか、ジュノに見せてあげよう。まず患者が手術台に横たわり全身麻酔が導入されるまで、舞台の幕は上がらない。手術開始と共に、ストライカーが胸骨を刻む音が響く。カーテンの裏側で何が行なわれているのか。観客の好奇心とボルテージが最高潮に達した瞬間、幕が上がりファンファーレが鳴り響く」

広げた両手を天に向かって突き上げる。スポットライトが天城に降り注ぐ。

「拡大鏡とインカムをつけた私が、内胸動脈のグラフト作成を開始する。有茎タイプでなく、完全遊離型グラフトだ。拡大鏡がトリミングされた動脈の小断片を映し出す。マッディ・ボブの無理難題の爆撃を片っ端から叩き落しながら先へ進み、ダイレクト・アナストモーシス（直接吻合法）というミラクル術式を、ひとりでも多くの外科医の網膜に焼き付ける」

「待ってください、天城先生は手術しながらオペに関する質問を受けるつもりですか？」

天城は天に掲げた両手を下げ、冷ややかな目で世良を見た。

「ジュノ、がっかりさせないでくれ。そんなことは公開手術の常識だ」

そして熱にうかされたような言葉を続ける。

「ステージ上に降り注ぐのは良識ある質問や賞賛の言葉ばかりではない。嫉妬に燃え、隙あらば私を晴れやかなステージから引きずり下ろそうと目論《もくろ》む輩《やから》が蠢《うごめ》いている。そんな中、誰もついてこられないハイスピードで、私にしかできないエレガントな術式を満場の観衆に見せつけてやる。そして、公開手術が成功裡に終わった時、私の前にスリジエ・ハートセンターの扉が開かれるんだ」

ハイテンションな天城の言葉に世良は、底意地の悪い言葉を吐いた。

「失敗したらすべては水の泡です」

「失敗を予想して手術に入る外科医がいるのか？　それでは患者が気の毒だ。私は脳裏に、常に成功のイメージしか思い浮かべない。そして成功のイメージが浮かばなければ、メスを持たない。そうやってこれまで手術台に登った患者をすべて生還させてきたんだ」

「すべての患者を、ですか？」

高階講師ですら、五人の患者を殺《あや》めていると告白した。その時、世良はひとりの外科医の面影《おもかげ》を思い出した。やはり患者をひとりも殺めたことがないと豪語していたオペ室の悪魔、渡海。だが彼はその代わりに何者かに魂を売り渡していたように思われた。

世良の問いにうなずく天城には、渡海のような妖《あや》しさはない。そこで更に尋ねた。

「本当に、ただのひとりも漏れなく生還したんですか」

「もちろんだ、いや、待て、正確に言えば全例ではないか」

天城の鼻歌が止まる。黙り込んだ天城は天井を見上げ、自分に言い聞かせるように呟く。

「だがあの失敗は私の手術のせいではない。不幸な事故だった」

天城は繰り返す。

「そう、私のメスが切り込んだ命は全例生還している。それはまごうことなき事実だ」

天城はインカムと拡大鏡を外すと、ステージから飛び降りた。客席を一気に駆け上がり、客席の最後列からステージを振り返る。

「みなさん、業務遂行ご苦労さま、そしてありがとう。私はここで、お約束します。明日は最高のパフォーマンスをお見せする、ということを」

人生の凱歌のようなオペラのアリアをひとふし口ずさむと、会場作りに励むスタッフに敬礼を投げ掛ける。そして軽い足取りで会場から姿を消した。

世良はその後を追ったが、外に出ると夕闇の中、天城の姿はなかった。


グラスの触れ合う音。さざめく会話の断片が鉢植えの胡蝶蘭《こちょうらん》の陰でひっそりたゆたう。

世良と花房美和は、帝華ホテルの最上階のバーで、夜景を見下ろすカウンター席に並んで座り、カクテルグラスを傾けていた。

「私たちだけ楽しんでいて、いいのかしら」

花房美和が周囲を見回しながら言う。世良が答える。

「構わないさ。俺たちは外回りだから、前日は何をしていても問題ないよ」

「でも、術前ミーティングが六時からありますし」

「まだ十一時だよ。トップラウンジは一時までだから、閉店まで粘っても大丈夫だろ」

周囲を見回すと、微笑とささやきを繰り返すカップルのテーブルに混じり、学会出席者と思しきグループが声高に新しい術式について語り合っている。カップルのテーブルを横目で見ながら、世良は、自分たちがどう見られているのだろうと考える。

世良は顔を上げ、花房を見つめる。

「それにしても、花房さんも偉くなったんだね」

「からかわないでください。私なんて、全然ダメです」

「そんなことないよ。この間はバイパス術の器械出しをしてたじゃないか」

冠状動脈バイパス術は難度が高く、その器械出しにつくことは一人前と見なされたことだ。

花房は頬を赤らめ、青いカクテルを一口飲む。無言の答えに、世良は質問を重ねた。

「ところで天城先生って、手術室ではどんな評判なの？」

花房は考え込むが、やがてぽつんと答える。

「すごく人気があるんです。特に若い娘《こ》たちがみんな、かっこいいって」

「花房さんだって、若いじゃないか」

花房は真っ赤になって首を振る。

「三年目なんて中堅です。一、二年目の看護婦がきゃあきゃあ言っているのを聞くと、ついていけなくて」

「ふうん、みんなきゃあきゃあ言うんだ。何でだろうね。まだ一回も手術してないのに」

世良が一緒の時はそんな気配が感じられなかったので、意外な気がした。

「私も天城先生の手術は見たことはありませんけど、手術は凄いんだろうな、と思います」

世良は実際に天城の手術を見ている。だからその凄さは理解できるのだが、手術を一回も見たことがない看護婦たちが凄いと感じるのは何故《なぜ》なんだろう。オーラでもあるのだろうか。

「すごく楽しみだし、すごく怖いです、明日の手術」

花房の言葉を耳にして、世良はテーブルの蠟燭《ろうそく》の炎を凝視した。揺らめく炎が鼻の奥深く、きな臭い香りを呼び覚ます。

支払いの時、ちらりと見えた花房のルームキーナンバーは世良のひとつ下の階だった。ふたりはエレベーターを待つ。やがてエレベーターが到着するとふたりは無言で乗りこんだ。

ふたりきりの箱の中で息苦しくなる。

十八階。世良の部屋のあるフロアに着く。エレベーターの扉が開く。

エレベーターの外に一歩、足を踏み出し、振り返る。うつむいた花房が目に入る。次の瞬間、その手を取り、小柄な身体を引き寄せようとした。花房は身を固くして、摑まれた手首を振りほどく。表情がこわばっていた。腕の中に残った硬い感触に、世良は立ちすくむ。

エレベーターのアラームが鳴り、扉がゆっくり閉まり始める。花房のいる空間が、世良の視野の中で狭《せば》まっていく。花房は顔を上げ、小さなえくぼを頬に浮べる。

「楽しかったです。明日は……」

花房の言葉は、灰色の扉に遮断《しゃだん》された。下降を始めたオレンジ色のエレベーターランプがひとつ下の十七階で停止する。世良はその光をいつまでも見つめていた。

翌七月十二日木曜日。快晴。運命の公開手術当日の朝六時。

帝華ホテル三階の芙蓉《ふよう》の間には長テーブルが置かれ、モーニング・セットが配膳されている。誰一人欠けずに、公開手術のスタッフが揃っていた。

上座《かみざ》に座っている今日の主役、天城雪彦がクロワッサンにかぶりつく。長テーブルに向かい合い、左辺に垣谷講師、青木医師、世良医師。右辺に田中麻酔医、猫田看護主任、花房看護婦。花房の隣は今日初めて顔を出した中村臨床工学技士だ。

天城の向かいでは、高階講師が珈琲の香りを味わっている。ハムを食べ終えた天城が言う。

「みなさん、食べながら、耳だけこちらに貸してください」

天城がそう言ったにもかかわらず、全員食事の手を止め、天城を見る。

「今日の手術は、ふだんの東城大学の手術室で行なわれている手順と変わりません。ひとつだけ違うとすれば、舞台上で手術を行なうという点だけ。それ以外は何ひとつ新しいことは要求しません。ショーに関する部分はすべて、この私がお引き受けします」

垣谷が憮然《ぶぜん》とした表情で、言う。

「衆人環視の中で手術をすること自体、私には厳しすぎます。大舞台でふだん通りにと言われても、無理です」

天城は垣谷の言葉にうなずく。

「ご心配なく。心臓を露出し、私抜きで行なう人工心肺装着まではステージの幕は上がりません。だから東城大の手術室という密室と同じなんです。わがまま術者の天城は参加せず、術者垣谷、助手青木でバイパス術の前準備をする、ただそれだけです。二十分後、手術室に現れるのはひょっとしたらみなさんのボス、黒崎助教授かもしれない。みなさんが行なうことはふだんと変わらないし、部外者の目もない。ならば垣谷先生にもやれるでしょう？」

噛んで含めるような天城の説明を聞いては、垣谷もうなずかざるを得ない。天城は続ける。

「その時私はステージ上で、ガブリエル座長の下《もと》、マッディ・ボブとディスカッションをしています。隣に高階通訳のご臨席を賜《たまわ》って、ね」

天城は高階講師にウインクを投げた。高階講師は黙って珈琲を飲む。天城は視線を垣谷と青木に戻す。

「会場の心臓外科医は誰一人、幕の裏側で行なわれるプレパレーションになんか興味はない。だからスポットライトの当たらない諸君は緊張しなくていいのです」

「つまりいいところは天城先生の独り占めというわけだな」

青木が、隣の世良に囁きかける。その言葉を捉えた天城は、すかさず答える。

「その通り。今日の主役は私だ。でも仕方がない。スポットライトを浴びたければ、リスクを冒す度胸と、それを支える高度な技術が必要だ。確固たる実績というハードルを越えられない外科医は、裏方に徹してもらうしかないんだ。わかったかい、青木君？」

天城は傲然《ごうぜん》と胸を張って言い放つ。青木は唇を噛んで黙り込む。天城は周囲を見回した。

「人工心肺に乗ったら幕が開く。そこから先は、私の指示に従っていれば、すべてうまくいく。私の要求はごくわずか。ふだんみなさんが手術室で行なうパフォーマンスの七割程度で対応してくれればいい」

垣谷と青木は、顔を見合わせる。天城は視線を田中麻酔医に向けた。

「麻酔の田中先生には負担をおかけしますが、よろしく」

田中は静かにうなずく。

「大丈夫です。出張麻酔には慣れておりますので」

「器具は確認しましたか？」

「麻酔器の準備は万端で、今日十時から最終確認をしたいと、責任者に伝えてあります」

「緊急対応用の薬品リストは？」

「送付済みです。リストと薬品の照合も済みました」

「リストを拝見できますか？」

田中は鞄から紙片を取りだし、天城に手渡す。天城は目を細めリストを眺める。

「トレ・ビアン。ダントレインまで確保しているとは。田中先生だと、本当にこころ強い」

隣の中村臨床工学技士もうなずく。天城はそれから猫田主任と花房看護婦を交互に見る。

「猫田さんが集中力を保てる時間は、四時間でしたね。私が参加しない手術エリアもありますから、百パーセント時間内に収めると確約できない。でも幕が上がった後で居眠りされても困るので幕が上がるまで、補佐役の花房さんに器械出しをやってもらいます」

「私、ですか？　無理です。そんな話、聞いてません」

天城は笑う。

「幕が上がるまではふだんの手術と変わらないから、できて当たり前。それとも君は手術室婦長から、臨時に器械出しに命令された時、同じように断るつもりですか？」

花房は黙り、向かいの世良をちらりと見る。世良は誰にも気づかれないように、うなずく。視線を受け止めた花房は、小声で言う。

「わかりました。やってみます」

「トレ・ビアン。患者が人工心肺に乗ったら、すぐに猫田主任と交代してください」

うつらうつらしていた猫田は、自分の名を突然呼ばれてはっと顔を上げる。そして、わけもわからないままにうなずいた。天城はスタッフ全員を見回すと、立ち上がった。

「それでは本番まで各自くつろいでください。着替え室は臨時手術室の隣に設置されています。シンポジウムは一時半開始ですから午後一時ジャストにメインホールのステージ裏に術衣で集合して下さい」

必要事項を伝達すると、天城は周りを見回す。「質問はありますか？」

ひとりの手が挙がった。一斉に挙手した人物に視線が集まる。高階講師だった。

「今回の手術は一切を天城先生にお任せし、詳細は佐伯外科のメンバーには聞かされていません。ですがさすがにそろそろ患者情報をお知らせ下さい。それともう一点。公開手術開催にあたり、患者のプライバシーやリスクに関するインフォームド・コンセントがきちんと行われているかどうか確認したい」

天城はうなずく。

「確かに、大切なことを忘れてました。まず後の方の質問から。患者は私の手術を受けることに関するすべてを了承しています。何しろ、それが手術を受けるための条件ですから」

最後の方は、独り言のように呟く。天城は続ける。

「プライバシーが公開される点も了承しています。この患者に関しては、そのことが患者を守ることにもつながる。手術が失敗すれば世の非難が私に集中し、逃《の》がれられなくなります」

「どうしてそれが患者を守ることにつながるのか、理解できません」

「今回の患者は、高階先生の想像を超えた高みにいらっしゃる方です。その事実が私に大きい責任を要求することになる」

怪訝《けげん》な表情になった高階講師に、天城は言い放つ。

「患者は世界的名車、ガウディを誇るイタリア・ルキノ社の現社長です」

場が静まり返る。天城は続けた。

「この手術が失敗したらどのような影響が生じ、事実がどのように報道されるか、ということがおわかりになりましたか？　この手術は絶対に成功させなければならないんです」

さすがの高階講師も青ざめ、まさか、と呟く。表情を楽しむように天城は言う。

「まあ、失敗してもいい手術なんて、この世にはありませんからね、クイーン・高階？」

天城は高笑いをする。一呼吸置いて、もう一度周囲を見回し、質問がないことを確認する。

「ボン。では各自、集合時間までは自由行動」

天城は言い残し、部屋を出ていった。呆然としたスタッフが部屋に取り残された。

十二時五十五分。東京国際会議場メインホールの舞台裏に、天城を除いたスタッフ全員が集まっていた。舞台上には一日限りの手術室が完成し、お披露目《ひろめ》を待ち構えていた。舞台の隣には医療器具を収めた小部屋と、プレハブの着替え室が並んでいた。

スタッフは無口だ。会場入りする前、玄関を通り抜けたが、玄関ホールにはすでに大勢の人が溢れていた。世良は見知った顔を見つけたが、挨拶せずにすり抜けた。東城大のスタッフもいたし、この二年の学会参加で顔見知りになった連中も混じっていた。

舞台裏の静寂が極限に達したと思われた時、陽気な声が響いた。

「みなさんに紹介しましょう。本日、私の公開手術を受けることに同意された勇気ある患者、イタリア・ルキノ社取締役社長、ムッシュ・ピーコックです」

患者は碧眼、金髪、でっぷり肥《こ》えた中年男性だった。ピーコック氏はにこやかにスタッフに手を差し伸べた。

「ボンジュール、ムッシュ。ボンジュール、マドモワゼル」

ひとりひとりと握手を交わし、女性には手の甲にキスをする。ひととおり挨拶が終わると、天城はピーコック氏の耳元でひとこと、ふたこと囁きかける。ピーコック氏はうなずくと腕をまくりあげる。すかさず麻酔医の田中が前投薬を注射した。顔をしかめたピーコック氏は振り向くと、小柄な女性秘書になにごとか言う。そしてスタッフに手を振りながら姿を消した。

天城が言う。

「患者入室は一時四十分です。猫田主任はそれまでピーコック氏につきそってください」

猫田はうなずいて、音もなく姿を消した。天城は高階講師に小声で言う。

「たった今、マッディ・ボブを封じ込める秘策を思いついたぞ。楽しみにしていろ」

「秘策？　いったい何ですか？」

高階講師の問いかけに、天城は笑顔で答える。

「あわてない、あわてない。三十分もすれば明らかになるから、それまでのお楽しみだ。人生、楽しまなければ損だからな」

スタッフを見回して言う。

「一時半、シンポジウム開始時刻までみなさんは舞台裏で待機。ナウ・オン・ショータイム」

ふだんにも増して陽気な天城の笑い声が、がらんとしたステージに響いた。


午後一時十分。舞台上では点呼《てんこ》のないまま、オペ準備が着々と進められている。幕の向こう側に漂う濃厚な人の気配に、スタッフの緊張はいやが応にも高まっていく。そんな中、麻酔医の田中と臨床工学技士の中村のペアは、淡々と器具の調整を行なっていた。

スタッフ全員が術衣姿で患者を待つ手持ち無沙汰な状況。ふだんなら軽口のひとつも叩くのだが、さすがに今日はそれも叶わない。垣谷と青木が手術台の前でじっとしている。垣谷の額には、いつもより多い汗の粒が光る。青木は落ち着きなく左右をきょろきょろ見回す。先ほどから視線が数十回往復しているから、急造の手術室に青木が新たに発見できるものはないはずだ。それでも青木の視線は手術室の隅から隅まで繰り返し神経質に掃《は》き清めている。

隣では花房が小柄な身体をさらに縮め、息を潜めている。時折、世良に救いを求めるような視線を投げるが、世良は気づかない振りをして、外回りとして器具の適正配置に心を砕く。心電図計を五センチ動かしては二センチ元に戻すという、意味のない微調整を繰り返す。

突然、頭上から光が土砂降《どしゃぶ》りのように降り注いだ。高い天井に設置された多数の照明に一斉に光が灯り、手術室を煌々《こうこう》と照らし出していた。

体感温度が数度、一気に上昇する。幕の向こうのざわめきが収まっていく。

かしゃん、と儚《はかな》い音がして、一条の灯りが、幕の向こうの一点にさしかかるのが見えた。

「ディア・カリーグ。ウエルカム、トゥ、トーキョー（みなさん、ようこそ東京へ）」

重々しい口調の英語に緊張感が溢れる。垣谷が、術衣姿でうろうろしている世良に言う。

「外回りがうろうろしても、今は意味がない。舞台袖からシンポジウムの様子を偵察してろ」

願ったり叶ったりのオーダーだ。世良はうなずくと一目散に舞台裏を出ていった。舞台袖から覗くと、ニースでお目に掛かったガブリエル教授がマイクを持ち、観衆に語りかけていた。しばらくすると反対側から、日本語が聞こえてきた。

「第八十八回日本胸部外科学会総会特別講演にようこそ。私は大会会長を務めます、維新大学医学部第一外科の菅井《すがい》達夫《たつお》です」

学会情報に疎《うと》い世良でもその名は知っていた。日本のアカデミズムの頂点は帝華大だが、並び称される私学の雄、維新大。外科学教室の菅井教授の専門は肺切除術で、日本胸部外科学会の重鎮だ。胸部外科学会は呼吸器の肺、消化器の食道、そして循環器の花形、心臓が対象臓器のため、広範な参加者が集まる華やかな学会となっている。菅井教授は続けた。

「特別講演の演者、オックスフォード医科大学心臓外科ユニットのガブリエル教授にご挨拶頂きました。講演タイトルは『冠状動脈バイパス術の未来』。歴史と進むべき方向性を御提示いただきます。そしてさらに、ガブリエル教授の計らいで、モンテカルロ・ハートセンターの天城雪彦部長をお招きし、独創的な術式ダイレクト・アナストモーシス、直接吻合法を、公開手術にて供覧します」

まばらな拍手が会場に広がる。菅井教授はつけ加える。

「ちなみに日本初の公開手術でもあり、この術式に関しては、世界初の供覧とのことです」

世良は菅井教授の角張った体を見た。東城大学医学部付属病院の所属ではなく、モンテカルロ・ハートセンター所属として天城を紹介したところに、維新大のプライドの高さが垣間《かいま》見えた気がした。帝華大ならまだしも、一地方大に過ぎない東城大の後塵《こうじん》を拝することは、私学の雄、維新大としてはあってはならないことなのだろう。

菅井教授の演説は続く。

「この術式を直接見られることがどれほど素晴らしいことか、余談をひとつ。三ヵ月前の四月、ニースで開催された国際循環器病学会の『冠状動脈バイパス術の夜明け』というシンポジウムで天城先生は手術ビデオ供覧のご予定でした。残念ながらご都合で当日キャンセルとなりましたが、その時世界の心臓外科医の落胆と怒りの雄叫《おたけ》びが、コート・ダジュールの海岸線に幾度もこだましたとかしなかったとか……。かくいう私もそのシンポジウムで、落胆した外科医のひとりでした」

世良はまじまじと壇上の維新大教授を見つめた。あの場にこの教授もいたわけか。

「というわけで天城先生の手術を見学できるのは、沖縄《おきなわ》の原生林でヤンバルクイナと遭遇するくらい、稀有《けう》なことなのです」

ウケを狙った唐突な比喩は、会場からは完全にスルーされた。菅井教授は一瞬残念そうな表情をしたが、すぐ立ち直ると、話を続けた。

「時間も限られておりますので、雑談はこれくらいにして、シンポジウムに入ります。まず公開手術の解説をしてくださる方々です。プレゼンターのみなさん、ご入場ください」

拍手と共に、ガブリエル教授が舞台真ん中の長テーブル右端に着席する。マッディ・ボブと高階講師が入場すると、ガブリエル教授の隣に座った。世良は臨時手術室を振り返る。まだピーコック氏は入室しておらず、メンバーに不安の表情が漂うのが見て取れた。

菅井教授が発言を続ける。

「プレゼンターのお二人を紹介します。ボビー・ジャクソン・テキサス大学医学部付属病院心臓外科セクション助教授は、そのご活躍をご存じの方も多いでしょう。もうお一人、天城先生のサポート役として協力くださる東城大、高階権太先生は帝華大学医学部をご卒業後、帝華大学医学部第一外科学教室、マサチューセッツ医科大学留学を経て、現在の勤務先に赴任されました。専門は食道手術で、胸部外科学会ではおなじみです」

会場に拍手がぱらぱらと撒き散らされる。菅井教授は会場を隅から隅まで二度、視線で往復すると、満足げにうなずいた。

「プレゼンターのお二人には、術式を解説していただくと同時に会場からの質問を術者に届ける交通整理役も務めていただきます。会場の通路に計六ヵ所、スタンドマイクが設置してあります。質問はそのマイクでお願いします。声はインカムを通じ、術者に届けられます。天城先生がお答えになる場合もありますので奮《ふる》ってご質問ください。ではプレゼンターの先生方、会場のみなさんにひとことご挨拶をお願いします」

「ミナサン、コニチハ。ワタシ、ハ、ボブ、デス」

たどたどしいボブの日本語に会場が和《なご》む。それから英語で一気にまくし立てる。

「私はドクター・アマギの技術を尊敬しているが、はっきり言って私がこの世界を制覇するには目障《めざわ》りなので、この公開手術で失敗してもらえると大変ありがたい」

隣の高階講師にウインクをして、語りかける。

「今のを訳すのも君の仕事なんだろ、ポールの相方《あいかた》のホーク君？」

高階講師は一瞬、ボブを睨んだ。それからにこやかに話し始める。

「ジャクソン先生は天城先生の技術レベルを目指して、日夜努力を重ねていらっしゃる。それくらい、天城先生は優れた技術をお持ちだそうです。天城先生に一歩でも近づくため、思わず天城先生の失敗を祈りたくなることもあるそうです」

会場に笑い声が溢れた。ボブが舌打ちをした。

「正確に伝えたんだろうな。わからないと思っていい加減なことをしたら承知しないぞ」

「何なら後で、シンポジウムのビデオを見直して確かめればいかがですか」

「契約条項に正確な通訳、という項目がある。違反していたら司法に訴えるからな」

「お好きなように」

ボブは再び舌打ちをして呟く。

──ち、面倒なヤツだ。

維新大の菅井教授が声を張り上げる。

「それではいよいよ、主役の登場です。天城雪彦先生、舞台へどうぞ」

スポットライトがステージ上を移動し、いきなり客席の最前列を直撃した。

三つの影が立ち上がる。

万雷《ばんらい》の拍手の中、天城雪彦が観客席からステージに登壇《とうだん》した。その雄姿《ゆうし》をにくにくしげな視線で一瞥《いちべつ》したマッディ・ボブは、次の瞬間、驚きのあまり目を大きく見開いた。

天城の隣には、恰幅のいい白人男性ピーコック氏とつきそう小柄な女性が並ぶ。登壇した天城はにこやかに、ボブに告げた。

「やあ、ボブ、久しぶり、といっても昨日ホテルのロビーで挨拶したから、二十時間ぶりか」

天城は青ざめたボブと軽妙な挨拶を交わしてから、隣のピーコック氏の背に手を当てる。そしてステージから客席に向かって高らかに告げる。

「ただ今、御紹介いただきました天城です。これから手術を供覧いたしますが、その前にひと言、お伝えしたいことがあります。ここにいらっしゃるムッシュ・ピーコックは、日本の外科医のみなさんのため、自らの手術の公開に快く同意してくださいました。その同意なしには、この公開手術は実現しませんでした。どうかみなさま、ピーコック氏の勇気に今一度、盛大な拍手をお願いいします」

一段と大きな拍手が会場を包む。拍手に包まれたピーコック氏はにこやかな表情で、プレゼンターのボブにも握手を求めた。拍手に紛《まぎ》れ、小声で言う。

「君が私の手術の失敗を願っていたなんて夢にも思わなかったよ、ドクター・ジャクソン」

「いえ、決してそのようなことは……」

「君が望む結果になったらどうなるか、君が望まない結果に終わり私が生還した時にたっぷり教えてあげよう。大したことではない。わが社が君の教室に出している研究援助が消滅するだけだ。そんなことをお望みなら、早く言ってくれればよかった。すぐに叶えてあげたのに」

「と、とんでもない。先ほどの発言はアメリカン・ジョークです、ミスター・ピーコック」

「だとしたら、アメリカン・ジョークというのは実に下品だね」

天城は、身を縮めるマッディ・ボブを、天から降り注ぐスポットライトと共に見下ろした。そしてピーコック氏に声を掛ける。

「ムッシュ・ピーコック。もうそれくらいで。小物《こもの》を責めるなど大切な手術前にはどうでもいいことですから」

「君の言う通りだな、ドクター・アマギ。無駄なたわごとは止め、ひとりの患者に戻ろう」

天城は会釈して応《こた》える。

「では後ほど、ボブの下品なジョークを蹴散らし、手術が成功した後でお目に掛かります」

「頼みましたよ、ドクター・アマギ」

ピーコック氏は、天城と固く握手し、会場に向かって両手を振りながら舞台袖へ姿を消した。観客席から盛大な拍手が沸き起こる。それは手術というプライバシー性の高い行為を、医学の進歩のため大観衆の目前に晒《さら》すという、公共性の高い許諾を与えた篤志家《とくしか》に対する、医学界からの感謝の拍手だった。大柄のピーコック氏に小柄な猫田が影のように追随する。舞台袖で様子を見ていた世良は、ピーコック氏に駆け寄ると、巨軀《きょく》を支えて臨時手術室へ案内した。


ステージ中央のテーブルにシンポジウムのメンバーが勢揃いした。天城は椅子に腰を下ろすと、椅子の背にもたれかかる。隣のボブにマイクを通さずに話しかける。

「欧州の大企業を率いるトップは腹が据《す》わっているな。大したもんだよな、ボブ」

声を掛けられたボブは、気の毒なほど震えている。天城は呟く。

「なあ、さっきの挨拶だが、少し訂正しておいた方がよくないか？　日本の聴衆の英語力は大したことないとタカをくくってるんだろうが、日本人にも演説を聞き取れるヤツもちらほらいる。今のうちに訂正しておけば、後でムッシュ・ピーコックに言い訳できるんじゃないかな」

マッディ・ボブは天城を睨みつけたが、すぐにマイクを摑み猛烈な勢いで話し始めた。

「先ほどの挨拶は、アメリカン・ジョークでしたが、考えてみると厳粛な心臓手術の前に、いささか不謹慎だったと反省しております。私が伝えたかった真意は、ドクター・アマギの手技レベルは目標にしたいくらい優れていて、ドクター・アマギに一歩でも近づくため、思わずドクター・アマギの失敗を祈りそうになる、という意味だったのです」

「トレ・ビアン」

短く答えた後で、天城は日本語で高階講師に言う。

「結果的にサブ・プレゼンター高階は、ボブの意思を先取りした完璧な通訳をしたわけだ。発言者より立派な通訳をなさるとは脱帽ものだな」

高階講師が小声で言う。

「大したものです。あのマッディ・ボブを一撃で黙らせるなんて」

天城はちらりとボビー・ジャクソン助教授を見て、日本語で言う。

「たまたま思いついただけさ。公開手術を外野からわあわあ言って存在感を示そうとするヤツは、所詮《しょせん》二流さ。これでボブは使いものにならない。プレゼンターはクイーンに任せたよ」

「おかげで私も溜飲《りゅういん》が下がりました。喜んでお引き受けしますよ。ところで、この間から気になっているんですが、何なんです、そのクイーンって呼び方は？」

天城は笑顔になり小声で答える。

「さすがに今ここで説明している暇はない。後でジュノにでも尋ねるがいいさ」

天城と高階が内緒話に花を咲かせていた時、演台ではガブリエル教授が心臓バイパス術の歴史について語っていた。

「冠状動脈が閉塞し灌流領域《かんりゅう》の心筋が壊死《えし》する心筋梗塞《こうそく》、その前段階の狭心症という虚血性心疾患においては、灌流領域の血流確保が課題ですが、この問題はシカゴ大学のドクター・コウが、足の大伏在静脈を用いるACバイパス術を確立し解決しました。以後、この術式が七〇年代の心臓外科界を席巻《せっけん》しましたが、年月と共にバイパスに用いた静脈が再閉塞することが追跡調査で明らかになりました。その問題を受け出現したのが我々オックスフォード大グループと、テキサス大のジャクソン助教授のグループの新術式です。その特徴はバイパスに内胸動脈を用いた点です。そのあたりをジャクソン助教授にお話しいただきましょう」

華々しい紹介とともにスポットライトが当たったマッディ・ボブだったが、ぼんやりうつむいたまま、ぴくりとも動かない。隣の天城に脇腹をつつかれて、ようやく自分が話題の中心にいることに気がついたが反応は生彩を欠き、ひどいものだった。

ボブがガブリエル座長の話をまったく聞いていなかったことは聴衆の目にも明らかだった。

天城が苦笑して助け船を出す。

「私もガブリエル教授と同じ関心を持っています。繰り返しになりますが、新術式の内胸動脈を用いたACバイパス術の予後はどうだったんでしょうか？」

ボブはようやく座長の質問を理解したが、答えはしどろもどろだった。

「その、以前の静脈のACバイパスと比べても非常に良好な結果でして、どれくらいかといいますと、それはもうとにかく素晴らしいの一言で……」

その時、咳払いと共に、流暢な英語が会場に流れた。

「昨年、国際心臓外科学会誌に掲載されたジャクソン助教授の論文によれば、テキサス大学の過去五年間の内胸動脈ACバイパス術の五年開存率は八十パーセントに達したそうです」

マイクをオンにしたのは、高階講師だった。

「敵に塩を送るのか」

天城の驚いた顔に、高階講師は、言う。

「ここまでやればもう充分です。武士の情けですよ」

天城は鼻先で笑う。事情がわからずとまどうガブリエル教授は、天城を見つめて言う。

「そして内胸動脈を用いたACバイパス術の次に、驚くべき更なる進化形が控えていたのです。それがドクター・アマギが確立した、ダイレクト・アナストモーシスです」

天城は立ち上がると、壇上でお辞儀をする。会場の拍手を抑え、ガブリエル教授が続ける。

「大伏在静脈によるACバイパス術も、内胸動脈を使ったACバイパス術も、外科手術の基本骨格は同じ、閉塞血管を迂回するバイパスを増設するというのが原理です。ところがドクター・アマギの新術式は従来のバイパス術の概念を根底から変えました。何と、詰まった血管を迂回するバイパスは作らず、血管そのものを切除し、新しい動脈と交換したのです」

会場の聴衆は外科医の集団だが、言葉でこの革命的な新しさを伝えるのは難しいと判断したのか、ガブリエル教授は別の角度から同じ説明を繰り返す。

「従来のACバイパス術では大動脈起始部と冠状動脈末梢部分をつなぐ血管は二本。閉塞した血管をそのままにしてバイパスするので、病変部は詰まった血管と、それを迂回するため増設されたバイパス血管の二本が存在します。一方、ドクター・アマギのダイレクト・アナストモーシスは、術後も血管は一本だけ。詰まった血管を切除し、新しい血管と置換した発想はコロンブスの卵であり、まさに、言うは易《やす》く行なうは難《かた》し、という術式なのです」

ガブリエル教授の賞賛を聞き流し、天城は手元のマイクを弄《もてあそ》びながら、にやにや笑う。

ガブリエル教授はそんな天城を苛立たしげな表情でちらりと見た。

「この新術式がいかに蛮勇《ばんゆう》あふれるものであるか、ご理解いただけるでしょう。冠状動脈を切離し置換する手技はわれわれ心臓外科医にとてつもない恐怖を抱かせます。細い血管にかかる重圧に耐えさせるためにはしっかりした縫合技術が必要です。万一失敗したら、あっという間に心臓破裂状態になり、サドンデスに至ります。まさしく患者にとって天使の福音、心臓外科医にとって悪魔の義務《デューティ》。私は、ドクター・アマギを、この技術の確立で心臓外科を新たなるステージに導いた破境者《はきよう》、と名づけたい」

会場からひとこと、声が飛んだ。

「ホワット・アバウト・バチスタ（バチスタ手術はどうなんだ）？」

会場が一瞬、水を打ったように静まり返る。やがてガブリエル座長は咳払いをして言う。

「バチスタ術は、拡張型心筋症において肥大した心臓の左心室を縫縮《ほうしゆく》する、という昨年の心臓外科学会で発表されたばかりの術式ですね。それに関してはまだ追試結果が出ていないので、この席でのコメントは控えさせていただきます」

とたんにブーイングの嵐がステージを襲う。ほとんどが外国語で、日本語はまったく聞こえない。そもそも学会のシンポジウムでブーイングが出るなど、日本の学会ではありえない。それはこのシンポジウムが旧来の日本の学会という枠を超えた国際色豊かなものだ、という何よりの証《あかし》だった。閉鎖的な日本の学会でこのようなシンポジウムが成立したのは、ひとえに天城の日本人離れしたキャラクターによるものだろう。だが、耳を澄《す》ますとブーイングは、すべてバチスタ手術に対する抗議だった。ガブリエル教授が両手を広げ、ブーイングを収めようとするが、一向に静まりそうにない。

「シャーラップ」

突然、会場に怒声が響いた。ステージ上で主役の天城がマイクを握っていた。会場の観衆は瞬時に静まる。天城は流暢な英語で畳み掛ける。

「これはバチスタ手術のシンポジウムか？　バチスタに文句があるヤツはバチスタに言え。私はバチスタ手術の詳細は知らないし、今後手がける気もさらさらない。だが現実にバチスタ手術はバチスタ博士自身の手技では高い成功率を出している。追試で思うような結果が出ないのは、追試した心臓外科医がヘボなだけだ。ヘボ外科医が優秀な外科医を当事者不在の舞台裏でブーイングに晒す。こんなことはアカデミズムの世界では許されることではない」

満場が静まり返るや、天城はガブリエル教授にマイクを渡す。

「座長は、しっかり仕切ってくれよ」

ガブリエル教授は憮然として、話の流れを元に戻す。隣で高階講師が言う。

「場は静まりましたが、会場全体を敵に回してしまいました。大丈夫ですか？」

天城はへらりと笑う。

「会場全体が敵？　観衆が私の手術に直接手を出せるのか？　彼らはあくまで野次馬で、私の領域に足を踏み入れることすらできやしない。心配するな」

高階講師は唖然《あぜん》として、嘯《うそぶ》く天城の横顔を見つめる。


その後、シンポジウムは荒れることもなく淡々と進んだ。全体のバランスを配慮したガブリエル教授がマッディ・ボブの見せ場を作ろうと幾度か質問を振ったが、ボブは沈黙に沈んだままだった。ステージ上はガブリエル教授と天城の一問一答で占められ、合間に高階講師の日本語訳がタイミングよく入ると、聴衆にとって親切な対談になった。シンポジウムが終わりに近づき、天城がマッディ・ボブに引導《いんどう》を渡すべく、満を持して言う。

「ジャクソン助教授はジェットラグで、体調不良のご様子です。客席で休憩していただいた方がよろしいのではないかと思いますが、いかがでしょうか、ガブリエル座長？」

マッディ・ボブが虚《うつ》ろな目で天城を見つめる。天城は薄笑いを浮かべ、小声で言う。

「敗者《ルーザー》はとっとと退場しろ。でかい図体《ずうたい》が目障《めざわ》りだ」

天城の声に逆らう術《すべ》もなく、マッディ・ボブはのろのろ立ち上がる。ふらつく足取りで舞台端から観客席に降りると、天城が華々しく登場した最前列の空席に倒れ込んだ。

垂れ幕の奥から微《かす》かな機械音が響いてきた。ガブリエル教授が言う。

「ステージ奥では手術のプレパレーションが進行しています。これまで多くの言葉を費やしてきましたが、ここから先はこの術式を確立された実技を拝見するのが最良で、言葉は無用です。それではドクター・アマギ、よろしくお願いします」

ガブリエル教授は鮮やかな引き際で、天城に主導権を渡す。天城は顔を上げ、右手を高々と掲げると指を鳴らした。とたんにステージ正面上方、左右の三ヵ所に掲げられていた巨大モニターに灯りが灯る。会場の面々は息を呑んだ。

剝《む》き出しになった心臓が拍動していた。天城がマイクを持って立ち上がる。

「会場のみなさん。ご覧のように今、垂れ幕の向こう側ではストライカーによる胸骨切離、心膜剝離が終了し、心臓が露出されています。続いて人工心肺に乗せ、心拍停止状態にします」

天城が指を鳴らす。モニター画面が暗転する。白く蛇行するラインが明滅する。

「これは半年前、モンテカルロで撮影したピーコック氏のCAG（冠状動脈造影）ビデオです。見てお分かりの通り、左冠状動脈主幹部起始部に八十パーセントの狭窄を認めます」

明滅する画像を一次停止すると、レーザーの赤い輝点で狭窄部を指し示す。

「狭窄部が起始部に近接し、大伏在静脈によるバイパス術は技術的に不可能。かといってガブリエル教授が開発した内胸動脈の有茎《ペディクル》バイパス術も場所的にリスクが高い。左幹部起始部なのでその血管がダメージを受けると、即、致命的な心筋梗塞になってしまう。そこで私のダイレクト・アナストモーシスの出番となったわけです」

再び指を鳴らす。静止画面が動き出し、模式図《シェーマ》が現れる。

「狭窄した冠状動脈を切除し、内胸動脈の完全遊離型グラフトを直接吻合すれば、余計な圧力が代替血管にかかることも防ぎ、動脈のグラフト使用で、長年の使用にも耐えられます」

「直接吻合法のリスクはないのでしょうか？」

ガブリエル教授がぶっきらぼうな口調で尋ねた。天城は答える。

「ありません。ただし吻合技術が完璧であれば、の話ですが」

天城は指を鳴らす。モニターは再び臨時手術室の内部を映しだした。

砕かれた氷の中、凍えた心臓が動きを止めている。スタッフは手を止めて、拍動停止した心臓を眺めている。器械出しの看護婦は猫田に替わっている。

天城はマイクを通じ、会場に語りかける。

「臨時手術室の準備が整ったようです。私はしばし垂れ幕の向こう側に回ります。ですがみなさん、お忘れなく。ここから先はステージ裏が本当の舞台、みなさんは覗き穴から真実をながめる観客に過ぎないのだ、ということを」

天城の言葉で、一瞬にして観客席が小道具部屋に、ステージ裏の臨時手術室が輝ける栄光の舞台へと反転する。その舞台の入れ替わりを見届けた天城は、立ち上がる。

「私が術者のポジションについたら幕が上がり、みなさんの前に手術室が出現します。細かな縫合は拡大鏡の視野がモニターに映し出され、私と映像を共有できる。質問があれば会場のマイクを通じて遠慮なくどうぞ。私はインカムでみなさんと直接対話します。質問が重なった場合、この高階先生が交通整理してくれます。本来ならジャクソン助教授の役目ですが残念なががら本日はジェットラグによるリタイアですので、ご寛恕《かんじょ》を」

会場に温かい拍手が溢れる。それは、観客席の最前列でぐったりしているボブが、ステージ上の独裁者、天城に完全に叩き潰された瞬間だった。

その無様《ぶざま》な様子を見届けた天城はもう一度、会場に向かって手を振る。

「ではみなさん、ステージでお目に掛かりましょう」


幕の内側に引っ込んだ天城は凄まじい速さで上着を脱ぎ捨て、下に着込んだ術衣姿になる。手早く手洗いを終えると、外回りの花房がディスポの術衣を着せかける。大股で術野に参入すると、時計を見上げた。

「十四時五分か。思ったよりプレゼンに時間を食ったな」

そう呟いて、矢継ぎ早に世良に質問を浴びせる。

「ジュノ、患者の体温と脈拍は？　心停止からの経過時間、心筋保護材の総量も頼む」

世良が質問に対し的確な答えを返すと、天城は大きく深呼吸をした。そして眼下の、南氷洋のザラメ氷漬けにされたかじかんだ心臓を見つめる。天城は右手を猫田に差し出した。

「では、ショーの開幕だ。振り落とされるなよ。モスキート」

猫田がすっとモスキートペアンを差し出す。

「ステイヒ・メス」

メスが煌《きら》めくと、胸骨の裏を走行している内胸動脈がみるみる剝離されていく。

――迅《はや》い。

世良が息を呑むと同時に、それまで視界を閉ざしていた舞台の幕が開き、手術室が広々とした空間に投げ出される。観客の視線が痛いほど世良の背中に突き刺さる。

「あ」

小声で青木が叫ぶ。モスキートを床に落としたようだ。無理もない。外回りの世良でさえこれほどのプレッシャーだ。ましてスタッフとして手術に携《たずさ》わる者にとってどれほどの重圧か、想像もつかない。猫田と交代し手を下ろした花房が世良の背後に寄り添い、術衣の裾をぎゅっと摑んだ。そして震えるようにため息をもらす。

これほどの状況でも、天城のメス捌《さば》きはまったく乱れない。右側の内胸動脈が剝離され、有茎グラフトの処置にたどり着く。ここまでわずか五分十五秒。モスキートペアンで両端をつまんだ後、メッツェンをオーダーする。先の細い鋏が動脈を切離し、四センチほど断端を切り取ると、シャーレの生理食塩水に放り込む。残った動脈の断端を左側の内胸動脈と側端吻合し始める。

突然、大音声の英語に続き、高階講師の声が会場に流れた。

「ドクター天城、会場から質問です。今何をやっているのですか」

「内胸動脈からの完全遊離型グラフト作成です。置換部分は約二センチなので余裕をみて二倍の四センチ、切離しました」

天城は視線を動かさず答える。ふたたび英語。マイクの音量が大きすぎ、音声が割れる。高階の声が、その質問を追いかける。

「そのことではなく、今行なっている吻合は何をしているのかということです」

「切離した内胸動脈の保護です。切断した右内胸動脈の断端を、左内胸動脈にＹ字グラフトで吻合すれば数年後、新たなエピソードが生じた時、またこの内胸動脈を使える」

答えているうちに内胸動脈のＹ字吻合が終わる。喋りながら天城は手術のステップを次々に遂行していく。器械の名を呼ぶ前に差し出す手に、猫田が把針器や針糸を適切に渡すので、手術のスピードは滝壺に向かい真っ逆様に落ちていく流れのようにどんどん速まっていく。

最初の質問をこなすと、天城は切離した内胸動脈グラフトのトリミングに入る。会場は静まり返り、天城の一挙手一投足を固唾《かたず》を呑んで見守っている。

氷の海に右手をつっこみ、氷漬けの心臓を手中に収め、まず左右に、そして最終的に三本に分枝する冠状動脈の状態を観察する。吐息をつき、心臓を元の位置に戻す。

「ではダイレクト・アナストモーシスに入ります」

インカムを通して宣言すると差し出した天城の手に、黄金のメッツェンバウムが渡される。先端が煌めき、心臓の表面を蛇行する細い冠状動脈を切離する。

そのとたん、会場に異国語が溢れ返った。英語ばかりでなく、フランス語やイタリア語、これまで聞いたこともない言語が一斉に天城めがけて殺到した。それに対し天城が機関銃のように応答する。

「切離部の決定はどうするのか、だって？　さっきＣＡＧで説明したはずだが」「ソーリー、外国語は英語かフランス語限定で。他の言語はわからない」「頭が邪魔で術野が見えない？　気にするな、術者にも見えていないんだから」「ノン、バイクリルで十分。ただし5《ゴ》－0《ゼロ》」

雨あられと襲いかかる雑音《ノイズ》を矢継ぎ早に処理しながら、天城の指先は微細な血管の端々吻合を進めていく。

「ビアン。末梢部から中枢部へと吻合を行なう。理由？　でないと吻合血管が破綻しやすくなる。そこがポイントだ」「ヤー。今のところこの術式を始めて三年で閉塞例はゼロ」

会場中にこだまする質問の嵐に、とうとう天城は音を上げた。

「なんだこれは。高階、交通整理をしてくれ。これでは最低最悪の公開手術になっちまうぞ」

六本のマイクが様々な言語を発信し続ける中、高階講師の声が響いた。

「プレゼンターより指示します。マイクは前列の三本に限定しますので、質問者は一列に並ぶこと。質問言語は英語、フランス語、日本語の三つに限定。他の言語は対応不能です」

日本語で言ったあと、同じ内容を英語で繰り返した。会場の喧噪は少し収まった。

天城はインカムを通して発声する。

「メルシ、高階先生」

続いて天城はフランス語で話す。高階の言葉をフランス語に訳したのだろう。高階が整理した途端、ぴたりと質問が止んだ。こうして天城の手技の足を引っ張る質問は完黙し、静寂の中、眩いライトに照らされ、無人の野を行くが如く天城の手術は進む。

どれほど時間が経過しただろう。リズミカルに動き続けた天城の指先がぴたりと止まった。

会場全体が息を呑み、次の指先の動きを待った。

指先は動かない。まるで永遠に時を止めてしまったかのように。

やがて天城が顔を上げると、手術室全体をモニターするカメラをまっすぐに見つめた。その目は微《かす》かに笑っている。天城の笑顔が会場のモニターいっぱいに映し出される。

天城はひとこと、会場の観衆と手術スタッフに告げた。

「ロペラシオン・エ・フィニ（手術終了）」

一瞬の沈黙の後、続いて高階講師の声が会場に流れる。

「ダイレクト・アナストモーシス、無事に終了しました」

天城はインカムに言い放つ。

「高階、勝手に意訳するな。無事かどうかはまだわからないだろ」

言い放った瞬間、天城はマスクを剝ぎ取り、拡大鏡とインカムを床に投げ捨てた。しばらくの間、天井の眩い光を見上げて、彫像のように動かなかった。やがて視線を術野に戻すと、その術野を守るように取り巻く緑の術衣姿のスタッフに告げる。

「手術終了、人工心肺からの離脱と閉胸にはいる。以後は第一助手の垣谷先生にお任せしたい。よろしいですか？」

呆然と術野を見つめ続けていた垣谷は、天城の言葉に我に返り、うなずいた。垣谷の表情から術前のミーティングで漂っていた、天城に対する反感や憎悪といったマイナスの感情が完全に抜け落ちていた。天城は垣谷の肩をぽんぽん、と叩いた。

「舞台挨拶を終えたら戻りますので、それまでに抜管《ばっかん》を済ませておいて下さい」

天城が手術室から姿を消すと、会場に静寂が流れた。突然、割れんばかりの拍手が、舞台裏の手術室に押し寄せてきた。

世良は天井を見上げ、眩しいスポットライトに目を細める。なぜか視界がにじんでいる。

次の瞬間、拍手はさらに瀑布《ばくふ》の轟音のように高まって、会場に降り注いだ。表舞台に主役が降臨したのだろう。津波のような拍手はいつ止むともわからずに、鳴り続けた。


表舞台でカーテンコールに応じていた主役が、手術室に颯爽と帰還した。

抜管は手間取っていた。自発呼吸の出る様子を厳しい表情で見守っていた天城は、やがて患者の瞼《まぶた》がぴくりと動くのを見て微笑する。生還を果たしたピーコック氏の耳元に囁きかける。

「フェリシタシオン（おめでとう）。ムッシュはシャンス・サンプルに勝ちました」

「本当にこれだけで、財産の半分を差し出さなくていいのか？」

途切れ途切れの言葉に対し、天城は笑って応じる。

「ビアン・シュール（もちろんです）。今回の手術には、ムッシュが全財産を提供していただく以上の経済効果がありましたから」

ピーコックはうっすらと笑う。

「それなら私も万々歳《ばんばんざい》だ。ところであの無礼なアメリカンの処分は任せてもらっていいかね」

「それはムッシュの領分ですから、お好きなように。ただ、ひとこと言わせていただくと、あんな小物に関わっていても仕方がないですから、無視されるのがよろしいかと」

手術台に横たわるピーコック氏の顔が微かに歪《ゆが》む。

「それはわかっているが、どうにも腹の虫が治まらないのだ。今後の研究援助をうち切ろうかと思っているのだが」

「お気持ちはわかります。でしたら半分に減額、あたりでいかがですか。その方が彼もこれから先いつ全額削られるか、びくびくしながら生きていくので口を慎《つつし》むでしょう。私が言うのも何ですが、あんなヤツでもこの世界ではそれなりに役に立っているんです」

ピーコック氏は何事か考え込んでいたが、やがて呟く。

「これも、シャンス・サンプルの一部と考えた方がいいのか？」

「そう考えればムッシュの気が済むのであれば、そうしてください」

ピーコック氏は目をつむる。そして目を開けると、天城に言う。

「では、そうしよう。ドクター・アマギの指示に従う」

「トレ・ビアン」

天城は満面の笑みを浮かべ、ピーコック氏に言う。

「オペは完璧、ムッシュの動脈はあと百年は保ちます。明日には普通食を食べられますから、旨い日本食でも食べて、日本滞在を楽しんでください」

「そうさせてもらおう。私はスシが大好物でね」

滅菌布の下から、震える指が差し出される。天城はその手を取り、両手で固く握りしめた。

「グラツィエ、ドクトル・アマギ」

ピーコック氏がストレッチャーに乗せられ臨時手術室から姿を消す。世良が天城に尋ねる。

「どうしてピーコック氏は公開手術を受ける気になったんですか？」

「大方《おおかた》の想像はついているんだろ、ジュノ？　それでもあえて確認したいのか」

世良がうなずくと、天城は答える。

「彼はグラン・カジノでシャンス・サンプルに負けたが諦めずに依頼し続けたんだよ。私に、ヴェルデ・モトを無理矢理押しつけてきたりして、ね」

「ヴェルデ・モト？」

天城は肩をすくめる。

「ギャンブル小僧がアマガエルと言いやがった、あの車さ」

世良は苦笑しながら天城の言葉を待つ。天城は続ける。

「だから日本に来てすぐに、公開手術なら受けると条件を出したら、ヤツはそれを呑んだ。ただそれだけのことだ。日本の外科の進歩を考えてのボランティアなんかじゃないのさ。だから彼に過分な感謝は必要ない。彼も私に感謝するのは今宵《こよい》限り、明日になれば正当な取引だと割り切って、感謝の気持ちを忘れ去るだろう」

遠くで救急車のサイレンの音が鳴り響いている。以後三日間、ピーコック氏は維新大学医学部付属病院で入院療養することになっていると、会場に流れる館内放送が観客に報告した。

スタッフの間に漂っていた緊張感がほぐれたのを、世良は全身で感じていた。

興奮醒めやらぬ舞台裏に、外国の賓客が賛辞を述べに訪れる。天城とガブリエル教授が談笑している間に、多くの人が入り込む。天城の肩を抱きひとこと、ふたこと祝辞を告げて帰る客。議論を吹っかけてくる者。すべては外国人で、日本人の姿は見ない。賓客の中にはニースで発表したサザンクロス心臓疾患専門病院のミヒャエル部長の姿もあった。

「アマギのテクニックは素晴らしいが、世界標準に成り得ない点が問題だ」

ミヒャエル部長がそう言うと、天城は即座に言い返した。

「バチスタのように、かい？　ご心配なく。テクニックが使える人間がひとりいれば、いつか誰かが必ずこの術式を継いでくれるはずさ」

「この閉鎖的な島国で、君のような人物の後継者が育つと思っているのかね」

ミヒャエル部長はにいっと笑って背を向けると、他の知り合いと談笑を始めた。天城は一瞬、むっとした表情になり、遠くでガブリエル座長と話し始めている世良をちらりと見る。

その時、おずおずと天城に声を掛けてきた日本人の若者がいた。

「私は小児心臓外科を目指していますが、日本で第一人者を目指すのは難しいでしょうか？」

天城は、すらりとしたその若者に尋ねる。

「どうしてそう思う？」

「天城先生のご発言や手術を見せていただいたからです。私の属する教室にいても、あのような場所にたどり着けるとは、とても思えなくて」

天城は若者を見つめた。やがてひとこと言う。

「君の言うとおりさ。日本の医療を変えたいなら、アメリカに渡るのが一番手っ取り早い」

若者は残念そうにうつむいた。「やっぱりそうなんですか」

「いいじゃないか、意思さえあれば、いつかアメリカに行けるんだから」

「でも僕は日本にいて、日本の医療を変えたいのです」

天城は、隣で談笑していたミヒャエル部長の袖を引く。

「おい、日本の外科も捨てたもんじゃないぞ。こういう若者が日本にはまだごろごろしてる。何かあったらあんたのところで面倒を見てやってくれよ」

ミヒャエル部長は若者に握手を求めて、言う。

「その時は歓迎するよ。何しろアマギ直接の紹介だからね。ところで君の名前は？」

「桐生《きりゅう》です。桐生恭一《きょういち》、と申します」

「オウ、キョウか。よろしく」

ふたりは固い握手を交わし、桐生と名乗る若者の頰が紅潮する。天城の周囲では、こうして次々に新しい関係が生まれていく。その様子を横目で見ながら、世良はガブリエル教授が会話の輪から外れた瞬間を捉えすかさず挨拶した。

「ウエルカム・トゥ・ジャパン」

ガブリエル教授は、怪訝そうな顔をしたが、やがて世良がニースで出会った青年だと思い出したのか、笑顔になる。

「確か君だったな、アマギを日本に連れ帰ったのは。ええとドクター・サエラ？」

世良は首をひねる。

「セラ、です。覚えていてくださって光栄です。でもガブリエル先生は誤解されてます。私に天城先生を連れ帰る力なんてありませんから」

ガブリエル教授は首を振る。

「そんなことはない。ああ見えてアマギは人情篤い男だ。何かを感じなければ動きはしない。そしてニースの国際学会から彼の帰国までに出会った人間はたぶん君だけだ。だから天城を日本に連れ帰ったのは君なんだ」

そんなことってあるのだろうか。世良は不思議な気持ちになる。ガブリエル教授は続ける。

「アマギは君の持つ何かに惹かれて日本に帰った。だから君にはアマギを守る義務がある」

「私が天城先生を守る、ですって？　そんな必要はないです。天城先生は強い方ですから」

世良がたどたどしい英語でそう言うと、ガブリエル教授は何か言いたげな表情になった。だがその言葉は世良には届かなかった。世良が次の質問を投げたからだ。

「ひとつお聞きしたいのですが、天城先生はこれまで手術、特に公開手術で患者を亡《な》くならせたことは一度もないとおっしゃっていましたが、本当ですか？」

「アマギがそう言ったのか？」

世良はうなずく。ガブリエル教授は考え込んだ。やがて、ぽつんと言った。

「その表現は正確ではない。アマギはかつて、公開手術の最中に患者を死なせたことがある」

ガブリエル教授は遠い目をした。

「もっともあれはアマギのせいではなかった。そう、不幸な事故だったのだ」

「どういう意味なんですか？　天城先生のせいではないのに術死が起こったというのは」

ガブリエル教授は、外国人医師に囲まれ陽気に談笑する天城の姿を見遣《みや》りながら言った。

「パーフェクト・サージョン、アマギにも死角がある。アマギを連れ帰った君はそのことを覚えておきなさい。そして君だけは、たとえ世界中がアマギの敵に回っても、必ず最後までアマギを守り続けなさい」

ガブリエル教授は再び、理解できない要請を告げる。世良は振り返り、天城を見つめた。第一人者たちに囲まれて談笑している天城の姿が、世良には遠い存在に思えた。そんな世良とガブリエル教授の会話を、壁に寄りかかった青木が背後でじっと聞いていた。

シンポジスト席から戻った高階講師が世良に近づいてきて、その肩を叩く。

「ご苦労さまでした。大変だったでしょう」

高階先生ほどではありません、と言おうとしたが、なぜか憚《はばか》られた。高階講師の身体からはとげとげしい空気が漂ってきていた。目敏《めざと》く高階講師を見つけた天城が手を挙げ、遠くから挨拶を投げかけた。高階は手を挙げ返したが、その頰に笑みはなかった。

天城から視線を切らずに、世良に言った。

「こんなものは医療じゃない。単なるサーカスだ」

いつの間にか、一日限りの手術室の解体が始まっていた。その熱気があふれる喧騒の中で、高階講師の尖った言葉の周囲だけが冷え冷えと凍りついていた。

# 八章
# スリジエ・ハートセンター

一九九〇年七月

　公開手術の興奮さめやらぬ舞台で臨時手術室が解体されていく中、祝福に訪れる人々が次第に少なくなり、がらんとした舞台の上で、天城はひとりぽつんと佇《たたず》んでいる。天城を見つめる世良の視線に気がつくと、笑顔で歩み寄る。それから踵《きびす》を返し、ステージ下でたむろしている公開手術チームの面々の前に立つ。咳払いをひとつして、天城は胸を張って朗々と言う。

「今日はみなさんのおかげで素晴らしいパフォーマンスを披露できました。メルシ、心から感謝します。ではこれにて解散。寄り道をして、迷子にならないように」

　天城のジョークに客席から、笑い声と拍手が送られた。ひとつの成功がわだかまりを吹き飛ばした。たとえ天城の心情がカネに汚く、許容し難《がた》いものであっても、目の前の事実は動かし難い。そのメスがひとりの人間の未来を救ったことは誰の目にも明らかだった。

　天城は人影もまばらな客席にお辞儀をし、無言のカーテンコールに応えた。それから背後に佇む世良に言う。

「ジュノはもう一晩残ってくれ。部屋はリザーブしてあるから」

「でも、大学病院の勤務が……」

翌日は採血当番だった。天城はあっさり言う。

「忘れたのか。ジュノはスリジエ・ハートセンターに所属する医師だ。大学病院の雑用は大学病院のスタッフにやらせればいい。ほら、同期の青木君がいるから彼に頼みなさい」

天城は舞台からひらりと降り、背後の世良に一方的に告げる。

「明朝十時、ロビーのティールームに集合。それまでにチェックアウトを済ませておけ」

天城は会場から姿を消した。

世良は、退場を始めた手術スタッフ一行を見遣る。猫田の後にワンピース姿の花房が、扉のところで振り返る。一瞬、世良と目があった。花房は目を伏せて、外に出る。

扉が閉まった時、一陣の風が世良の身体を吹き抜けた。

世良の目の前が暗くなる。気を取り直し、団体の末尾の青木をつかまえに走った。

「悪いけど明日の採血当番、代わってくれないか。天城先生の指令で、もう一晩ここに残ることになってしまったんだ」

歩みを止めずに、青木は肩をすくめる。

「天城先生の御指名じゃあ仕方ないな。わかった、引き受ける。土産を忘れるなよ」

「ありがとう。助かるよ」

手術チーム一行の最後尾の青木に告げたのは会議場の出口の所だった。扉を出て行くメンバーの後姿がガラス扉越しに見えた。会場から外に出ると、メンバーは三々五々姿を消した。垣谷と青木は連れだって人混みに消えた。引率の先生の注意を無視し、寄り道するつもりだな、と世良は思う。雑踏の中に、ふと高階講師の姿が見えた。振り返った高階は瞬間、世良を凝視《ぎょうし》したが、何も言わずに夕闇の雑踏に紛れ込んでいった。

遠足が終わり、帰途に就いたときのもの悲しさを思い出す。世良はもう一度、ステージの手術室の残り香を胸一杯吸い込もうと振り返る。そして目を見開いた。

人影まばらな会場の太い柱の陰に小柄な女性が佇んでいた。シルエットに眼を凝らすと、鼓動が速まる。平静を装い、女性に近づく。

「どうしたの、花房さん。猫田さんと一緒に帰ったんじゃないの？」

「忘れ物をしたので戻ったんです。ホテルに荷物を預けたまんまなので」

「ゆうべのホテル？　それならどうして学会場にいるのさ」

花房は真っ赤になってうつむいた。

「ホテルに戻ろうとしたら、ここに着いてしまったんです。私、ひどい方向音痴なので」

思わず笑うと、花房はいよいよ真っ赤になって縮こまる。そんな花房を見つめていると、世良は息苦しくなる。深呼吸をして、思い切って言う。

「俺はご指名を受けたから帰れないけど、ホテルまでなら一緒に行こうか」

花房は小声で、だがはっきりと言う。

「そうしていただけると助かります」

夕闇の街角を、世良は花房と並んで歩く。となりには、昨晩、引き寄せようとして拒絶された時と同じ、仄《ほの》かな花の香りが漂っている。

夢ではないか、と思う。ゆうべ、花房が一瞬、この腕の中にいたことも、そして今、夕闇の街角をふたり並んで歩いているということも。

「あ、危ない」

信号が変わりそうなのに、横断歩道を渡ろうとした花房の腕を捕まえ、ぐい、と引き寄せる。世良の腕にもたれかかった花房の目の前を、白い乗用車が走り過ぎていく。

抱き寄せられた花房は、腕の中で世良を見上げた。世良はその目を覗き込む。初夏の夕、ざわめく街角で一瞬、ふたりの時が止まる。花房は我に返り、身体を世良から引き離す。

「すみませんでした、ぼうっとしてしまって」

「危なかったね。それにしても東京の車は運転が乱暴だなあ」

世良は上《うわ》の空でどうでもいいことを呟く。

ホテルに戻る途中の有楽町駅で、新幹線の終電が夜十時半であることを確認したふたりは、昨日まで宿舎だった帝華ホテルの前に着くと、もう何も話すことがなくなってしまった。

「せっかくだから、夕食でも一緒にどう？」

世良の誘いに、花房はためらいながらうなずいた。

ホテル最上階にイタリアンがあることは、前の晩に同じ階のバーで飲んで知っていた。花房が「ここ、おいしそうですね」と言っていたが、閉店時間を過ぎていたのでバーで飲むことにしたのだ。だからディナーに誘ったとき、世良も花房も、その店のことを思い浮かべていた。

預けた花房の荷物を引き取った後、世良はフロントに尋ねる。

「今朝チェックアウトした世良ですが、部屋をもう一泊取ってあると聞いたので」

「少々お待ちください」

フロント係は手元の台帳を眺めていたが、うなずいて答えた。

「世良さまは、昨晩と同じお部屋がキープされています。お部屋にご案内しますか？」

世良は花房を見て、首を振る。

「このまま上のレストランへ行きます。ルームキーだけ下さい」

「かしこまりました。ではお預りしてあるお荷物はお部屋に運んでおきます」

「お願いします」

世良は、ポーターに荷物を渡す。ポーターは隣の花房に尋ねる。

「奥さまのお荷物もお運びしておきましょうか？」

花房と世良は顔を見合わせる。世良があわてて首を振る。

「いや、この人は奥さんじゃあ……」

世良の言葉を遮るように、花房がキャリーバッグを手渡して言う。「お願いします」

ポーターは荷物を受け取り、姿を消した。うつむいた花房は、顔を上げ明るい声で言う。

「お洒落なレストランに、大きなバッグを持っていきたくなかったんです。ご迷惑でしょうけど、帰るまでお部屋に置かせてください」

世良はうなずいた。

「迷惑なんかじゃないさ」

「ありがとうございます」

花房はきっぱりした口調で礼を言うと、世良の先に立ちエレベーターホールへ向かった。

最上階のレストランは想像以上の素晴らしさだった。料理も美味しかったが、何より店が混み始める前に入ったので、窓際の特等席が取れたことが一番の幸運だった。花房と世良は、眼下の帝都が夜の闇に染まり、地上の宝石がひとつ、またひとつと輝きを発していくのを、ただうっとり見つめていた。

交わされるふたりの会話は、自ずとその日に行なわれた公開手術の話題になった。

「天城先生の手術、本当に凄かったですね」

手放しの賞賛に、世良は無邪気な笑顔から視線を外し、ぽつりと呟く。

「すごい心臓外科医だよね、天城先生は」

「世良先生はモナコで天城先生の手術を見たことがあったから平気だったんでしょうけど、無事成功してほっとしました。実を言うと病院では大騒ぎだったんですよ。手術が失敗したら、私なんか二度と東城大学に戻れないんじゃないか、と心配してたんです」

「全責任は天城先生にあるって事前に確認してたじゃない。だから大丈夫だよ」

花房は首を振る。

「そんなことないです。あの手術スタッフに入ったことで、手術室でもなじられました。何であんな自分勝手な先生に協力するんだ、と別の教室の先生から怒られたこともあります」

世良は驚いて花房を見つめる。そうした非難が世良に向けられたことがなかったからだ。

これでふたつのことがはっきりして、世良は憂鬱《ゆううつ》な気分になる。

ひとつは、そうした非難が本人には向けられず、周囲の弱い部分に向かうという、大組織が持つ陰湿な部分について。もうひとつは、そうした非難が天城のスタッフである世良に向けられなかった、という点だ。後者から世良は、自分が東城大学医学部付属病院の一員ではなく、異分子・天城グループのメンバーとして認知されている、ということを思い知らされた。

世良がうつむいたのを見て、花房は明るい声で言う。

「でもそんな目に遭《あ》うのは、私がグズだからなんです。だって本当の器械出しの猫田主任には、誰も文句を言わないんですから」

あの人は眠りの国の宇宙人だから、言うだけ無駄だとみんなが思っただけだ、と世良は思う。そんなの慰めにならないよ、と軽口を叩こうとして、世良は自制した。それは、花房が自分に届けてくれたささやかな好意を踏みにじることだ、と気がついたからだ。

オードブル、パスタ、メインディッシュの肉料理をたいらげながら、ふたりの会話は弾んだ。花房はゆうべとうってかわって饒舌《じょうぜつ》だった。話題は少し前に一緒に行った桜宮水族館別館・深海館の黄金地球儀のことになった。

「まさかあんなにしょぼい地球儀だとはねえ」

花房が笑顔で答える。

「黄金地球儀っていうから全部ぴかぴかなのかと思ったら、日本だけなんて。詐欺みたい」

世良は首を振って言う。

「日本だけじゃなくて、北極に埋め込んだ桜宮市のシンボルマークも黄金だってパンフレットには書いてあったけどね」

「そうだったんですか。私チビだから、てっぺんは見えなくて」

「結構見物人はいたからなあ。もっと見えやすい場所に黄金を使えばよかったのに」

世良は窓の夜景を見ながら言う。

「ま、仕方ないか。あれは日本中にばらまかれたふるさと創生資金で作ったやっつけ仕事だからな」

「一億円ですよね。それだけの金があれば、全部黄金で作れそうなのに」

「意外に一億円の黄金って分量が少ないね。今は景気がよくて、日本は世界で一番金持ちの国になったらしくて、世界中の富が流れ込んできてるらしい。マルコ・ポーロの『東方見聞録』に謳《うた》われた黄金の国ジパングが、今、初めて出現したのかもしれないね」

「私たち、そんなにお金持ちになったのかしら」

「美術品なんか買いまくってて、近くの美術館にはゴッホの『ひまわり』が展示されてるそうだよ。何でも五十億円したらしい」

「五十億円なんて想像つかないです」

「それだけあれば、美和ちゃんが望む〝全部丸ごと黄金地球儀〟もできるかも」

世良は久しぶりに美和ちゃん、という呼び名を会話にすべりこませる。花房は気がつかないのか、世良を軽くにらんで言う。

「やだわ、世良先生。私、黄金だらけの地球儀なんて下品なものより、ゴッホのひまわりの方がずっと好きです」

「じゃあ桜宮水族館の深海館にリクエストして、ゴッホのひまわりを買ってもらおうか」

花房は首を振る。

「ううん、要りません。ボンクラボヤが可愛かったから、あそこはあのままでいいんです」

「あんなへんてこな生き物が好みなんだ。ただ、ぽかんと口を開けているだけなのに」

「ずっと眺めていると、なんだか癒《いや》されちゃって」

「そう言えばこの間、ウチの大学の海洋研究所の所長が、ボンクラボヤに続いて、ウスボンヤリボヤとかいう新種を見つけたらしいよ」

「桜宮湾って新種の宝庫なのかしら」

ふたりの会話が途切れた。花房は周囲を見回し、ため息をつく。

「みなさん、きれいですね。日本がお金持ちになったのは本当なのかも。でも私なんてお洋服もみすぼらしいし……」

花房は周囲を見回し、呟いた。世良はあわてて言う。

「そんなことないよ。美和ちゃんだってきれいだよ。服もよく似合ってるし」

世良がたどたどしく言う。花房は一瞬戸惑った表情になると、うつむく。

「世良先生ったら調子いいんだから。酔ってるんですか？」

頬に小さなえくぼが浮かんだ。世良はその眩しさに目を細める。

「ラストオーダーになりますが、デザートをお持ちいたしますか」

ウエイトレスの言葉に、ふたりの会話に酔っていた世良は我に返る。時計を見ると十時を過ぎている。今レストランを出ても、新幹線の終電はぎりぎりだ。世良は早口で言う。

「支払いは部屋付けで……」

その言葉を遮るように、花房がウエイトレスに告げた。

「デザートメニューを見せていただけますか」

ウエイトレスは笑顔で答えた。「かしこまりました」

遠ざかるウエイトレスの後ろ姿を見ながら、世良は花房をちらりと見た。花房は世良の視線に気がつかない様子で、窓の外の夜景を眺めていた。

タルトを食べ終え、ハーブティを味わうと閉店になった。ふたりは同時に立ち上がる。

支払いを終え店を出ると、一足先に外で待っていた花房がお辞儀をした。

「ご馳走さまでした。バッグとか、お部屋に預けっぱなしなので、手持ちがなくて」

「構わないよ。部屋付けにしたから、天城先生が支払ってくれるさ」

「いいんですか？」

「いいって。ふだん天城先生にはいやになるくらいこきつかわれてるんだから、これくらいはいいはずさ。文句を言われたら、直接天城先生に返すよ。でもあの人はモナコの大金持ちだから大丈夫だろ」

「それじゃあ、遠慮なく」

ふたりはエレベーターに乗り込んだ。閉まった扉を見つめて、世良が言う。

「終電、行っちゃったね」

花房はうなずく。

世良の部屋の階で、エレベーターの扉が開く。ふたりは無言でエレベーターを降りる。世良の後を二歩遅れて花房はついていく。部屋にたどりつくと、キーを差し込む。スイッチを入れると、部屋がぼんやり明るくなる。入口近くの机の上に、ふたりの荷物が寄り添うように置かれていた。

花房はキャリーバッグを取り上げると、世良に向き直って、笑顔になる。

「今夜は楽しかったです。ありがとうございました」

「泊まるところ、あるの？」

「東京駅近くにレディース・ホテルがあるんです。初め、猫田先輩とそこに泊まろうと思っていたんです。二十四時間チェックインが可能なんですって」

「部屋はとれてるの？」

花房は答える。

「確認はしていませんけど、たぶん大丈夫です。ダメならディスコで夜明かししますから。実は私、明日から三連休なんです」

「じゃあホテルまで荷物を持っていくよ」

伸ばした手が、花房の腕に触れた。花房は濡れた瞳で世良を見つめる。

部屋の空気が凝縮する。

次の瞬間、華奢《きやしや》な身体を引き寄せた。世良の腕に収まった花房は世良を見上げる。世良は花房をきつく抱き締め、唇を寄せた。花房は睫毛《まつげ》を震わせて目を閉じた。


翌朝。

新幹線ホームに世良と花房の姿があった。停車中の列車の入口でふたりは向かい合う。

「俺は、今日一日、天城先生のお守《も》りだから」

「私はいったん寮に戻って、それから夜勤です」

「あれ、確かゆうべは三連休だって……」

花房はうつむき加減の笑顔で答える。

「……あれ、嘘です」

「どうしてそんな嘘を？」

「ほんとのこと言ったら、世良先生は家まで送るって言い出しそうだったんですもの」

世良はどぎまぎして視線を逸《そ》らす。視界の端に、花房の笑顔が眩しい輝点として残った。

発車のベルが鳴った。花房は軽やかなステップで新幹線に乗り込む。その細身の身体を、世良は強引に引き寄せる。

「あ」

花房は声を上げる。小柄な身体を固くしたが、腕の中で力を抜き、抱擁に身を任せる。迷惑そうな表情で、年配の女性がふたりの傍《そば》を通り過ぎていく。

発車のベルが鳴り終わる。花房は身体を引き剥がし、新幹線に乗り込んだ。

ふたりの間を透明な硝子扉が遮断した。窓に身体を押し当てて、花房は小さく手を振る。新幹線が音もなく走り始める。世良は一歩、二歩、追いかける。

遠ざかる視界の中、花房の残像と共に新幹線の最後尾が小さくなり、点となって消えた。

雑踏の中、世良はたくさんの雑音が身の回りに溢れていることに突然気がついた。

振り向くと、自分に対して無関心な顔がたくさん、行き交っていた。世良はこの世界の中に、ひとりぼっちで取り残されてしまったような錯覚に囚《とら》われた。


花房を送る前にチェックアウトは済ませていたので、ホテルには預けた荷物の受け取りと、天城との待ち合わせのためだけに戻った。

ホテルへと急ぐ世良の背中で、クラクションが鳴った。振り向くと曇天《どんてん》の下、エメラルドグリーンのガウディが停まっていた。銀座の街並みは柳が目立つ。世良の目には、天城ご自慢のガウディが、柳の下のアマガエルに見えてしまい、思わず笑いをかみ殺す。

「ジュノ、お散歩かい？」

「天城先生こそ、朝からドライブですか。まさかこの車でホテルに来たんですか？」

「当然さ。ちまちま電車に乗っていられないからな。誤算は、この国の渋滞だ。あれなら電車の方が速そうだな」

新幹線は早くてラクですよ、と言おうとしたが止めた。エメラルドグリーンのガウディを疾駆させて公開手術の現場に乗り付ける方が、天城らしいと思えたからだ。

「さて、ジュノ、今日も働いてもらおうか。成田に行くからな」

「ええ？　またですか？」

天城はうなずいた。

「私は今から人とホテルで会う。ロビーのティールームで待っててくれ。一時間あれば済む」

一時間後。ティールームで待つ世良の目の前を、天城が通り過ぎた。天城と一緒に、ふたりの男性が歩いていた。恰幅のいい老紳士と、ストライプの背広を着た一見神経質そうな、だがよく見ると切れ者そうな若い男性だ。彼らは医者ではなく実業家のような人種に見えた。

天城は手を挙げて世良に合図した。用件が済んだ、ということだろう。一緒にいた二人の男性はちらりと世良を見て一礼した。世良はとまどいながら黙礼を返した。

世良がフロントに預けた荷物を引き取りロビーに戻ってきた時にはすでに天城と同行していたふたりの男性は姿を消していた。そして天城は玄関前の駐車スペースでシンポジウムの座長、ガブリエル教授と談笑していた。

今日の用事は、成田空港へガブリエル教授を送ることだったんだな、と世良は納得する。でも、それだけなら俺をわざわざ居残りさせる必要はないのに、とも思う。

世良を見つけると、天城は笑顔で言った。

「ジュノ、つきあえ。ガブリエルを空港まで送るからな」

ドライブの車中では、ガブリエル教授と天城はずっと議論をしていた。昨日の公開手術の術式の細部についてのようだった。英語なので断片的に理解できたが大筋《おおすじ》はわからず、気がつくと世良はうつらうつらしていた。

突然、急ブレーキで身体が前のめりになって目が醒《さ》めた。

轟音《ごうおん》と共に、航空機が着陸してくるのが車窓から見えた。空港に到着したようだ。世良は運転席の天城を見る。天城をモンテカルロから連れ帰ってきた日が、遠い昔に思えた。

ガブリエル教授の荷物を下ろすと、世良は案内係兼ポーターを命じられた。アクセルをふかし緑色のガウディは、あっと言う間に視界から消えた。世良はガブリエル教授の大きなボストンバッグを提《さ》げ、キャリーバッグを引きずりながらチェックイン・カウンターへと向かう。

空港内の喫茶店で、世良と天城は珈琲を飲んでいる。

「行っちゃいましたねえ、ガブリエル教授」

世良が呟くと天城が不思議そうに尋ねる。

「何でジュノがガブリエルの帰国にしみじみするのかな。二人の間に共感でも生まれたのかね？」

世良は首を振る。天城には金輪際《こんりんざい》わからないだろう。世良とガブリエル教授は、天城に対する感情という点で似たもの同士だった。天城のわがままに振り回されながらも、その天才的な手技に魅せられている。二律背反的な感情に翻弄され、立場は違えど同じ感情を共有していることをふたりは瞬時に理解していた。だが天城にそんなことを言うつもりはなかった。

天城は脱力して椅子にもたれかかり、崩れた笑顔になる。

「ジュノ、それじゃあ愛《いと》しの桜宮へ帰ろうか」

天城の言葉が、世良の胸に甘く響いた。


四時間後、エメラルドグリーンのガウディは桜宮の街並みを通り抜け、岬に向かっていた。

世良には予感があった。天城が帰るところは白亜の塔、東城大医学部付属病院ではなく、螺鈿の城、碧翠院桜宮病院と対《つい》をなすと予言された透明な城塞、スリジエ・ハートセンターの建設予定地しかないはずだ、という予感が。

そして予想通り、天城のガウディは桜宮のでんでん虫、碧翠院桜宮病院の前にたどりつく。

車を断崖の柵ぎりぎりに急停止させた天城が車から降りると、世良も続いた。

海風が天城のジャケットの裾をはためかせる。視線は遠く水平線に注がれている。

世良は天城の傍らに立ち、同じように遥かな水平線に眼を凝らした。

「ジュノ、スリジエ・ハートセンターは本当にできると思うか？」

天城の言葉に、世良は一瞬躊躇《ちゅうちょ》して答える。「ええ」

「嘘をつくな」

「嘘ではありません」

「では言い方を変えよう。嘘ではないが、本当にそうなるとも思っていないだろ」

世良は黙り込む。風がふたりの間を吹き抜けていく。ふたりの背中で、碧翠院桜宮病院が地鳴りのような唸り声を上げている。

「なぜ、できると思えないんだ、ジュノ？」

「だって……」

呟いて、世良は誘導尋問にひっかかって答えてしまったことに気がつく。しかたなく、世良は断片的に材料を列挙し始める。

「まず病院を建てる資金がありません。心臓手術だけで患者が集まるでしょうか。スタッフも集まりそうにありません。それらができても天城先生の手術だけでは病院が成立しません」

世良は一気に言い放つ。天城は、世良の言葉がとぎれたのを確認すると、ため息をつく。

「よくもまあ、悲観的な材料ばかり並べ立てたもんだ。それもこの妖《あや》しき磁場のなせる業《わざ》かもな。あのでんでん虫が、私の記念碑の建築を拒んでいるのかな」

天城は背後の碧翠院桜宮病院に視線を移す。

「そういえばマリツィアが帰り際に言っていたっけ。私がここにスリジエを花開かせるためには、あの蝸牛《かたつむり》を叩き潰さなければならないんだそうだ」

世良は目を見開く。

「どうします？　アドバイスに従って、でんでん虫を叩き潰すんですか？」

天城は肩をすくめて答える。

「そんな必要はない。そもそも私は桜宮病院から立ち上る怨念など感じない。あそこを潰さないと記念碑を建てられないのは、私ではなくマリツィアだ。彼にはハートセンターの設計を頼んだが、建てるのはでんでん虫とは別の敷地だから、既存の建築物が障害になるはずがない」

論理的にはそのとおりなのだが、なぜかマリツィアの言葉は、説得力をもって胸に響いた。

そんな世良を見て、天城は続ける。

「大方《おおかた》、マリツィアはこの地形を見て、古い遺伝子の記憶を呼び覚ましたんだろう」

「天城先生のおっしゃることが理解できないんですけど」

天城は世良を見て笑顔になる。

「モナコ公国の始祖、マリツィアは嵐の夜、断崖絶壁をよじ登り要塞を攻略し、国を立てた。ここの断崖絶壁は、その地形と瓜二つなんだ」

時を隔《へだ》てた現代の、まったく違う土地で、征服を繰り返す遺伝子を発現させるとは。おそらくそのプライドの高さこそが、王族の王族たる所以《ゆえん》なのだろう。天城は続けた。

「まあ、ジュノの不安要素はもっともで、病院全体運営会議に掛けたら出てきそうな反論がほとんど網羅されているな。大したもんだ。ジュノは、いつでもあの会議の一員になれるぞ」

天城の皮肉としてはかなり穏やかな部類なので、世良は痛痒も感じない。

「それでは今から、ジュノの不安をひとつひとつ叩き潰していこう。これはどうしても必要なステップなんだ。何しろ私の味方は、今の東城大にはジュノしかいないんだから」

世良は天城の口調に淋しそうな響きが混じったのを意外に思う。いつでもどこでも天城は単騎で平原を駆けめぐる騎士《ナイト》だ、と思っていたからだ。

「まず病院の建築費について。これは最大の問題だ。だから今朝、私はある人たちと面談した。彼らがどこの誰か、わかるか？」

世良の脳裏に、ホテルのロビーですれ違ったふたりの紳士の姿が浮かんだ。世良は首を振る。天城は続ける。

「今朝会ったふたりのうち、若い方は、桜宮市長の懐刀の村雨《むらさめ》秘書だ。年輩の方はウエスギ・モーターズの会長だ。彼らふたりを昨日の公開手術に招待しておいた。その足で村雨秘書は桜宮市に戻り、市長の確約をとりつけ、とんぼ返りした。上杉《うえすぎ》会長は社長を帝華ホテルに呼びつけ、企業体として方針を決定した。これでスリジエ・ハートセンターの大枠《おおわく》は決まった」

世良は聞き返す。

「決まったって、どう決まったんですか？」

「ハートセンターはウエスギ・モーターズと桜宮市が完全にバックアップすることになった」

世良は呆然とする。それって医者の取る行動なのだろうか。天城は笑顔で言う。

「いいか、ジュノ、物事を成すにはとにかくまず、カネが必要だ。ところでジュノは彼らが、私の手術だけ見て出資を決めた、などと思ってないだろうな」

「え？　違うんですか？」

天城は呆《あき》れ声をだす。

「やっぱりそうか。いいかジュノ、いくら私の手技が素晴らしいからといっても、天下のウエスギ・モーターズやくせ者揃いの桜宮市役所がほいほいカネを出すと思ったら、大間違いだ。そんなぼんくらだと、いつかどこかでひどい目に遭うことになるぞ」

「じゃあその人たちは、なぜ出資を決めたんですか？」

天城は目を細めて、水平線を見つめる。やがてジャケットの内ポケットから一通の封書を取りだした。真っ青な封筒に金箔《きんぱく》で紋章が刻印されている。風格ある手紙だ。

手渡された世良は、手紙を取り出しひとめ見て、天城に突き返す。

「中身まで金箔文字ですね。でも日本語でも英語でもないから、俺には読めません」

「だが、ジュノならこの手紙が誰から送られてきたか、わかるはずだ」

世良は改めて見直す。豪奢《ごうしゃ》な金箔の飾り文字に、シャンデリアの煌《きら》びやかさが重なる。

「ひょっとして、オテル・エルミタージュの支配人、ですか？」

天城が、ほう、という顔で世良を見た。

「その可能性はあるな。当て推量《ずいりょう》の方向は悪くない。だが残念ながらハズレ、だ」

「わかった。カジノのオーナーだ。先生はグラン・カジノで基金を運用していたし」

天城は笑顔になる。

「いいぞ、ジュノ。だいぶ近づいてきた。いいハナを持つことは、猥雑《わいざつ》でばかばかしい世界を生き抜くために必須のことだ」

「すみません。これ以上はわかりません」

天城は青い封筒を差し出して、言う。

「ものごとは諦めずに最後まで食い付くことが、生き残るための心得だ。いいか、ジュノ、私はジュノならわかるはずだと言った。そして手紙には必ず差出人の名がある。そんなことも考えつかないようでは、スリジエ・ハートセンターのナンバー2は務まらないぞ」

世良は手紙の金箔文字をもう一度丹念に目で追う。そして最後の署名に釘付けになる。

「マリツィア……」

天城は笑う。

「単純だろ。モナコ公国の王族のマリツィアは、公位継承権第七位だ。だからモナコ公国がスリジエ・ハートセンターに出資する準備がある、という手紙を書くくらい、朝飯前なのさ」

世良は目を見開いて尋ねる。

「すごいじゃないですか。これで資金調達は万全ですね。モナコはいくら出すんです？」

モンテカルロの青い空を思い浮かべ、世良が夢見るように言う。天城が答える。

「ゼロだ」

「え？　でもモナコ公国として出資する準備がある、というのは正式な手紙でしょう？」

天城は笑いながら首を振る。

「正式な、個人的な私信さ。マリツィアは王族だが、決定権のある大公ではないからな」

世良は呆れ声を出す。「それじゃあまるで詐欺です」

「この場合は詐欺まがいの手紙で充分なんだ。私はモナコ公国のエトワールであり、勲章も頂戴している名士だし、マリツィアが保証したモナコ公国の出資は、私がグラン・カジノで運用しているカネを意味している。それでモナコのオフィシャルなお墨付きを手にできた。もちろん、私の基金をスリジエ・ハートセンターにつぎ込むほど連中はお人好《ひとよ》しでもない。だが、こうしたバックアップがあると思わせれば、利に聡《さと》い連中が食い付いてくる。そうすればモナコのカネに手をつけずに、日本独自のハートセンターを作れる」

壮大な天城の物語に耳を傾けて、しみじみと思う。天城には大学病院のてっぺんよりも、岬の先端で海原に向かって途方もない夢を語り続けている方が、ずっと似合う。

「さて、ジュノの二番目、三番目の指摘はまとめて答えよう。心臓手術患者だけを診《み》て、患者やスタッフが集まるか、だったな。もちろん心臓手術だけでは患者は集まらない。だがスリジエ・ハートセンターは救急センターを併設する。救急の最たる分野が心臓だから、理に適《かな》っている。すると桜宮の患者がスリジエ・ハートセンターに馴染《なじ》みを持つ。やがてスリジエは東城大の巨大な受付窓口になり、いつしか東城大のヘッドになり、巨体を乗っ取る。そうすれば、ふたつの問題は一気に解消する」

東城大を乗っ取るという天城のホラと比べたら、教授連中が画策《かくさく》する陰謀は、みみっちく、そしてほほえましい。天城がとどめを刺すように言う。

「ジュノの最後の質問は、スリジエ・ハートセンターが仮にできても、私の手術で稼ぐだけでは病院として成立しない、ということだったな」

世良はうなずく。天城はにい、と笑う。

「東城大学医学部付属病院の一年間の総売り上げはいくらだと思う、ジュノ？」

世良は首をひねる。「さっぱり見当もつきません」

本音だった。この世界のどこに、自分が勤める大学病院の総売上額を把握している研修医がいるというのだろう。

天城はあっさりひとことで答える。「だいたい年間二百億なんだよ」

「それが関係あるんですか？」

「ヒントをやる。なぜ私の公開手術に、ウエスギ・モーターズの会長がきたと思う？」

「イタリア・ルキノ社の社長が手術を受けたから、たまたまお見舞いにきた、とか」

「ジュノは無邪気だなあ。天下のウエスギ・モーターズの会長が、見舞いを兼ねてとはいえ、関係のない心臓外科の公開手術を見に来るなんてありえない。だがたったひとつ、見学に来る切実なシチュエーションがある。それは何だ？」

世良は考え込む。やがて大きく目を見開いた。天城はにやりと笑う。

「やっとわかったか。実はそうなんだよ、ジュノ。上杉会長は心臓に爆弾を抱えていて、一刻の猶予もならないが、狭窄《きょうさく》部位はオペしにくく、かかりつけの維新大の菅井教授が匙《さじ》を投げた。で、私にすがってきた、というわけだ」

昨日の公開手術で、大会会長を務めた菅井教授の姿を思い浮かべる。あれほど善意を込めて紹介した相手に、自分の上得意の患者を奪われることになるなど夢にも思わないだろう。

だがそれは天城の罪ではない。

「昨日のオペを見て、上杉会長は明日にでも手術を受けたい、と申し出た。もちろん私の条件をすべて呑んだうえで、ね。ウエスギ・モーターズ。総資産約三兆円、そして創業者一族の長、上杉会長の個人資産だけでも三百億といわれている」

「まさか、天城先生はモンテカルロ・ルールでその半分をルーレットに載せよう、というのではないでしょうね」

世良の問いかけに天城はうなずく。世良は絶句した。シャンス・サンプル。全財産の半分をルーレットのテーブルに放り出す勇気と俠気のある人間だけが手にできる可能性。その額はこの場合、天城のルールに従えば百五十億ということになる。

「上杉会長は、本当にそんな馬鹿げた額を支払うんですか？」

世良の裏返った声の質問に、天城は静かに答える。

「そもそも、馬鹿げた額、というジュノの認識が間違えている。自分の命が懸《か》かっているのに、安いも高いもないのさ」

「理屈はわかりますが、そんなことがこの日本で成立するなんて信じられません」

「博打《ばくち》は、金銭を賭けるだけではない。時にはもっと大切なものも賭けるものなんだ」

「お金より大切なもの？」

「青臭いジュノなら、すぐにいくつか思い浮かぶんじゃないか？」

脳裏に〝愛〟という言葉が浮かび、口に出す前に顔を赤らめる。天城は続けた。

「人によってさまざまなものをカネよりも大切だと思うだろうが、上杉会長のように功を成し遂げた人物にとって、金銭はもはや欲望の対象ではない。彼のような成功者が最後に欲しがるものは何だ？」

世良はじっと考えこむ。やがて力なく首を振る。天城はひと言で答える。

「それは、名誉だ」

天城は続ける。

「名誉とは、他人が誉《ほ》め称《たた》えてくれて初めて成立する。手術が成功すれば、上杉会長は財産の半分を寄付し、スリジエ・ハートセンター創設基金を作る約束をした。それは地域の一大医療センターとなり、上杉会長とその分身、ウエスギ・モーターズは公共福祉に貢献するという名誉を手にする。桜宮市から大小さまざまな特典のキックバックを受けるという実利もある。その寄付という形をとるメリットを最大限に享受できるようにするために、わざわざ桜宮市の釜《かま》田《た》市長の懐刀、村雨秘書にまでお越しいただいたわけだ」

「それって行政と企業の癒着《ゆちゃく》なのでは？」

「いかがわしい裏取引ではない。それだけの額を出すなら、民間企業といえども、何かしらの見返りを得てしかるべきだというのは、社会の基本原則ではないのか？」

話が壮大すぎて、ついていけない。大学病院の一年の売り上げが二百億。天城がひとりの患者の心臓手術を行なっただけで手にする額が百五十億。これなら病院経営は成立する。

だが、そうすると世良たちが日夜、大学病院の底辺で蠢《うごめ》いて懸命に支えている、桜宮市の、いや、日本の医療とは一体何なのだろう。

世良の心情に合わせるかのように、巨大な夕陽《ゆうひ》が背後の山の端《は》に沈もうとしている。

天城は大きく伸びをした。

「ということで、スリジエ・ハートセンターの名誉ある患者第一号はウエスギ・モーターズの上杉会長に決定した。発表は明日、東城大にメディアを呼んで行なう」

世良は天城を見つめた。つい昨日、類を見ない重圧がかかる公開手術をこなしたばかりの人が、こうした画期的な物事をひとりで決めていると説明しても、たぶん誰も信じないだろう。

あれほどのプレッシャーの中で大仕事を終えた翌日、これだけのことを一気に差配できる天城の精神の強靭《きょうじん》さに世良は、もはや見とれるよりほかに術《すべ》はなかった。

「そこまでして桜の苗木をこの街に植えようとする、天城先生の原動力は何なんですか？」

唐突な世良の質問に、天城は、世良をぼんやり見つめた。それからぽつんと呟く。

「その質問をジュノがするのはおかしい。そもそも、私はなぜ桜宮に来たんだ？　ジュノの熱意のせいだ。今の私の活動の原動力、それはジュノが私に植え付けたんだよ」

世良は呆然とした。この俺が天城先生に？

天城は優しい目をして言う。

「ジュノ、お前は何のために、そしてどういう気持ちで毎日医者の仕事をしている？」

あまりにも単純な質問を唐突に投げられ、世良は黙りこむ。簡単に答えられる気もしたが、そのまま単純に答えていいのか、逡巡《しゅんじゅん》した。

だが結局、世良はシンプルに自分の脳裏にまっさきに浮かんだ回答を口にした。

「患者のいのちを守るため、です」

答えを聞き、天城は腕を組み、目を閉じる。世良はおそるおそる尋ねる。

「幼稚すぎますか？」

返事はなかった。世良は天城を見つめる。息苦しくなるような時間が過ぎる。やがて天城は目を見開くと、世良を見つめ返した。そしてぽつんと呟く。

「ジュノ、さくらにも寿命があることを知っているか？」

がらりと変わった天城の質問に、世良は首を振る。天城は答える。

「ソメイヨシノの寿命は七十年。樹木だから樹命、かな。この長さ、何かに似てるだろう」

世良は首を捻《ひね》る。天城は遠い水平線に視線を投げる。

「人の一生だ。私も、七十年で生涯を閉じる。さくら並木が続くのは、そこに次々とさくらが植え続けられるからだ。スリジエ・ハートセンター、それは母なる桜宮のさくら並木だ。完成すれば、寿命七十年のさくらたちが集い、春になれば毎年、見事な花を咲かせるだろう」

天城は世良をまっすぐに見つめる。

「ジュノは見たくないか？　その見事なさくら並木を」

世良は力強くうなずいた。世良の中で、すべてがすとんと腑《ふ》に落ちた。

天城は他の誰よりも医療に対し真摯《しんし》だったのだ。そしてもしその姿勢が奇形に見えるとしたら、それはたぶん、そう見る周囲の人間の方が奇形なのだ。


翌朝。世良が出勤すると、みんなが世良を遠巻きに見ているような気配を感じた。そのくせ、誰一人として近寄ってこない。強大な悪意をぶつけられているようにも感じられたが、吐き気を伴うような負の感情ではない。

なんだろう、この感じ？

悪意というより羨望や、尊敬の入り交じる複雑な感情が渦巻いている印象だ。

青木に土産の菓子を渡すと、礼もそこそこに世良の前から姿を消した。見回すと、世良の周囲には誰もいない。しばらくして、図々《ずうずう》しさが取柄《とりえ》の年輩の看護婦が近寄ってきた。

「聞いたわよ、世良先生。東京で大活躍だったそうじゃない」

その言葉を素直に受け取っていいのか、警戒した方がいいのかどうか決めかねていると、その看護婦は続けた。

「世良先生はご存じでしょう？　明日の朝の情報番組に天城先生が出演するって」

世良は首を振り、自分の情報量の限界を無言で伝えた。そこへ調子のよさナンバーワンの一年生、駒井が寄ってきた。

「昨日から病院中、もう天城先生の公開手術の話で持ちきりだったとです。スタッフがみんなに根ほり葉ほり聞かれて、それは大変だったですばい」

世良は笑顔になる。駒井の自己中心的なうっとうしさも、分け隔《へだ》てないという意味では今の世良にはありがたく、蛙の面に小便のようなその態度は世良をほっとさせた。

「そりゃよかった。みんなよそよそしくて、ちょっと心配してたんだ」

「黒崎助教授だけはご機嫌斜めでしたと。けど医局の他の先輩は、興奮しっぱなしですたい」

意外だった。そこへワイシャツ姿の事務員がナースステーションに駆け込んできた。

「天城先生はいらっしゃいますか？」

いいえ、と世良は答えて首を振る。事務員は驚いた様子だったが、すぐに冷静に戻り、言う。

「困りますね、時間通りに持ち場にいらしていただかないと。主役の天城先生がいなければ撮影は始まりませんからね」

天城は笑って応える。

「私は外科医だから、外科病棟のナースステーションは立派な持ち場だと思うんだが」

事務員は天城の屁理屈《へりくつ》をあっさりスルーして自分の用件をきっちりと告げる。

「昨日申し上げた通り、サクラテレビの取材陣が受付に来ておりますので急いでください」

「今降りていく。先に行っててくれ」

「お願いしますよ、本当に」

事務員は念を押し、階段を駆け下りていく。眠そうな天城の顔を見、呆れて世良が言う。

「いつからそこにいらしたんですか？」

「朝からずっと、さ。ジュノと一緒に取材に行こうと思って待ってたんだ。そうしたらつい、うとうとしてしまってね。で、さっきジュノが東京で大活躍したらしい、と看護婦が誤解したあたりから目が覚めて、ぼんやり聞いてたんだ」

世良はげんなりする。鼻をつっこみたくてうずうずしていた駒井が割り込んできた。

「取材っていったい何ですと？」

「〃公開手術を支えた東城大学医学部付属病院の勇者たち〃というタイトルで、ロビーでテレビ局の取材を受けるから、陰の立て役者、ジュノがいないと困るんだ」

「え、別に俺は大したことは何も……」

戸惑う世良に、天城が笑顔で言う。

「謙遜するなよ、ジュノ。下のロビーにはメンバーが勢揃いしている。さあ、行こう」

一足先にエレベーターホールで待機していた駒井が二人を急《せ》かした。

「何をぐずぐずしとるとですか、世良先生、天城先生。天下のサクラテレビさんをお待たせするなんて、とんでもなかこつですたい」

まったく目端《めはし》のよく利くヤツ。世良は駒井に肩を押され、エレベーターに押し込まれる。医局員や看護婦の視線が遠巻きに世良と天城を見つめていた。

エレベーターの扉が開き、眩《まぶ》しい光が天城と世良を直射した。天城は光の中を悠々と、他のメンバーが整列するロビー中央に歩み寄る。

眩しさに慣れた世良が見回すと、天城の歩む先にスタッフの顔があった。手術助手を務めた垣谷、青木、麻酔医の田中、手術室看護婦の猫田。そして世良の視線は、猫田の隣に隠れるように立つ小柄な花房美和に釘付けになる。

花房はまっすぐ世良を見つめ、それから視線を足元に落とす。世良は花房の側《そば》に歩み寄り、傍《かたわ》らに立つ。手術スタッフの前列中央に立った天城は胸を張る。

女性レポーターが、華やかな声で告げる。

「胸部外科学会で日本初の公開手術を成功させた天城先生と、手術スタッフのみなさんです」

ロビーに拍手が溢れた。見回すと手術スタッフを取り囲む、顔、顔、そしてまた顔。半分は見慣れた大学病院の医局員だ。他の科の人間もいたし、看護婦も事務員もロビーに溢れている。残り半分はたまたま居合わせた外来の通院患者のようだ。正面の中二階にも多数の医局員の顔が見える。駒井が羨《うらや》ましそうな表情をしているのを見つけて、思わず笑ってしまう。

女性レポーターがマイクを天城に向けた。

「それでは画期的な公開手術を成功させた天城先生にひとこと頂戴しましょう」

拍手。敏感な世良の聴覚は、その中にこのパフォーマンスに賛同していない不協和音が混入しているのを聞きとった。黒崎助教授の不機嫌な表情が目につく。腕組みをして何かを考え込んでいる、高階講師の姿が壁際に見えた。さらにロビーの上からは、白眉の佐伯病院長がかすかな笑みを浮かべて会見を見下ろしていた。

天城は一瞥《いちべつ》でそうした配置を見て取り、マイクに向かう。

「東城大学医学部付属病院のスタッフ、そして東城大学医学部付属病院の通院患者のみなさん。私たちのチームは、維新大学主宰の日本胸部外科学会で公開手術という日本初の試みを無事成功させました。これもみなさまのご支援のおかげです」

ふだんの天城からは想像もできない、謙虚な言葉だ。眩《まばゆ》いライトの中、世良の隣の花房が、世良の腕にそっと指を触れる。天城は降り注ぐライトの中、朗々と続ける。

「この場をお借りしてみなさんにお伝えしたいのは、過去の栄光の自慢話ではありません。これからみなさんに提供できる、桜宮の新しい医療の可能性についてです」

女性レポーターが合いの手を入れる。

「どんな発表をされるのでしょうか、楽しみです」

天城は咳払いをする。

「今回の公開手術は、世界で私にしかできないダイレクト・アナストモーシス（直接吻合法《ふんごう》）という高度な手術手技による心臓冠状動脈再建術を提示したものです。詰まった血管のバイパスではなく血管自体を交換するもので、従来のバイパス術と治療概念が根底から異なる、別次元の治療法です。世界で私にしかできないこの手術を受けるため、世界中で大勢のＶＩＰが順番を待っている。そうした方々がこれからこの桜宮の地に、次々に訪れることになるのです」

世良の脳裏に、グラン・カジノで天城の足元に跪《ひざまず》いた中東の王族の姿が浮かぶ。

「残念ながら、東城大学医学部付属病院には私の技術をサポートできる施設はありません。そこで病院長の佐伯教授から魅力的なご提案を受けましたので、この場でご報告いたします」

天城はひときわ高みに君臨している佐伯病院長に視線を投げかけて、続けた。

「一九九二年、つまり再来年、桜宮のとある場所に、心臓手術の専門病院を創設します。名称は〝スリジエ・ハートセンター〟。世界中で私の手術の順番待ちをしているＶＩＰを受け容《い》れながら、桜宮市民にも世界トップレベルの医療を提供しますので、ご期待ください」

女性レポーターは天城の話を止めて質問する。

「この場で公表されたということは、正式な決定事項と考えていいんですね？」

「もちろん。今後は桜宮市の全面協力も確定しています。ですよね、村雨秘書？」

女性レポーターが振り返る。お目当ての顔を見つけて駆け寄るとマイクを突きつけた。

「今の話は本当ですか、村雨さん」

戸惑った表情は、こんなパフォーマンスに巻き込まれるなどと夢にも思っていなかったせいか。若いが腹の据《す》わった村雨秘書は、動揺を一瞬の逡巡に押し隠し、マイクを握る。

「正式発表は市議会の場でと思っていましたが、昨日、釜田市長も基本同意され、市議会各会派も賛同でまとまりそうです。近々、議会に諮《はか》られ、可決される見通しです」

話の展開のめまぐるしさにぽかんと突っ立っている女性レポーターの背後で、ディレクターとプロデューサーがこそこそ話を始めた。天城は彼女からマイクを奪うと、言った。

「桜宮市のみなさんには、さらに祝福すべきご報告があります。スリジエ・ハートセンターの記念すべき第一号患者はすでに手術準備にはいっております。その方はご自分が手術を受けるにあたり、スリジエ・ハートセンター創設の趣旨に御賛同くださり、スリジエ基金の創設にご協力くださることになりました」

女性レポーターがマイクを取り戻し、尋ねる。

「差し支えなければその篤志家のお名前をお聞かせ願えますか」

「ウエスギ・モーターズの上杉歳一《としかず》会長です」

高みで見物していた佐伯病院長の白眉がぴくりと動いたのが、世良の遠目にも見て取れた。

天城は佐伯病院長の顔をちらりと眺め、すぐに視線をまっすぐカメラに向ける。それから視線を転じ、ロビーに集《つど》った大学病院の医師や医療スタッフに語りかけ始めた。

「スリジエ・ハートセンターの創設は現代の医療革命です。旧態依然たる大学病院は、いずれ巨象のように膝を屈し崩れ落ちる運命にありますが、経済的なゆとりがある今こそ、新しい医療の未来像を社会に示す必要がある。それには多くの方のご助力が必要です。これからの時代には〝公を民が支える〟、という発想が重要になってくるのです」

聴衆の中、ひときわ大きくうなずく影があった。お調子者の研修医一年生、駒井だった。天城はマイクを持ったまま案山子《かかし》のように佇む女性レポーターを無視して、続けた。

「スリジエ・ハートセンター創設に向け、諸条件が揃いました。病院の基盤となる外科手術の技術が一昨日の公開手術の成功によって広く認知され、ハートセンターを建築する場所の選定、費用負担などの問題が解決に向けて進む今、最後にスリジエ・ハートセンターが必要とするのは、諸先生方の積極的なご助力です。われこそはと思う若人《わこうど》は、どうか力を貸してほしい。それこそが日本の医療の未来を創る、新しい動きになっていくでしょう」

天城は右手の拳を握りしめ、最後の言葉を吠えるようにして解き放った。

「医療再生のために来たれ、スリジエ・ハートセンターへ」

会場がほんのわずか揺れた気がした。盤石《ばんじゃく》を誇った東城大学医学部付属病院に亀裂《きれつ》が走った瞬間だと思ったのは、世良だけだったのかもしれない。

しかし同時に世良には、今しがたの天城の言葉とこれまで接してきた天城の考えの間に、深い亀裂が見えた。ライトアップされた天城の姿が神々《こうごう》しく見えれば見えるほど、その傍らには深く暗い影が寄り添っている気がした。

そんなことを一切考えない一年生、駒井の感激した声が響く。

「天城先生は日本一の外科医ですたい。オイは天城先生について行くとです」

その言葉はしかし、周囲の熱狂へとつながることはなく、駒井の決意表明はざわめきの中に沈んでいった。天城は背後のスタッフを振り返る。

「会見は以上で終わります。みなさんのご協力、深謝します」

天城は深々とお辞儀をした。顔を上げた時、それまでとは表情が豹変した。かつて世良は一度だけその表情を見たことがある。

天城は世良にだけちらりと見せた本当の表情を瞬時に隠し、世良に言う。

「行くぞ、ジュノ。ここからが本番だ」

天城は白衣の裾を颯爽《さっそう》と翻《ひるがえ》し、外へ向かう。その背中を追うカメラワークを意識しながら、世良はこれから自分がどこに連れ去られてしまうのか、と不安に思う。

だがそうした茫漠《ぼうばく》とした不安と同時に、目の前には広々とした大海原が広がっていく。

それはモンテカルロのオテル・エルミタージュのテラスから見た夜闇の大海原であり、碧翠院桜宮病院を背中に見渡す桜宮岬の景色でもあった。そうしたビジョンが、目の前に広がり、世良の存在を呑み込もうとしていた。


後の東城大の歴史を紐解《ひもと》けば、モンテカルロのエトワール、天城雪彦の孤独な闘争は、この日から本格的に始動したとされている。

天城の敵は他でもない、旧弊に満ちた東城大学医学部付属病院だった。

天城がカメラの目の前で叩きつけた挑戦状の相手は、東城大の背後に広がる茫漠とした日本医療界だ。天城が精緻な硝子の城、スリジエ・ハートセンターを桜宮岬の先端に建設することを宣言したその瞬間、日本の医療界が敵に回った。そんな未来図を知る由もない世良は、ひたすら天城の背中を追いかける。

天城は、エメラルド・グリーンの愛車のヴェルデ・モト、ガウディが停まっている場所で振り返ると、軽やかに手を挙げる。扉を開き、車に乗り込みながら世良に言う。

「ジュノ、今日はここでお別れだ。また明日、会おう」

エンジン音を響かせ、天城が駆《か》るガウディは、世良の視界から姿を消した。なぜか世良は、それが永遠の別れになってしまうような予感がして震える。

そんな不安を打ち消すように、踵を返す。振り返ると、東城大学医学部付属病院の巨大な塔が威圧するかのように世良を見下ろしていた。

ブックデザイン　鈴木成一デザイン室
カバーCG　桑原大介
初出　「小説現代」２００９年９月号〜２０１０年４月号

**海堂《かいどう》 尊《たける》**

一九六一年、千葉県生まれ。第4回『このミステリーがすごい!』大賞受賞、『チーム・バチスタの栄光』(宝島社)にて二〇〇六年デビュー。たて続けに作品を上梓。二〇〇八年『死因不明社会』(講談社)で第3回科学ジャーナリスト賞受賞。

現在、独立行政法人放射線医学総合研究所重粒子医科学センター病院臨床検査室病理医長として勤務、Ai情報研究推進室室長も兼ねる。

---


# ブレイズメス1990

2010年7月15日　第1刷発行

著者　海堂《かいどう》 尊《たける》

発行者　鈴木 哲

発行所　株式会社講談社

東京都文京区音羽二―一二―二一／郵便番号112―8001

電話　出版部　(〇三)五三九五―三五〇六

販売部　(〇三)五三九五―三六二二

業務部　(〇三)五三九五―三六一五

本文データ制作　講談社プリプレス管理部

印刷所　豊国印刷株式会社

製本所　黒柳製本株式会社

定価はカバーに表示してあります。




---


N.D.C.913 339p 20cm ISBN978-4-06-216313-2